Un ami si séduisant

*

Le miracle d'une sage-femme

ALISON ROBERTS

Un ami si séduisant

Traduction française de
MARIE-JOSE LAMORLETTE

BLANCHE

HARLEQUIN

Collection : Blanche

Titre original :
FALLING FOR HER FORBIDDEN FLATMATE

HARPERCOLLINS FRANCE
83-85, boulevard Vincent-Auriol, 75646 PARIS CEDEX 13
Service Clients — https://www.harlequin.fr/contenu/contactez-nous
ISBN 978-2-2805-2010-2 — ISSN 0223-5056

Édité par HarperCollins France.
Composition et mise en pages Nord Compo.
Imprimé en septembre 2025 par ScandBook UAB en Lituanie
en utilisant 100% d'électricité renouvelable.
Dépôt légal : octobre 2025.

FSC
www.fsc.org
MIXTE
Papier | Pour une gestion forestière responsable
FSC® C021394

Pour limiter l'empreinte environnementale de ses livres, HarperCollins France s'engage à n'utiliser que du papier fabriqué à partir de bois provenant de forêts gérées durablement et de manière responsable.

Prologue

Le bruit lui fit tourner la tête. Ce qu'elle crut voir la fit frissonner. Elle étouffa un petit cri.

— Qu'est-ce qui ne va pas, Grace ?

— Est-ce que tu as vu ça ?

— Quoi ?

— Je crois que quelqu'un regardait par la fenêtre.

— Tu n'en es pas sûre ?

Grace fronça les sourcils.

— J'ai vu quelque chose du coin de l'œil, puis ça a disparu...

Comme si quelqu'un s'était empressé de bouger pour ne pas être vu ?

— C'était probablement juste une branche de cet arbre, dans la rue. Cette tempête fait rage. Écoute le vent et la pluie. Qui serait assez fou pour sortir par un temps pareil afin de regarder chez les gens ?

Jenni sourit.

— C'est bien que nous ayons eu notre journée de libre pour pouvoir rester au chaud et au sec, non ?

Puis elle plissa le front.

— Tu es nerveuse depuis que nous avons eu vent de cette rumeur au sujet de ton ex. Les nouvelles qui sont colportées à l'hôpital devraient toujours être prises avec des pincettes, tu sais.

— Je sais. Et tu as raison. Je suis juste à cran.

Grace souffla pour se calmer et se leva du canapé.

— Et pourquoi cela devrait-il me toucher, après tout ? Je ne suis pas surprise que l'épouse numéro deux l'ait laissé tomber.

Elle imaginait aisément ce qui avait dû arriver ; et elle avait du mal à ne pas laisser échapper les souvenirs de l'endroit où elle les avait soigneusement enfermés. C'était peut-être bien la raison pour laquelle elle s'était imaginé que quelque chose de menaçant était tapi dans l'ombre.

Elle alla aux fenêtres et tira les rideaux, chassant l'obscurité extérieure. Ce n'était que la fin de l'après-midi, mais les jours raccourcissaient et pouvaient être sinistres en ce terme de l'hiver écossais.

Le petit chauffage au gaz fournissait une chaleur bienvenue, à l'intérieur. Mais Jenni, sa colocataire, pelotonnée sur le canapé avec son ordinateur portable ouvert sur ses genoux, avait quand même une couverture sur les épaules.

— Viens voir ça, Grace. Jock m'a envoyé d'autres photos.

Ravie de cette distraction qui tombait à pic, elle s'assit à côté de son amie, ramenant la couverture sur elles deux. Peut-être avait-elle juste besoin de se rappeler que venir de Londres à Glasgow pour faire sa formation de sage-femme avait été sa meilleure décision. Parce qu'elle avait rencontré Jenni, sa meilleure amie. Maintenant elles habitaient ensemble, travaillaient dans la même maternité et...

... et Grace commençait enfin à se sentir vraiment en sécurité pour la première fois depuis bien trop longtemps.

— Oh...

Elle avait prononcé ce mot avec envie, car ce qu'elle voyait sur l'écran était tellement idyllique ! Une mer bleu foncé assez calme pour refléter les hauteurs escarpées d'îles plantées d'arbres. Un ciel aussi bleu que la mer, sans un nuage. La photo avait été prise de la poupe d'un petit bateau.

— Et regarde ça...

Jenni cliqua sur la flèche. L'image suivante montrait un banc de dauphins qui suivaient le bateau et bondissaient par-dessus l'écume. Cela fit sourire Grace.

— Ils ont l'air si heureux ! J'adore les dauphins.

— Jock est tout aussi heureux. Il dit que c'est le paradis. En gros.

— En gros seulement ? Ton frère est difficile, non ?

— Apparemment, ils manquent tellement de sages-femmes qu'il doit faire lui-même des accouchements tout à fait normaux. Il dit qu'il n'a pas mis des années à devenir obstétricien pour recueillir simplement des bébés.

Jenni secoua la tête.

— Il ajoute que cela entrave sa vie amoureuse et sa pêche, et cela ne faisait pas partie du plan quand il s'est installé en Nouvelle-Zélande.

Elle ferma l'ordinateur.

— Je pense qu'il m'envoie toutes ces cartes postales pour essayer de me convaincre de le rejoindre. Il a même pris des photos de toutes les chambres libres dans la maison qui accueille le personnel de l'hôpital.

— Et tu n'es pas tentée ?

Grace entendait le vent secouer les fenêtres du minuscule salon de la maison mitoyenne qu'elles partageaient. Du moins, elle espérait que c'était le vent...

— Picton est une ville minuscule située en haut de l'Île du Sud. Presque un village, et je ne vivrai plus jamais dans un endroit aussi étriqué. Tu ne peux pas sortir un soir sans que tout le monde le sache, et où est l'amusement si tu ne peux pas rencontrer quelqu'un de nouveau, de toute façon ?

Grace secoua la tête.

— Tu ne disais pas que Jock semble se dégoter une nouvelle petite amie toutes les semaines, ou à peu près ?

— C'est vrai. Le seul engagement à long terme qu'il prendra ne sera pas envers une femme. Ce sera envers ce bateau qu'il s'est acheté. Sortir pêcher est sa distraction favorite.

Jenni frissonna.

— Je déteste les bateaux. Je suis tombée d'un canot, une fois, quand j'avais sept ou huit ans. Jock le nie, mais il m'avait poussée.

— Je croyais que les jumeaux étaient les meilleurs amis du monde, toute leur vie ?

— Il trouvait ça drôle, dit Jenni en souriant. À juste titre, je suppose. C'était l'été et nous étions dans un endroit avec un grand étang. L'un des meilleurs foyers d'accueil où nous avons été envoyés, parce que nous étions ensemble, précisa-t-elle avec un entrain forcé. Tu veux qu'on se fasse livrer quelque chose pour dîner ? Une pizza au fromage ?

— Ça me paraît bien.

Grace savait quand il fallait changer de sujet. Elle sortit son téléphone.

— Comment s'appelle la ville où Jock travaille, déjà ?

— Picton. C'est là que passent les ferries qui vont de l'Île du Nord à l'Île du Sud. Ils doivent traverser le bras de mer des Malborough Sounds, avec des centaines d'îles.

— Et il y a un hôpital assez grand pour nécessiter un obstétricien et des sages-femmes ?

— Je crois qu'il couvre une population importante, mais éparpillée. Certaines des îles sont habitées. D'après Jock, les sages-femmes doivent parfois prendre un bateau pour faire des visites à domicile ou des accouchements.

Grace passait des images en revue sur son téléphone.

— Ça paraît magnifique.

— C'est à l'autre bout du monde. Qui diable voudrait aller là-bas ? À moins d'aimer les bateaux, bien sûr.

Grace leva les yeux vers les fenêtres où un courant d'air faisait bouger les rideaux.

— Je peux penser à d'autres raisons pour lesquelles le bout du monde serait un bon endroit où vivre. Cela pourrait compliquer la tâche de quelqu'un qui essaierait de te trouver, non ?

Jenni resta silencieuse un instant.

— Eh bien, Jock serait enchanté si tu voulais postuler là-bas. Tu me manquerais horriblement, mais…

— Mais tu viendrais me rendre visite, n'est-ce pas ? Tu dis depuis des lustres que tu dois aller voir Jock un de ces jours.

Jenni cligna des paupières.

— Cette idée te plaît vraiment, hein ?

— Mais je ne voudrais pas vivre avec ton frère. Apparemment, il pense que toute femme célibataire est à conquérir.

— Hé... Si je lui dis que tu es hors limites, tu n'auras rien à craindre. À part toi, Jock est la seule personne sur terre à qui je confierais ma vie.

Un silence beaucoup plus long s'installa, cette fois-ci. Un silence plein de choses qui n'avaient pas été abordées depuis une soirée bien arrosée où les deux nouvelles amies s'étaient confiées l'une à l'autre. Des histoires d'enfants qui n'avaient jamais été désirés, d'une femme qui avait été piégée dans une situation désespérée. Un lien s'était formé entre deux jeunes filles qui avaient appris que le courage et la détermination pouvaient les conduire où elles voulaient.

Mais elles savaient parfaitement, toutes les deux, qu'il était dangereux de penser que rien d'autre ne pouvait aller de travers.

— Tu sais que je te soutiendrai quoi que tu veuilles faire, dit doucement Jenni. Mais tu crois vraiment que ton ex-mari viendrait te chercher ? Juste parce qu'il se retrouve seul ?

Grace ne répondit pas parce que son téléphone vibrait dans sa main. Elle ne décrocha pas. À la place, elle montra à Jenni le message qui disait *Appel inconnu.*

Il s'agissait probablement d'un appel frauduleux, mais Grace sentit un nouveau frisson lui parcourir l'échine tandis qu'elle croisait le regard de son amie. Elle bloqua celui qui appelait.

— Probablement pas, répondit-elle posément. Mais le vrai problème, c'est que j'y pense de nouveau. Et je ne vais pas laisser arriver ça. Si je dois prendre un nouveau départ de l'autre côté de la planète pour l'éviter, je le ferai.

1

Grace Collins avait l'impression d'avoir mis le pied dans l'une des images de carte postale que Jock avait envoyées à sa jumelle lors de cette soirée de tempête, à Glasgow.

Bon sang… c'était seulement cinq ou six semaines plus tôt ?

L'hôpital de Picton avait clairement été soulagé d'accueillir une nouvelle sage-femme. Le DRH avait accéléré le processus d'entretien en ligne et rassemblé en hâte tous les papiers nécessaires pour qu'elle puisse travailler dans un nouveau pays.

Et elle était là, aux premières heures du premier jour de sa nouvelle vie, naviguant entre les îles vers la jolie ville de bord de mer qui allait être son nouveau foyer. Cela ne lui semblait toujours pas réel, mais c'était sûrement dû en partie au décalage horaire, même si elle avait relativement bien dormi sur le long trajet de Glasgow à Wellington. Elle avait bien fait de choisir un passage en ferry pour traverser le détroit entre les îles plutôt qu'un vol rapide dans un petit avion, car cela lui donnait le temps de souffler, de s'habituer à la vitesse à laquelle sa vie changeait.

Les passagers qui n'avaient pas de véhicule pouvaient débarquer les premiers. Grace fit rouler sa valise le long de la jetée, trouva un chauffeur de taxi aimable qui fit un détour pour lui montrer où était l'hôpital et, en un rien de temps, elle se retrouva en train de gravir les marches en béton d'une villa ancienne. Elle inspira à fond en arrivant en haut, regarda par-dessus son épaule — une vue superbe sur une marina avec une forêt de mâts et, au fond, la mer et les îles — et sentit qu'elle souriait en tendant la main pour saisir un vieux heurtoir en fer afin d'annoncer son arrivée.

Mais son sourire se dissipa quand la porte s'ouvrit quelques secondes plus tard sur une femme aux cheveux blonds en désordre. Elle tenait un toast entamé à la main et portait une chemise d'homme seulement boutonnée en bas. Il était clair qu'elle n'avait rien dessous.

Grace battit des cils.

— Euh... je suis Grace, dit-elle. C'est bien l'annexe de l'hôpital ?

— Oui.

La femme lui adressa un sourire aussi aimable que celui du chauffeur de taxi.

— Jock a dit que quelqu'un allait peut-être arriver ce matin. Entrez.

Elle ouvrit plus largement la porte et se tourna vers le long couloir.

— Jock ? Tu es levé ?

— Pas besoin de crier, Greta.

L'homme qui arriva par l'une des portes du couloir était heureusement plus habillé que la jeune femme. Il avait peut-être les pieds nus et les cheveux en bataille, mais son jean délavé et son T-shirt étaient tout à fait corrects pour un dimanche matin. Grace aurait reconnu Jock McKay n'importe où. Avec ses cheveux roux, ses brillants yeux bleus et ses taches de rousseur émaillant sa peau claire, il était la version masculine de Jenni, et elle eut l'impression de déjà le connaître. Son sourire était bien plus effronté que celui de Jenni, cependant, et il avait l'assurance d'un homme qui séduisait sans mal les femmes qu'il voulait.

Même Grace, qui était imperméable à tout charme masculin déployé à son encontre, se retrouva en train de lui rendre son sourire.

— Vous arrivez juste à temps pour le petit déjeuner, lui dit-il en souriant plus largement. Ou peut-être pour le brunch ? Puis-je vous tenter avec un de mes fameux sandwichs au bacon ?

Son accent était aussi familier que son aspect et la chaleur de son sourire aussi accueillante que l'offre de nourriture. Grace dut cligner des paupières, car ses yeux la piquaient de façon embarrassante.

Elle était fatiguée, voilà tout. En proie au jet-lag, se trouvant soudain projetée de l'autre côté de la terre avec l'hiver qui était devenu l'été, mais...

... mais, étonnamment, elle avait l'impression d'être enfin arrivée chez elle.

Waouh...

Jock McKay avait vu des photos de Grace Collins avec sa sœur, ces dernières années, mais elles ne rendaient pas justice du tout à la femme qui était assise maintenant dans un fauteuil en rotin à l'ombre du porche — l'un des principaux attraits de cette vieille maison. Grace mangeait le sandwich au bacon qu'il lui avait préparé, après avoir déposé sa valise dans sa chambre et s'être rafraîchie.

Sa conquête de la veille, Greta, était partie travailler dans l'un des pubs de la ville et ce n'était pas une corvée pour lui de prendre un peu de temps pour bien accueillir la meilleure amie de sa jumelle.

— C'est bon ?

— Le meilleur sandwich que j'aie jamais mangé.

Grace lécha une goutte de sauce sur ses doigts.

— Jenni ne m'avait pas dit que vous cuisiniez.

— C'est un talent récemment acquis, répondit Jock avec un grand sourire. Il m'a fallu apprendre à préparer le poisson que j'attrape, alors je me suis familiarisé avec une poêle à frire.

— Ah... J'ai vu des photos de votre bateau. Il est chouette. En bois ?

— Il s'appelle *Lassie.* Et, oui, c'est un bateau de plaisance en bois.

— C'est vous qui l'avez baptisé ?

— Non. C'était déjà un bateau écossais. C'est comme ça que j'ai su qu'il m'était destiné.

— Il a des voiles ou un moteur ?

— Les deux, mais je me sers surtout du moteur. Il est à hélice et il est moins rapide qu'un hors-bord, mais qui veut se presser dans les Sounds ? C'est l'endroit le plus magnifique au monde.

Grace hochait la tête.

— J'ai adoré venir en ferry, mais ce doit être encore mieux d'avoir un bateau à soi. Il y a sûrement mille petites baies abritées, dans ces îles.

— Oui. Et mon collègue Dan — un de nos anesthésistes — aime pêcher autant que moi. Ce n'est pas le grand luxe sur le *Lassie,* mais il y a assez de place pour qu'on y dorme, et nous pouvons nous y mettre à l'aube. Je ne connais rien de meilleur qu'un filet de vivaneau frais au petit déjeuner.

— Vous avez donc une poêle à bord ?

— Oui. Et merci pour le rappel car je dois refaire le plein dans la cambuse, je n'ai plus d'huile d'olive. Si vous avez envie de marcher un peu, pourquoi ne pas venir avec moi à la marina, au bas de la colline, pour voir mon bateau ? Je pourrai aussi vous faire faire un tour rapide de l'hôpital, si vous voulez. À moins que vous n'ayez besoin de dormir ? Je me souviens combien le décalage horaire est pénible dans ce sens.

Grace secoua la tête.

— On m'a dit que le meilleur remède contre le jet-lag, c'est de rester réveillé jusqu'à ce qu'il soit l'heure de se coucher. Et je me sens bien. Le chauffeur de taxi m'a montré où est l'hôpital, mais cela m'aiderait beaucoup de savoir où aller précisément quand j'irai travailler, demain. J'aimerais aussi voir la marina. Elle est si jolie, même à cette distance.

Jock profita du fait que Grace admirait la vue pour poser son regard sur elle. Elle était vraiment la parfaite rose anglaise. Un teint de porcelaine, des cheveux dorés qui brillaient au soleil et des yeux de la couleur d'un ciel d'été. Ou, mieux encore, de la couleur de la mer ce jour-là — une couleur qu'il considérait comme une invitation irrésistible à prendre son bateau et à sortir pour une journée de congé. Il savourait ce genre de sérénité, source d'un bonheur qu'il avait passé sa vie à chercher.

Il eut du mal à détacher les yeux de Grace. Heureusement que Jenni l'avait sermonné pour qu'il laisse sa meilleure amie tranquille. De toute façon, il n'essaierait jamais de séduire quelqu'un avec qui il partageait une maison. Cela pouvait devenir extrêmement gênant de travailler avec des femmes avec qui il était sorti, même si elles savaient dès le départ qu'une aventure avec lui ne mènerait jamais nulle part.

« Ne pose pas un seul doigt sur elle, avait dit Jenni. Elle n'a pas eu un seul rendez-vous depuis qu'elle s'est échappée d'un mariage vraiment horrible, et c'était il y a cinq ans. Elle peut paraître dure à cuire, Jock, mais elle a besoin qu'on s'occupe d'elle, d'accord ? Sois avec elle le genre de frère que tu as toujours été pour moi... »

Jock était peut-être de l'autre côté du globe, mais rien ne briserait jamais le lien qui l'unissait à sa sœur jumelle. Il s'était toujours montré protecteur avec elle. Prendre en charge sa meilleure amie était comme un écho de la façon dont il s'était occupé de Jenni durant le genre d'enfance qu'il ne souhaiterait à personne. C'était une forme d'affection qui demandait une confiance totale des deux côtés. Une confiance qu'il fallait bâtir, à dater de maintenant.

Alors non... Grace Collins n'avait rien à craindre en ce qui le concernait. Jamais il ne prendrait le risque de décevoir Jenni.

Il se leva et tendit la main pour prendre l'assiette vide de Grace.

— Je m'en occupe. Si vous trouviez de confortables chaussures de marche ? Après, nous partirons.

La petite ville avait des airs de vacances qui étaient délicieux. Des gens détendus portant des chapeaux de soleil et des shorts buvaient des cafés en terrasse ou flânaient dans les magasins. Il y avait des zones gazonnées avec des jeux pour les enfants, une caravane qui vendait des glaces, des mouettes qui tournoyaient au-dessus, et des bateaux de toutes les formes et de toutes les tailles se balançaient doucement contre leurs amarres dans la marina.

— La moitié du plaisir, quand on possède un bateau, c'est de bricoler à bord par une journée comme celle-ci, et de faire ce qui a besoin d'être fait, dit Jock à Grace.

— C'est ce que je vois.

Elle secoua la tête quand il lui tendit la main pour l'aider à monter sur le bateau.

— Ça va, merci. Oh... C'est charmant, dit-elle en regardant autour d'elle.

Le *Lassie* était visiblement bien entretenu. Son gouvernail en bois et ses garnitures en laiton étincelaient. Jock ouvrit des placards pour y ranger les boîtes de conserve et autres provisions qu'il avait apportées. Il montra à Grace comment tous les ustensiles de cuisine et les divers objets étaient rangés dans de tout petits espaces autour de l'évier et du comptoir. À l'avant du bateau, elle avisa des banquettes garnies de coussins avec d'autres rangements. Des rayons de soleil entraient par de petits hublots.

— Est-ce un kit de premier secours ?

— Oui. Je ne peux pas laisser de médicaments, ici, mais je détesterais ne pas avoir ce qu'il faut si je trouve quelqu'un qui a des ennuis dans un endroit isolé.

— Comme moi. J'étais secouriste avant de devenir sage-femme.

— Vraiment ? Je l'ignorais. Qu'est-ce qui vous a fait changer d'activité ?

— J'ai dû m'occuper un jour d'une femme en travail. Elle a fini par accoucher à l'arrière de l'ambulance qui l'emmenait à l'hôpital, et... je pense que je suis tombée amoureuse de ce métier.

Cette expérience avait donné à Grace une force qu'elle ignorait avoir. Elle lui avait permis d'échapper à la vie dans laquelle elle se croyait coincée à jamais, laissant libre cours à une vocation qui avait changé son existence.

— C'est magique, n'est-ce pas ?

Il y avait un sourire dans la voix de Jock.

— Quand vous entendez ce premier cri et voyez un bébé regarder le monde pour la première fois.

— Mmm.

Pour Grace, c'était le moment où la maman pouvait prendre dans ses bras son bébé né sans problème. Sentir ce soulagement qui était toujours mélangé à l'émerveillement d'une nouvelle vie. Et cette sensation ne s'effaçait jamais complètement... Sa petite fille, hélas, n'avait jamais eu la chance de prendre sa première respiration, et le contact de son petit corps restait gravé dans sa mémoire.

La cabine lui sembla tout à coup trop fermée, et elle se tourna pour ressortir au soleil. Elle vit un petit canot qui se dirigeait vers le bout de la marina. Un homme lança un cordage autour d'une borne d'amarrage et sauta sur la jetée.

— Que se passe-t-il ?

Jock sortit alors que l'homme venait rapidement vers eux.

— Hé, mon vieux... Ça va ?

— Vous avez un téléphone ? Ma batterie est à plat et il faut que j'appelle une ambulance.

— Je suis médecin. Qu'est-il arrivé ? Est-ce que quelqu'un a eu un accident ?

L'homme secoua la tête.

— C'est ma femme. Je ne peux pas la sortir du bateau et je crois que le bébé arrive...

Le regard surpris de Jock croisa celui de Grace.

— Pouvez-vous prendre ce kit de premier secours ?

Tandis qu'elle retournait dans la cabine, elle entendit Jock dire à l'homme qu'il était tombé sur le bon bateau, parce que lui-même était obstétricien et qu'il était avec une sage-femme. Lorsque Grace ressortit, il avait déjà passé un appel.

— L'ambulance est en route, annonça-t-il. Mais je pense que nous devrions aller voir ce qui se passe avant qu'elle arrive.

— S'il vous plaît..., supplia l'homme. Et il faut que je retourne auprès de Suzie. Nous sommes amarrés à une balise flottante, au large. Je m'appelle Oliver, au fait.

Jock fit les présentations, et ils le suivirent.

— Quand doit naître le bébé ? demanda Grace.

— Pas avant quinze jours. Nous pensions pouvoir passer un dernier week-end en mer. Nous sommes arrivés de Nelson hier, nous allions sortir déjeuner avant de rentrer chez nous cet après-midi.

Oliver courait devant à petites foulées.

— On nous avait dit que les premiers bébés étaient généralement en retard. Et il y a toujours plein de signes qui indiquent que le travail a vraiment commencé, non ?

— Pas toujours, répondit Grace.

Elle atteignit l'échelle près du canot.

— Des problèmes pendant la grossesse ?

— Non. Peut-être parce que ça a été si facile, nous avons cru que nous contrôlerions tout jusqu'au bout.

Oliver démarra le moteur.

— Suzie pensait qu'elle avait juste fait pipi dans sa culotte, mais alors les douleurs ont commencé et elle était incapable de descendre dans le canot.

Il regarda par-dessus son épaule.

— Il faudra que je revienne chercher les ambulanciers, non ?

— Ils devront venir avec un bateau qui peut accueillir une civière, en cas de besoin. Ne vous inquiétez pas, les garde-côtes ne sont pas loin et ils pourront s'occuper de la logistique dès que je les aurai mis au courant de la situation.

Jock abritait ses yeux du soleil tandis qu'ils approchaient de bateaux ancrés au large.

— Notre travail est d'arriver jusqu'à Suzie et de lui fournir le soutien dont elle a besoin.

Grace jeta un coup d'œil au profil de Jock. Comme cette version de son nouveau collègue était différente du play-boy charmeur et décontracté qu'elle avait rencontré quelques heures plus tôt ! C'était Jock McKay le chirurgien qu'elle voyait maintenant. Concentré. Responsable.

Elle n'avait bien sûr pas imaginé commencer sa nouvelle expérience dans un tel contexte, mais elle ne pouvait pas être en meilleure compagnie.

Son cœur se serra, cependant, lorsqu'ils approchèrent de l'élégant yacht qui appartenait à Oliver et Suzie. Ils purent tous entendre le cri de douleur qui venait de la cabine.

— Ollie... où es-tu ? Je ne peux pas faire ça.

Oliver était blanc comme un linge. Il coupa le moteur, l'air totalement perdu. Jock se leva pour stabiliser le canot contre l'arrière du yacht.

— Vous pouvez monter ? demanda-t-il à Grace. Il vaudrait mieux que vous passiez la première. Je vais parler un peu à Oliver. J'apporterai le kit dans une minute.

Apparemment, il préférait que Suzie ne voie pas son mari aussi terrifié. Grace hocha la tête, prête à agir. Si le travail était déjà assez avancé pour qu'on ne puisse pas déplacer la mère, seules les compétences d'une sage-femme seraient utiles. Et si Oliver pouvait être assez rassuré pour trouver la force de soutenir sa femme, cela ferait une énorme différence pour eux tous.

La cabine intérieure d'un petit yacht n'était pas l'espace idéal pour une intervention médicale. Le plafond était trop bas pour pouvoir se tenir debout et il n'y avait presque pas de place entre les banquettes qui servaient de lits. Mais Grace ne semblait pas perturbée, et Jock réalisa que son expérience comme secouriste devait être un gros atout. Elle était habituée à affronter n'importe quel défi dans n'importe quel environnement.

Elle avait attaché sa queue-de-cheval en arrière pour écarter complètement ses cheveux et son visage affichait une extrême concentration tandis qu'elle examinait Suzie. Oliver s'était glissé sur la banquette d'en face et tenait la main de sa femme.

Grace leva les yeux vers Jock.

— Le bébé est en position longitudinale et se présente par la tête. Suzie est complètement dilatée et dans la deuxième phase du travail. Elle n'éprouve pas encore le besoin de pousser, mais je peux sentir la tête du bébé. Elle est déjà bien engagée.

Jock hocha la tête. Cela signifiait qu'ils ne bougeraient pas Suzie.

— Oliver, pouvez-vous trouver autant de serviettes propres que possible ?

— Pourquoi ?

— Je pense que votre bébé est pressé de naître sur un bateau.

Oliver déglutit et se tortilla pour aller chercher le linge.

— Vous n'avez pas un Doppler portable ou un fœtoscope dans ce kit, Jock ? Ce serait bien d'avoir un rythme cardiaque.

— Non, mais j'ai un stéthoscope.

— Oh…, grogna Suzie.

— Une autre contraction ? demanda Grace en consultant sa montre. Cela ne fait que deux minutes depuis la dernière.

— J'ai besoin de pousser, marmonna Suzie, les dents serrées. Oh ! mon Dieu… Non…

— Tu t'en sors très bien, lui dit Oliver. Pense à respirer.

Suzie lui lança un juron.

Jock avait le stéthoscope dans les oreilles. Il dut se presser contre Grace pour s'approcher et ausculter le ventre de Suzie qui paraissait dur comme du béton. Avec la contraction, il était difficile de trouver la meilleure position pour entendre le cœur du bébé, et les cris de Suzie empêchaient de percevoir quoi que ce soit.

— Je me sens mal, dit-elle entre deux grognements. J'ai besoin d'aller aux toilettes. Oh… ça fait mal…

— Garde ton souffle pour pousser, conseilla Oliver.

Elle l'insulta de nouveau.

— Rythme cardiaque de 130, dit Jock à Grace.

C'était normal. Ils échangèrent un regard soulagé. Et la voix calme de Grace avait le don de dissiper la tension qui augmentait.

— C'est très bien, Suzie. Je vois la tête du bébé, maintenant. Il sera là très bientôt.

Jock la vit apparaître aussi. Puis elle recula et le menton disparut, cet effet « tortue » indiquant que les épaules du bébé étaient coincées. Un avertissement concernant une urgence obstétrique potentielle.

Cette fois, le regard que Jock échangea avec Grace fut intense, mais il garda une voix aussi calme que la sienne.

— On change de places ?

Ce fut compliqué à cause du manque de place dans la cabine, mais

Grace, de nouveau, fit en sorte que cela paraisse facile. Peut-être parce qu'elle était aussi concentrée que lui sur leur patiente.

— Suzie ? Nous allons vous mettre dans une autre position afin de rendre votre prochaine contraction plus efficace, d'accord ?

Jock allait demander à Grace d'aider Suzie à replier ses cuisses sur son ventre, mais elle s'en occupait déjà.

Cette position pouvait faire pivoter le pelvis et élargir l'ouverture pour dégager l'épaule du bébé.

— Je ne peux pas faire ça, gémit Suzie. Ça fait mal...

— Que se passe-t-il ? demanda Oliver. Pourquoi faites-vous ça ?

Suzie affrontait une autre contraction, et Jock s'aperçut qu'il retenait son souffle. Il avait noté le moment où la tête du bébé était apparue, et le compte à rebours était enclenché pour libérer l'enfant. Ils n'avaient que quelques minutes avant que les choses risquent de dégénérer.

— Parfois, le bébé peut être un peu coincé pendant un moment, répondit Grace. Ceci est le meilleur moyen pour régler le problème.

— Vous pourriez aider à tenir les jambes de Suzie, Oliver, suggéra Jock.

— Allez de l'autre côté et placez-vous près de sa tête, ajouta Grace.

Suzie poussa un cri de douleur aigu. Oliver se faufila comme il put pour être près d'elle.

— Tenez vos jambes derrière vos genoux, ordonna Grace à Suzie, tandis que celle-ci s'appuyait contre son mari. Oliver peut poser ses mains sur les vôtres pour vous aider à tirer le plus possible vos jambes sur votre poitrine. Et ne poussez pas, Suzie. Soufflez seulement...

— Grace ? Pouvez-vous effectuer une pression supra-pubienne, s'il vous plaît ?

Jock fut satisfait de la voir localiser l'épaule antérieure du bébé, et appliquer la pression avec un mouvement de rotation. Elle savait exactement ce qu'elle faisait. Pendant ce temps, il réfléchit à ce qu'il pourrait tenter dans le cas où cette technique échouerait.

Il avait un scalpel dans son kit. Il pourrait pratiquer une épisiotomie pour glisser plus facilement une main à l'intérieur, saisir le bras et sortir le bébé. Le temps passait. La tension augmentait rapidement.

— Je sens bouger le bébé…, dit Grace. Je pense que nous y sommes presque, Suzie.

Et alors l'urgence potentielle disparut, et le bébé glissa dans les mains de Jock. Mieux encore, ce gros garçon se mit à crier tout de suite ; ses cris résonnèrent dans l'espace confiné, ce qui fit rire ses parents. Avant qu'ils ne se mettent à pleurer.

Grace avait aussi les larmes aux yeux.

— Le résultat au test d'Apgar est de 8, annonça Jock.

— C'est bien ? demanda Oliver.

— Super, affirma Grace. Posons le bébé sur la peau de sa maman pour le tenir au chaud. Voulez-vous couper le cordon dans une minute, papa ?

— Absolument, répondit Oliver avec assurance.

Pendant ce temps, Jock examinait les épaules du bébé.

— C'est bon, conclut-il. Pas de fracture des clavicules.

Il regarda Grace. Oui, il y avait des larmes, mais elle souriait au bébé. Il pouvait voir la joie sur son visage et sentir l'immense satisfaction qu'elle retirait de sa profession.

Il pouvait sentir sa passion.

Il adorait rencontrer des gens qui aimaient comme lui le métier auquel il avait choisi de consacrer sa vie. Il appréciait de travailler avec des personnes intelligentes et exceptionnellement bonnes dans ce qu'elles faisaient. Et d'accord… il ne pouvait nier qu'il avait plaisir à côtoyer de très belles femmes.

Comme celle qui semblait attendre de croiser son regard, une main sur le ventre de Suzie. Celle-ci était si enchantée de son bébé qu'elle ne parut pas noter une nouvelle contraction, mais Jock porta son attention sur la dernière phase du travail, l'expulsion du placenta.

Le plus gros de son attention, en tout cas. Une partie de son cerveau recensait tous les attributs positifs qu'il découvrait chez sa nouvelle collègue, qui était aussi — au moins pour le moment — sa nouvelle colocataire.

Grace Collins était peut-être hors limites, mais il se pouvait fort bien qu'elle soit la femme parfaite.

Non… Après réflexion, c'était peut-être parce qu'elle était hors limites qu'elle incarnait la femme de ses rêves.

Aussi séduisante qu'elle soit, si Jock songeait à réagir à son charme il voyait dans sa tête sa sœur agiter un doigt menaçant, et c'était plus que suffisant pour lui rappeler de garder ses distances. D'un autre côté, cela signifiait qu'il n'aurait pas à s'éloigner dès qu'ils auraient atteint un certain niveau d'intimité.

Il pouvait obéir à Jenni et s'occuper de Grace comme un grand frère. Ce qui voulait dire qu'il pourrait s'amuser avec elle. La taquiner comme il taquinerait sa sœur. Prendre plaisir à une conversation ou sortir quelque part avec elle sans être en alerte.

Oui… ceci était sans danger.

2

En se réveillant le lendemain matin, Grace se demanda pendant quelques secondes déconcertantes où diable elle était. Puis elle entendit quelqu'un siffloter. Un homme, et ce fut encore plus déconcertant.

Elle se figea dans son nouveau lit, regardant le plafond haut orné d'une moulure centrale en plâtre. Le soleil entrait par les rideaux qu'elle avait mal fermés la veille avant de s'écrouler vers 19 heures, vaincue par le jet-lag.

Lorsqu'elle se rappela où elle se trouvait, elle inspira profondément. Elle était seule dans une maison avec un homme, et cette réalité bloqua son souffle dans sa poitrine. Avait-elle vraiment pensé qu'elle supporterait ça ?

Elle expira assez lentement pour se calmer. Se rassurer.

C'était Jock McKay qui sifflotait.

Le frère de sa meilleure amie.

L'homme aux yeux qui pétillaient et au sourire effronté, qui n'aurait pas pu mieux la recevoir quand elle était arrivée la veille. Sapristi… Ses premiers mots avaient été de lui offrir quelque chose à manger, comme s'il avait attendu l'occasion de s'occuper d'elle. Comment pouvait-elle se sentir nerveuse à l'idée d'être dans cette maison avec un homme pareil ?

Par-dessus tout, il était le frère de Jenni, et son amie lui avait dit qu'elle n'aurait absolument rien à craindre de lui.

Cela n'empêcha pas la nervosité de pointer son nez tandis que

Grace enfilait ses habits avant de se rendre à la salle de bains puis dans la cuisine, où elle trouva Jock en train de rincer des assiettes.

— Bonjour, Belle au bois dormant, dit-il. Bien dormi ?

— Comme une bûche. Pour être honnête, je ne suis pas sûre d'être complètement réveillée. J'ai l'impression de rêver encore.

Ce sourire, de nouveau. Et cet éclat chaud qui rendait ses yeux d'un bleu remarquable. Grace relâcha lentement son souffle.

Tout allait bien. Elle pouvait faire face.

— Il vous faut du café, dit Jock. Je vous proposerais bien d'en faire, mais ma première opération commence à 8 heures et je dois voir toutes mes patientes avant.

— Vous n'avez pas besoin de vous occuper de moi, Jock.

— Oh ! je pense que si. Jenni m'étripera si je ne le fais pas.

Grace rit.

— Je suis parfaitement capable de faire mon propre café.

— Il y a plein de pain pour des toasts. Vous trouverez de la confiture et de la Végémite dans le même placard que le café.

— De la Végémite ?

— Une pâte à tartiner aux légumes. J'adore ça. Vous venez à l'hôpital aujourd'hui ? demanda Jock en quittant la cuisine.

— Oui. Je vais avoir droit au grand tour et au parcours d'initiation, afin d'être prête à commencer sur les chapeaux de roues mercredi.

— Je vous verrai peut-être. Si vous voulez explorer la région, plus tard, je vous laisse volontiers ma voiture. Les clés sont sur ma table de chevet.

— Merci, mais je n'en aurai pas besoin.

Jock haussa un sourcil.

— Vous conduisez, n'est-ce pas ?

— Bien sûr ! Je conduisais une ambulance, vous vous souvenez ? Mais c'est facile d'aller à l'hôpital à pied d'ici.

— Oui, mais vos visites à domicile vous mèneront quelquefois à une heure de l'hôpital, ou davantage. Il serait bon que vous appreniez à connaître le réseau routier.

— Je pense que j'utiliserai une voiture de l'hôpital pour mes visites. Et il me faudra une voiture à moi pour pouvoir sortir et découvrir la Nouvelle-Zélande.

— Je pourrai vous aider. Je connais un vendeur dans un garage local. Mais il vaudra mieux que je vienne avec vous pour m'assurer qu'on vous fasse le meilleur prix.

— Quelle heure est-il, pour toi ?

— Juste 17 heures. Et pour toi ?

Jenni semblait scruter l'écran de son téléphone.

— On dirait que tu prends ton petit déjeuner. Ooh... qu'est-ce que c'est que cette pâte noire, sur ton toast ?

— De la Végémite. Mon nouveau dada. Sur du pain complet grillé. Il paraît que c'est encore meilleur avec de l'avocat par-dessus, mais je n'ai pas encore essayé.

— Berk...

Grace ignora la grimace de Jenni.

— Et il est 6 heures du matin, ici. La journée va être splendide. Regarde ça...

Elle fit tourner son téléphone autour d'elle.

— Tu vois comme le ciel est déjà bleu ?

— Je ne veux pas le savoir, grommela Jenni. Ici, il a de nouveau neigé aujourd'hui. Il est tombé de la neige fondue, ce qui fait qu'il y a de la gadoue partout. Et il gèle.

— Dis-m'en plus.

Grace eut un grand sourire en prenant son mug de café.

— Non. Tu es déjà trop contente comme ça. Je suis verte de jalousie.

— Tu as pris des billets pour venir nous voir ?

— Je m'en occupe. Ce n'est pas un voyage bon marché. Et Fergus veut que j'aille avec lui au Portugal pour un week-end.

— Fergus, ce n'est pas le garçon avec qui tu as commencé à sortir avant que je quitte Glasgow ?

— Si.

Grace rit.

— Je ne réserverais pas pour le Portugal, alors.

— Pourquoi ?

— Cela fait presque trois semaines. Tu battras ton propre record si ça dure plus d'un mois.

— Tu es dure.

— Tu es aussi incorrigible que Jock. Il a la réputation d'être un play-boy, ici, mais personne ne semble lui en vouloir. C'est un garçon populaire, ton frère.

— C'est pourquoi il est bon de prendre des précautions dès le début. S'il est clair que ce ne sera jamais sérieux, personne n'est blessé et tu peux juste profiter.

Grace prit une bouchée de son toast pour éviter d'avoir à répondre à cette affirmation. Elle était peut-être en décalage avec la majorité de sa génération, mais le sexe sans lendemain ne l'avait jamais tentée.

— Tu as raison, déclara Jenni. Je ne vais pas réserver pour le Portugal. Je vais plutôt mettre l'argent dans le billet pour la Nouvelle-Zélande. Et si c'est l'occasion de rompre pour Fergus, tant pis. Que vas-tu faire aujourd'hui ?

— J'ai une future mère qui est presque à quarante-deux semaines et qui vient de bonne heure pour un déclenchement, afin qu'elle puisse accoucher dans la journée. Et j'ai des consultations prénatales cet après-midi. Ce sera plein, sans doute, mais je commence à prendre mes marques et à me sentir moins nerveuse.

— Mais tu adores ce travail, n'est-ce pas ?

— Oui...

Grace consulta sa montre.

— Et je ferais mieux de me préparer et d'y aller. Je ne peux pas rester assise ici à regarder les bateaux et le soleil qui brille sur la mer. Tu sais, Jock a dit que je pourrai monter à bord de son bateau la prochaine fois qu'il ira pêcher avec son ami Dan. Si j'ai de la chance, je pourrai peut-être aller nager avec des dauphins.

— Oh ! arrête..., rétorqua Jenni en riant. Il est par là ? Je pourrais l'agacer un moment, jusqu'à ce que Fergus passe me prendre pour aller en ville.

— Non, il est allé courir. Ou jouer au squash. Je n'arrive pas à suivre son programme de mise en forme. C'est peut-être un peu comme sa vie amoureuse. Une variété infinie et toujours quelque chose sur le feu.

Jenni rit.

— Tu n'es pas retombée sur une femme à demi-nue, dans la maison ?

— Non. Je pense qu'il joue la clandestinité pendant que je m'installe. Un ou deux soirs, il est rentré très tard.

Grace enfourna le reste de son toast et se leva.

— Est-ce aussi désagréable que tu le pensais de devoir vivre avec un homme ? Comptes-tu toujours trouver un endroit à toi ?

Grace montra qu'elle avait la bouche pleine et en profita pour réfléchir à la question de son amie. Surprise, elle réalisa qu'elle avait presque oublié que cela avait été son plan initial. Que l'idée de vivre avec un homme, même temporairement, l'aurait dissuadée de venir ici si le colocataire n'avait pas été le frère de Jenni.

La présence de Greta lors de son arrivée avait certainement contribué à la détendre. Et Jock s'était montré particulièrement décontracté et accueillant. Il avait fait des blagues en rentrant après l'accouchement sur le yacht : une naissance sur l'eau sans que personne ne soit mouillé. Elle s'était aperçue alors qu'il était le premier homme à la faire rire depuis... depuis que sa vie avait glissé vers la falaise dont elle était tombée.

Grace renonçait à l'idée de déménager parce qu'elle se sentait en sécurité. Ce n'était pas seulement parce que le loyer était peu élevé dans cette maison qui dépendait de l'hôpital.

Et pourquoi voudrait-elle améliorer quelque chose qui allait bien ?

D'accord, il y avait bien eu quelques moments délicats au cours des premiers jours, comme la fois où elle était sortie de sa chambre pour tomber sur Jock émergeant de la salle de bains avec juste une serviette autour de la taille. Elle en avait éprouvé un trouble qui lui avait coupé le souffle. Sans compter les fois où elle était dans la cuisine, entendait la porte d'entrée s'ouvrir devant Jock et sentait un frisson familier lui parcourir l'échine.

Mais, maintenant, elle avait l'impression qu'elle ne réagirait plus ainsi, c'est-à-dire trop vivement. Il lui semblait qu'elle changeait d'une manière importante, qui ne concernait pas seulement son style de vie.

— Il a été brillant, dit-elle à Jenni. Il m'a obtenu un si bon prix pour la voiture que j'ai achetée la semaine dernière ! Il m'a accompagnée pour un trajet d'essai, puis il a négocié durement avec le vendeur.

Et cette expérience avait été un test à un autre niveau. Elle s'était assise à côté de Jock dans une petite voiture à hayon. Assez près pour qu'il puisse la toucher facilement... et elle s'était quand même sentie en sécurité.

Elle avait vu le regard envieux que la réceptionniste du garage lui lançait pendant qu'elle signait les papiers. Un regard qui disait combien elle était chanceuse d'avoir un superbe petit ami pour l'aider à acheter une voiture. Et, si elle était honnête, Grace devait reconnaître qu'elle avait apprécié cette méprise.

Ce qu'elle n'avouerait jamais à Jenni.

— Il est vraiment bon cuisinier, ajouta-t-elle vivement. Il fait les meilleurs sandwichs au bacon du monde... et quelquefois il se souvient même d'abaisser le siège des toilettes.

Grace essayait de ne pas afficher un sourire trop large. Elle ne voulait pas que Jenni soit blessée en voyant qu'elle s'installait si facilement dans sa nouvelle vie. Qu'elle se sentait tellement plus en sécurité en vivant si loin du Royaume-Uni — et de son passé. Qu'elle était plus heureuse que... depuis toujours, peut-être.

— J'ai toujours désiré avoir un grand frère quand j'étais petite, et maintenant c'est comme si j'en avais un, acheva-t-elle avec sincérité. En outre, il te ressemble tant que ça m'aide à ne pas trop souffrir de ton absence.

— Ah..., fit Jenni en prenant un air triste. À présent, je me sens vraiment éliminée. Et tu me manques énormément. Salue Jock pour moi.

La première fois que Grace vit Jock, plus tard ce matin-là, ce ne fut vraiment pas le moment de lui transmettre les salutations de sa sœur.

Il était prévu de déclencher le travail de sa patiente Melissa, qui avait largement dépassé sa date d'accouchement pour son premier enfant. Mais celle-ci arriva à l'hôpital en plein travail, et dilatée de quatre centimètres, au moment où Grace prit son service. On devait lui faire une péridurale pour soulager la douleur et ce fut Dan, le partenaire de pêche de Jock, qui se présenta pour effectuer l'anesthésie spinale. Ce grand homme sérieux parla très peu après avoir demandé les constantes vitales de la patiente et si la surveillance fœtale donnait lieu à des préoccupations. Grace l'aida à mettre Melissa en position et il fit son travail rapidement et avec efficacité.

Des heures plus tard, cependant, les contractions ralentissaient, la dilatation n'avait pas progressé, l'anxiété de Melissa allait croissant et, surtout, le bébé commençait à donner des signes de détresse, son rythme cardiaque diminuant pendant les contractions et mettant chaque fois un peu plus longtemps à se rétablir. Quand Melissa perdit les eaux et qu'on trouva des traces de méconium dans le liquide, Grace appela Jock, qui était l'obstétricien de service, et le présenta aux futurs parents.

— Mel a trente et un ans et c'est sa première grossesse, indiqua-t-elle. Il n'y a pas eu de complications jusqu'ici, mais elle est à quarante et une semaines et devait subir un déclenchement ce matin parce que les mouvements fœtaux ont faibli hier.

— Bonjour, Mel.

Jock portait un uniforme bleu pâle et un stéthoscope autour du cou. Il passa rapidement en revue le dossier de la patiente et nota ce qui n'allait pas, mais il adressa à Melissa un sourire plus que rassurant.

— Je vois que vous avez décidé d'entrer en travail toute seule ce matin, dit-il. C'est bien de prendre un peu d'avance.

Ce fut la première fois que Grace vit sourire Melissa et elle pouvait comprendre pourquoi. Elle-même aurait été rassurée si Jock s'était tenu ainsi à son chevet, fier des efforts qu'elle faisait et prêt à l'aider de n'importe quelle manière. Pour une mère épuisée, effrayée, et pour son mari très nerveux, il était l'équivalent médical d'un preux chevalier venant à la rescousse. Il représentait l'espoir que le pire était passé.

Grace vit Melissa et Jason pousser un soupir de soulagement. Ce n'était pas qu'ils n'avaient pas confiance dans leur sage-femme, mais ils mesuraient qu'ils étaient au bon endroit, avec les meilleures personnes et les meilleures ressources possibles pour les aider. Et qui ne se serait pas fié à Jock McKay ?

Melissa et son mari ne connaissaient pas son niveau de compétence, mais ils pouvaient certainement sentir le respect avec lequel les autres membres du personnel le regardaient. Et le fait qu'il se souciait vraiment des mères et de leurs bébés. Comme Grace.

Elle aimait cela chez lui.

Il examina Melissa avec douceur mais consciencieusement. Quand elle eut une autre contraction, ils entendirent tous la baisse du rythme cardiaque du bébé grâce à l'appareil de surveillance branché sur son ventre.

Jock s'appuya d'une hanche sur le bord du lit, les yeux à la hauteur de ceux de Melissa. Grace, de l'autre côté, prit la main que la jeune femme tendait vers elle.

— Vous faites du très bon travail, dit doucement Jock. Mais il s'est passé trop de temps sans progrès, et je pense que votre bébé se fatigue. L'option la plus sûre pour vous deux est une césarienne.

Melissa hocha la tête. Grace avait déjà évoqué cette possibilité.

— Je veux juste que ce soit fini, dit-elle. Qu'elle sorte et que nous sachions qu'elle va bien.

— C'est ce que nous voulons aussi, dit Jock. Grace va vous préparer et je vous verrai en salle d'opération. Il y aura aussi Dan, notre anesthésiste, que vous avez déjà rencontré. Il s'occupera de vous.

Il sourit à Jason.

— Vous allez bientôt connaître votre bébé. Vous avez des questions ?

Melissa étouffa un sanglot.

— Est-ce que Jason pourra être là tout le temps ?

— Bien sûr. Il sera à côté de vous à la tête du lit. Il ne pourra pas voir l'opération parce que nous mettrons un écran, mais il pourra vous parler et vous tenir la main.

— Grace sera là aussi ?

— Elle est votre sage-femme.

Jock sourit à Grace.

— C'est moi qui ferai l'accouchement, cette fois, mais je suis sûr qu'elle ne voudra pas être ailleurs.

— C'est vrai, dit Grace. Nous serons tous là pour prendre le plus grand soin de vous et de votre bébé, Mel.

Jock ne s'était pas trompé. Grace avait toujours aimé assister aux césariennes. Elle put voir Jock mettre un bébé au monde et elle retint son souffle. Elle avait observé la procédure des dizaines de fois, mais c'était toujours un peu différent.

Les étapes étaient familières. L'incision horizontale sur le bas-ventre qui exposait d'abord la couche de graisse, puis les muscles et le globe luisant de l'utérus. L'odeur des vaisseaux sanguins qui étaient cautérisés, le bruit de l'aspiration du liquide amniotique. Grace ne fut pas surprise par l'expression concentrée de Jock tandis qu'il libérait le bébé, qui devait déjà être bien engagé dans le pelvis.

Enfin, la tête sortit, et une infirmière moucha rapidement le petit nez et la petite bouche. Grace se rapprocha, une serviette stérile dans ses mains gantées, tandis que Jock dégageait les épaules.

— Et voilà...

Il leva le bébé à deux mains, en soutenant sa tête, assez haut pour que les parents le voient par-dessus l'écran. Les jambes minuscules étaient encore remontées et le cordon ombilical pendait sous la petite fille.

— Elle est superbe, déclara-t-il.

Puis, avant que le cordon soit coupé, Jock la tint devant son visage — le temps d'un battement de cœur — et la regarda en face comme pour se rassurer que tout allait bien. Les yeux du bébé étaient ouverts et il semblait le fixer, trop surpris pour bouger.

Et cela se reproduisit.

Cet instant qui ne s'effacerait jamais pour Grace.

L'écho de cet horrible silence quand vous savez que tout ne va pas bien. Que les choses n'iront plus jamais bien. Quand votre avenir — et le monde tel que vous le connaissiez — a déraillé en une complète catastrophe.

Le souvenir était si fugitif qu'il disparaissait presque, mais ce fut ce qui suivit qui faillit faire craquer Grace.

Jock sourit au bébé.

Elle ne pouvait voir sa bouche derrière son masque, mais ses yeux se plissèrent et son langage corporel s'adoucit, comme s'il souhaitait la bienvenue par télépathie à ce nouveau petit humain.

Cela ressemblait beaucoup à de l'amour, et le cœur de Grace se serra si douloureusement qu'elle poussa presque un petit cri. Elle se dit que Jock sourirait probablement ainsi à son propre bébé lorsqu'il prendrait sa première respiration.

Comme elle l'avait fait une fois, une fraction de seconde, quand son bébé était né. Avant qu'elle réalise ce que signifiait le silence autour d'elle. Qu'il n'y aurait pas de première respiration...

Elle se souvint alors de ce que Jenni lui avait dit le jour où sa vie avait commencé à changer — que le seul engagement à long terme que Jock McKay prendrait jamais était vis-à-vis de ce bateau qu'il aimait tant. Il était improbable qu'il ait un jour des conversations télépathiques avec son bébé, mais, étrangement, cela sembla renforcer un lien entre elle et lui.

La petite fille ne paraissait pas trop impressionnée par l'attention de Jock. Elle plissa son petit visage et se mit à crier avec vigueur tandis qu'on coupait le cordon et qu'on la posait sur la serviette que Grace tenait dans ses mains. Elle put la porter brièvement aux parents avant le premier examen complet effectué par le pédiatre, qui déclara que tout allait bien.

Grace put alors envelopper le bébé dans des serviettes pour le garder au chaud et le déposa dans les bras de son père assis à côté de Melissa. On passa alors à la partie la plus longue de l'opération, avec le retrait du placenta et la pénible fermeture de toutes les couches de l'abdomen.

Et cela fournit à Grace une autre occasion d'observer Jock.

De se rappeler cette conversation avec Jenni, tôt ce matin-là, qui lui avait fait réaliser combien elle était heureuse d'avoir pris la décision de laisser son ancienne vie derrière elle. Car elle lui semblait très loin, maintenant.

Elle ne se rendit pas compte que ses lèvres esquissaient un sourire jusqu'à ce qu'elle se retourne vers Melissa et surprenne un coup d'œil de Dan.

Oh ! au secours... pensait-il qu'elle lui souriait à lui ?

Son cœur manqua un battement et accéléra sous l'effet d'une légère panique. Son sourire s'évapora instantanément. Elle n'essayait d'attirer l'attention d'aucun homme. Elle avait même mis au point une ou deux techniques pour s'assurer que ça n'arrive pas.

Comme s'il sentait que quelque chose n'allait pas, Jack leva la tête de ses points pour lui jeter un coup d'œil.

Juste un coup d'œil, rien de plus. Mais cela suffit.

Ce qui menaçait sa tranquillité d'esprit et sa joie en ce moment particulier, quoi que cela puisse être, avait disparu. Elle avait de nouveau les pieds sur la terre ferme.

Oui... Jock était là et elle se sentait de nouveau en sécurité.

3

— Stella Watson ?

La femme assise dans un coin de la salle d'attente, et qui regardait par la fenêtre, sursauta en entendant son nom.

— Je suis désolée de vous avoir fait attendre aussi longtemps, Stella. Le service des consultations prénatales est un peu débordé. Je suis Grace, une des sages-femmes. Venez avec moi.

Grace n'avait pas arrêté de l'après-midi. Elle était frustrée de ne pas avoir plus de temps pour faire connaissance avec ces femmes qu'elle rencontrait pour la première fois. Au moins, la pression était retombée pour le dernier rendez-vous de la journée. Stella Watson avait été placée en fin de liste parce que c'était une première visite prénatale qui demanderait un peu plus de temps, d'autant que le dossier de la patiente ne contenait qu'un bref rapport d'un généraliste.

Dans son cabinet, Grace déplaça les chaises pour s'installer à côté de Stella.

— C'est donc votre deuxième grossesse, Stella ?

— Oui.

— Quel âge a votre premier enfant ?

— Il a… six ans.

Grace le nota. Une grande différence entre des enfants pouvait s'expliquer par toutes sortes de raisons.

— Et vous n'avez pas eu votre premier bébé ici ?

— Non, je vivais dans le Nord. Nous nous sommes installés ici récemment. Mon mari a trouvé du travail sur la jetée.

Stella regarda par-dessus son épaule, comme si elle s'attendait à ce que quelqu'un entre dans la pièce. Ou avait-elle envie de partir ? Quelque chose semblait la tracasser.

— Vous n'êtes pas pressée de rentrer ? demanda Grace. On s'occupe de votre fils ?

— Oui.

— Alors vous ne vous souvenez pas de la date de vos dernières règles ?

Stella secoua la tête.

— Avec tous ces changements...

— Ce n'est pas un problème. Je vais voir si on peut vous prendre pour une rapide échographie, qui nous donnera une date approximative de l'accouchement. Entretemps, je vous questionnerai sur votre passé médical, votre dernière grossesse, etc. Je prendrai votre tension et vérifierai votre poids. Nous ferons une prise de sang et prendrons un échantillon d'urine. Mais le rendez-vous d'aujourd'hui est surtout l'occasion de faire connaissance.

Grace regarda Stella dans les yeux et sourit avec chaleur.

— Je compte bien vous aider afin que vous profitiez au maximum de cette grossesse.

Stella la fixait, l'air atterré.

— Mais... je ne *veux pas* profiter de cette grossesse, murmura-t-elle. Je ne veux pas être enceinte...

Elle fondit en larmes.

— Pardon, dit-elle en sanglotant. Je suis désolée.

— Vous n'avez pas à être désolée.

Grace se pencha vers elle et posa une main sur la sienne.

— Parlez-moi, s'il vous plaît...

Mais Stella secoua la tête. Elle ramassa son sac par terre et se leva si brusquement qu'elle renversa sa chaise. Avant que Grace ait pu dire quoi que ce soit, elle ouvrit avec force la porte du cabinet et disparut.

Jock ne put pas éviter la femme qui lui rentra dedans alors qu'il sortait de la cafétéria de l'hôpital. Elle courait presque, tête baissée, et elle pleurait…

Instinctivement, Jock la saisit par les épaules et la stabilisa. Il était assez courant de voir des personnes ébranlées aller et venir dans l'hôpital, parce qu'elles avaient un proche gravement malade ou venaient de perdre quelqu'un. Peut-être que cette femme avait reçu de mauvaises nouvelles concernant sa propre santé, étant donné qu'elle venait du service des consultations.

Il essaya d'accrocher son regard.

— Hé… tout va bien ?

Question stupide, quand il était clair que ça n'allait pas du tout. Mais Jock percevait la panique de cette femme et il voulait lui faire savoir qu'il était là. Pour l'aider s'il le pouvait.

— Vous devriez regarder où vous allez, sinon vous pourriez avoir des ennuis.

Elle leva enfin les yeux.

— Désolée… Oh ! mon Dieu… Je vous ai fait mal ?

— Pas du tout, répondit Jock en lui souriant. Je suis inoxydable.

Il allait la lâcher car il sentait qu'elle se détendait un peu, mais il vit arriver Grace qui sortait également des consultations. L'inquiétude qu'il lut sur son visage lui permit de comprendre la situation.

— Je crois que quelqu'un vous cherche, dit-il.

— Stella ? Oh ! Dieu merci vous êtes encore là. S'il vous plaît, ne vous enfuyez pas — nous pouvons parler.

Jock sentit que Stella était de nouveau très tendue. Quelque chose n'allait pas du tout, et si elle avait quitté un rendez-vous avec une sage-femme il y avait certainement un problème avec sa grossesse.

— J'allais rentrer chez moi, dit-il, mais je ne suis pas pressé si je peux vous aider.

Ce n'était pas totalement vrai. Il n'était pas monté sur son bateau depuis des jours et avait prévu d'aller pêcher par cette longue soirée d'été.

— Jock est l'un de nos obstétriciens, expliqua Grace à Stella.

Celle-ci s'écarta de lui comme si ses mains la brûlaient.

— Je ne peux pas le faire, murmura-t-elle d'un ton terrifié. Je ne peux pas avoir ce bébé.

Elle se tourna vers l'entrée de l'hôpital.

— Il faut que je sorte d'ici.

— Pas de problème, dit Jock en croisant le regard surpris de Grace. Nous ne pouvons pas vous obliger à rester. Mais pourriez-vous faire quelque chose pour moi, d'abord ?

— Quoi ? demanda Stella, l'air perplexe.

— Parler avec Grace, ne fût-ce que quelques minutes.

— Pourquoi ?

— Parce qu'elle est nouvelle ici et que c'étaient ses premières consultations prénatales, aujourd'hui. Je ne pense pas qu'elle soit habituée à voir une de ses patientes partir en courant.

Stella se mordit la lèvre.

— Oh... désolée.

— Alors vous allez lui parler ?

Stella hocha lentement la tête.

— D'accord... Je suppose que je lui dois bien ça.

Grace croisa le regard de Jock et lui murmura silencieusement « merci » avant de ramener Stella dans le service des consultations.

Il se sentait étonnamment bien d'avoir pu faire quelque chose que Grace appréciait. Jenni serait contente aussi. Il s'imagina plaisanter à ce sujet et dire à sa sœur qu'il avait arrêté une patiente de son amie qui voulait s'échapper.

Mais il n'y avait pas de quoi plaisanter.

Et il était désormais malgré lui impliqué dans le cas de Stella. Il voulait connaître l'histoire et savoir ce qui allait se passer.

Il renonça à son projet de pêche. À la place, il irait au supermarché et trouverait quelque chose à cuisiner pour Grace quand elle rentrerait.

— Comme ça sent bon !

L'arôme du plat en train de cuire fit gargouiller l'estomac de Grace avant même qu'elle franchisse la porte de son nouveau domicile.

— Ce n'est rien d'extraordinaire. Je fais des saucisses et de la purée pour m'assurer que vous n'ayez pas le mal du pays.

— Ça sent bien meilleur que ce que je mangeais au pub local.

Grace lâcha son sac et s'approcha du petit barbecue installé au bout de la véranda.

— Ce sont des saucisses anglaises traditionnelles, au bœuf, mais elles viennent de chez un très bon boucher de la ville. Il vend aussi du gibier ou du porc au cerfeuil, mais j'ai préféré jouer la sécurité.

— Puis-je vous aider ?

— Non. Tout va bien.

Grace se laissa choir sur une chaise en poussant un soupir.

— Jenni vous dit bonjour, au fait. J'ai essayé de trouver un moment pour vous en faire part toute la journée, mais il y a toujours eu quelque chose.

— Quand lui avez-vous parlé ?

— Ce matin, au petit déjeuner.

Elle renversa la tête en arrière et ferma les yeux. Cela lui paraissait si loin !

— Quelle journée !

— Oui. Un grand jour pour Melissa. Vous avez bien fait de ne pas laisser traîner le travail.

Grace se réjouit qu'il se souvienne du prénom de leur patiente et qu'il ne dise pas « la césarienne de ce matin ».

Il fit tourner les saucisses avec des pinces sur le gril.

— Comment ça s'est passé avec Stella, finalement ?

— Nous avons parlé pendant plus d'une heure. C'est pourquoi je suis arrivée tard. La pauvre, elle souffre de... Oh ! comment ça s'appelle, déjà ? Une peur terrible de la grossesse et du travail ?

— Une tocophobie, dit Jock en hochant la tête. Avez-vous trouvé la cause ?

— Oui.

Grace se redressa sur sa chaise.

— Elle a déjà vécu un accouchement terriblement traumatisant. Pas ici, s'empressa-t-elle d'ajouter. Dans un petit hôpital du nord. Il y a six ans.

— Que s'est-il passé ?

— C'était une première grossesse. Elle est entrée en travail à quarante semaines, mais vingt-trois heures plus tard le bébé était en détresse. Deux aspirations qui ont échoué, une épisiotomie avec une anesthésie insuffisante et un accouchement au forceps qui semble avoir été épique.

— Bonté divine… On se croirait revenu au Moyen Âge.

— Elle a eu de la chance que son fils survive. Il avait le cordon autour du cou, en plus. Et, comme si ça ne suffisait pas, ils ont fait une extraction manuelle du placenta sans anesthésie. D'après Stella, cela a été le pire. La douleur a été incroyable.

Jock secoua la tête.

— Pas étonnant qu'elle soit terrifiée. En a-t-elle parlé à quelqu'un ?

— Je ne crois pas. Elle s'est dit qu'il valait mieux laisser tout ça derrière elle. Elle a fait tout ce qu'elle pouvait pour éviter de retomber enceinte, mais son mari souhaitait désespérément un autre enfant, alors elle a pensé qu'elle pouvait se forcer à recommencer pour lui. Mais elle ne lui a pas encore dit qu'elle est enceinte, parce que… elle envisage une interruption volontaire de grossesse, sans qu'il soit au courant.

— Qu'avez-vous dit ?

Le coup d'œil encourageant de Jock indiqua à Grace qu'il comprenait qu'elle avait dû avoir du mal à entendre ça.

— Elle n'est qu'à huit ou neuf semaines, alors je lui ai dit qu'elle n'avait pas besoin de prendre une décision d'urgence. J'ai suggéré qu'elle consulte un obstétricien, et elle a dit qu'elle ne voulait voir que vous. Les obstétriciens la terrifient, mais apparemment vous l'avez conquise.

Jock haussa une épaule avec modestie.

— Parfois, ça paye d'avoir l'air d'un adolescent attardé au lieu d'un chirurgien. Lui avez-vous parlé d'une césarienne programmée, pour éviter de répéter les traumatismes de la première fois ?

— Oui. Elle a fait quelques recherches et a entendu dire sur un site qu'il était très difficile de trouver un obstétricien qui accepte de le faire.

— Ce n'est pas vrai. Je serai heureux de la voir le plus rapidement possible, et de procéder moi-même à la césarienne si c'est le meilleur choix pour elle. Je ferai de mon mieux pour que cette naissance ne lui donne pas de cauchemars.

— Comme Melissa ce matin. Je suis passée la voir avant de rentrer et elle est si heureuse !

Grace sourit franchement, cette fois. Et Jock n'avait pas impressionné que ses patientes, ce jour-là. Elle n'allait pas le lui dire, mais elle avait été conquise par sa façon d'accueillir le bébé de Melissa et, plus tard, d'aider Stella en détresse. Il n'était pas seulement un excellent chirurgien, il était un homme bien. Vraiment bien.

Peut-être le meilleur homme qu'elle ait jamais rencontré.

Et cela se comprenait, étant donné que sa sœur jumelle était la meilleure amie qu'elle ait jamais eue.

Jock ne vit pas son sourire, car il s'occupait des saucisses.

Il haussa une épaule.

— C'est bon à entendre. J'espère que nous aurons à partager beaucoup d'autres succès comme celui-là. En attendant... êtes-vous prête à manger ?

— Je meurs de faim.

— Excellent. Venez avec moi.

Grace choisit de la moutarde de Dijon pour accompagner ses saucisses, au lieu de la sauce tomate que Jock préférait.

— Je pense que vous cuisinez les saucisses encore mieux que le poisson, dit-elle.

— Je vais mettre ça sur mon CV, dit-il avec un grand sourire. Ça peut être utile un jour.

— Pour quoi ?

— Oh ! je ne sais pas. Un site de rencontres ?

Grace se contenta de secouer la tête. Jock reprit :

— Ça me rappelle… J'ai reçu un texto me disant que quelques collègues vont au pub, plus tard dans la soirée. Je pense y aller. Pourquoi ne viendriez-vous pas aussi ? Ce serait une bonne occasion de rencontrer d'autres gens.

— C'est un truc de travail ?

— Non. Juste convivial. Vous en connaissez déjà quelques-uns, comme Mandy — elle a probablement fait l'échographie de Stella aujourd'hui.

— Oui, en effet.

— Et Dan sera peut-être là. Vous l'avez rencontré ce matin quand il a fait la péridurale de Melissa.

— Mmm, fit simplement Grace.

— Il est célibataire, ajouta Jock.

Grace haussa un sourcil.

— Et… ?

Il leva les mains, de l'air de s'excuser.

— Moi, j'étais un ado avec les cheveux roux et des taches de son. Je croyais que toutes les femmes étaient automatiquement attirées par les beaux ténébreux, de préférence grands.

— Merci, j'ai déjà donné, répondit Grace d'un ton léger et ferme à la fois. Je n'ai pas l'intention de recommencer, jamais.

Elle se leva pour porter son assiette à l'évier.

— Merci pour ce repas. C'était délicieux.

Eh bien… Dire qu'il avait cru voir une étincelle entre sa nouvelle colocataire et son copain de pêche ! Cette réponse rappela aussi à Jock ce que Jenni lui avait dit : que Grace n'était sortie avec personne depuis la fin de son horrible mariage, quelques années plus tôt. Il pensa aussitôt à son ultimatum : il ne devait même pas songer à séduire Grace.

Comme si cela lui viendrait à l'idée…

L'avoir ici était presque comme avoir Jenni. Une autre sœur. Il devrait s'assurer qu'elle ne se lie pas précipitamment avec quelqu'un au lieu de la pousser vers ses amis célibataires. En particulier si elle était encore vulnérable à la suite d'une mauvaise expérience. Mais cela remontait à plusieurs années, non ? Est-ce qu'il ne serait pas beaucoup plus sain pour elle de faire des rencontres ?

Il porta son assiette à l'évier, où Grace faisait la vaisselle.

— Voilà..., dit-il en la posant avec les plats sales.

Sans réfléchir, il toucha l'épaule de Grace pour lui témoigner son approbation.

— Merci...

Il la sentit sursauter sous sa main, mais ce qui le choqua encore plus, ce fut qu'elle laissa tomber par terre l'assiette qu'elle lavait. Elle se fracassa sur le sol.

— Oh ! non...

Grace porta une main à sa bouche.

— Je suis tellement désolée...

Elle leva à peine les yeux vers Jock, mais cette seconde suffit à le pétrifier. Car il avait pu déceler la même émotion que celle qu'il avait vue dans les yeux de Stella un peu plus tôt. De la peur...

— Hé, tout va bien.

Il aurait voulu l'étreindre pour la rassurer, mais ce n'était manifestement pas la chose à faire si un bref contact avait provoqué une telle réaction.

— C'est moi qui devrais m'excuser. Je vous ai fait peur.

Grace prit du papier essuie-tout et se baissa pour ramasser la vaisselle cassée.

— Ce n'est pas votre faute. C'est...

Oh ! Seigneur... Était-ce une larme qui roulait sur sa joue ?

Jock s'accroupit à côté d'elle.

— Tout va bien, Grace, répéta-t-il doucement. Vous n'avez rien à craindre...

Elle s'arrêta de ramasser les morceaux. Elle cessa même de bouger.

— Vous savez, n'est-ce pas ? C'est Jenni qui vous l'a dit ?

— Jenni ne m'a rien dit du tout. Juste que vous vous êtes libérée d'un horrible mariage il y a longtemps déjà.

Elle ne dit rien.

— Est-ce qu'il vous frappait, Grace ? demanda doucement Jock. Ce vaurien à qui vous étiez mariée ?

Très lentement, Grace releva le menton, juste assez pour pouvoir le regarder en face. Elle n'eut rien besoin de dire, car il lut dans ses yeux la réponse à sa question.

Et quelque chose se brisa dans sa poitrine. Il ne s'était pas senti en colère à ce point pour quelqu'un — ni aussi déterminé à protéger cette personne — depuis... Depuis que des voyous s'en étaient pris à Jenni lors de leur premier jour à l'école primaire. Il n'avait que cinq ans, mais il s'était battu pour sa sœur.

— Vous n'avez rien à craindre, répéta-t-il. Vous serez toujours en sécurité avec moi.

Et, cette fois, c'était une promesse.

4

Jock ne redemanda pas à Grace de venir au pub avec lui. Et il n'y alla pas lui-même. À la place, il sortit une bouteille de vin d'un placard de la cuisine pendant que Grace achevait de nettoyer le sol.

— Vous n'êtes pas de garde ce soir, n'est-ce pas ?

— Non, répondit-elle.

— Moi non plus.

Il leva la bouteille.

— Aimez-vous le vin rouge ?

— Quelquefois.

— Et est-ce que maintenant serait une de ces fois, à votre avis ?

Grace sentit ses lèvres esquisser un sourire, ce qui était étonnant vu à quel point elle était tourneboulée. Elle avait réagi trop vivement à ce simple contact et en était mortifiée. Depuis que Jock avait deviné l'un de ses plus sombres secrets, elle se sentait terriblement vulnérable.

Mais elle se sentait encore plus vulnérable après l'avoir entendu dire qu'elle ne risquait rien.

Parce qu'elle avait vraiment, vraiment envie de le croire.

Et elle le croyait bel et bien.

Elle se mordit la lèvre pour réprimer un sourire, sécha ses mains avec un torchon et pivota vers lui.

— Maintenant serait absolument une de ces fois, dit-elle.

Ils allèrent s'asseoir dehors sur les sièges en rotin, regardant le ciel qui prenait une jolie teinte rose et se reflétait sur la mer. La journée semblait prendre son souffle et le relâcher en un soupir de soulagement que Grace ressentait jusqu'au plus profond d'elle-même. Elle soupira doucement et se laissa aller dans le cocon des vieux coussins. Pendant une minute ou deux, ils restèrent simplement assis là, à contempler les couleurs qui s'accentuaient avant de commencer à pâlir. Ce fut Grace qui rompit finalement le silence.

— Pouvez-vous dire quel bateau est le *Lassie*, à cette distance ?

— Oui. Il n'y a pas beaucoup de bateaux de plaisance en bois dans la marina. La plupart des gens préfèrent des coques voyantes, en fibres synthétiques, parce qu'elles sont plus faciles à entretenir.

— C'est de ce bateau que vous avez poussé Jenni ?

Jock, qui remplissait leur verre, s'arrêta dans son geste.

— Elle vous a raconté ça ?

Grace hocha la tête.

— Ce n'est pas vrai, grommela-t-il. Nous étions dans un canot, sur une mare, et elle s'est penchée en croyant voir un poisson. J'ai essayé de la rattraper avant qu'elle tombe.

Ça semblait parfaitement crédible, venant d'un homme qui pouvait vous regarder comme s'il était prêt à combattre des dragons pour vous protéger.

Un homme capable de vous dire que vous seriez toujours en sécurité avec lui.

Un homme dont le sourire — comme celui auquel Grace avait droit maintenant — semblait rendre tout un peu plus brillant. Étincelant, même...

L'agréable sensation qu'elle éprouvait dans tout son corps aurait pu être interprétée à tort comme de l'attraction, mais elle se rassura aisément : ce n'était rien de plus que la chaleur d'une amitié qui se développait.

Si c'était autre chose elle ne se sentirait pas en sécurité à ce point, n'est-ce pas ?

— Puis elle s'est relevée, et j'ai vu qu'elle allait bien. Mais elle avait l'air d'un rat trempé et elle était si furieuse que c'en était drôle. Elle ne m'a jamais pardonné d'avoir autant ri d'elle.

— Oh ! je crois que si. Elle vous adore.

Grace but une gorgée de vin. Bien sûr que Jenni adorait son frère. Qui ne l'adorerait pas ?

— J'étais fille unique, reprit-elle. J'aurais tout donné pour avoir un grand frère — même s'il m'avait poussée d'un bateau.

Jock rit.

— Prenez garde à ce que vous souhaitez. Je pourrais faire en sorte que cela arrive, vous savez !

Le silence qui s'installa tandis que le crépuscule tombait autour d'eux était confortable. Grace put même oublier son embarras résultant du fait que Jock savait qu'elle avait été victime d'une relation toxique. Au moins, il ignorait qu'elle avait été assez faible pour rester beaucoup trop longtemps avec son mari. Ou pourquoi…

— Jenni vous a-t-elle dit que cet incident s'est produit alors que nous étions dans un foyer d'accueil ? Juste pour les grandes vacances. Notre mère travaillait et ne pouvait pas s'occuper de nous, et les services sociaux n'appréciaient pas que des jumeaux soient livrés à eux-mêmes pendant des semaines d'affilée.

Jock avait-il senti quelle direction prenaient ses pensées ? Ou voulait-il la mettre à l'aise en partageant à son tour quelque chose de personnel ?

Elle hocha timidement la tête. Elle ne l'aurait jamais poussé à parler d'une enfance qui n'avait pas été idéale, mais c'était peut-être l'occasion pour elle de lui montrer qu'il était aussi en sécurité avec elle. C'était quelque chose d'inattendu, et de très spécial.

— Nous n'en avons parlé qu'une fois, après avoir un peu bu. D'après Jenni, c'était l'un des meilleurs foyers où vous aviez été, parce que vous étiez ensemble.

Elle avala une gorgée pour dissiper la boule qu'elle avait dans la gorge.

— Je suis terriblement désolée que vous ayez eu à subir des choses qu'aucun enfant ne devrait vivre, mais maintenant vous pouvez être fiers l'un de l'autre et du chemin que vous avez parcouru depuis.

Le regard de Jock était ferme.

— Ça laisse des cicatrices, dit-il posément.

— Bien sûr, dit Grace en souriant. Et c'est pire quand ces cicatrices vous sont infligées dans votre petite enfance. Un enfant devrait être protégé. Enveloppé d'amour.

Jock souffla, indiquant qu'il n'avait pas connu ça.

— J'ai appris deux choses, dit-il. Que les promesses rompues peuvent être la fin du monde pour un enfant. Notre mère ne tenait jamais les siennes, mais nous continuions à les croire quand même. Comme quand elle nous disait que sa nouvelle relation ferait de nous une vraie famille, parce qu'elle aimait son compagnon et qu'il l'aimait aussi. Qu'à partir de maintenant tout allait être parfait... mais ça ne l'était jamais.

Il se racla la gorge.

— Quand j'avais dix ans environ, je me suis juré de ne jamais faire de promesses que je ne pourrais pas tenir. Et c'est toujours le cas.

— Je savais que l'on pouvait vous faire confiance avant même de vous avoir rencontré, dit Grace. Pour Jenni, vous êtes la seule personne sur terre à qui elle confierait sa vie.

Jock sourit.

— Frère et sœur, et amis. La seule espèce d'amour dont on ne peut douter. À treize ans, après avoir vu notre mère aller de désastre en désastre, Jenni et moi avons fait le vœu solennel de ne jamais nous marier. Et moi, j'ai décidé que je ne tomberais jamais amoureux, parce que c'était comme ça que les pires catastrophes se produisaient.

— Cela explique beaucoup de choses, dit Grace. Je pensais que Jenni était super exigeante vis-à-vis de ses petits amis, et qu'elle espérait trouver « le bon » en embrassant le plus possible de crapauds. Je ne plaisantais pas, ce matin, en lui disant que l'actuel devait approcher de sa date d'expiration, et qu'elle ne devrait pas gaspiller son argent en partant avec lui au Portugal.

— Et elle m'accuse de briser des cœurs ! s'exclama Jock en soufflant. Je fais très attention à ne blesser personne. J'annonce clairement dès le début qu'une histoire avec moi ne sera jamais sérieuse. Pour être honnête, je ne pense pas être capable de tomber amoureux.

— Vraiment ?

Il haussa les épaules.

— Le risque est beaucoup trop grand. En pensant que quelqu'un d'autre ressent la même chose que vous, en se fiant à ça, vous lui donnez le pouvoir de tout détruire.

— C'est vrai, dit doucement Grace.

Elle le savait d'expérience.

— Au moins, on ne risque rien à aimer ses amis et ses frères et sœurs. Et ce sont des liens solides — même si vous vivez chacun à l'autre bout du monde.

— Je ne pense pas que Jenni croie vraiment que vous passez votre temps à briser des cœurs. Mais, d'après elle, le seul engagement à long terme que vous êtes susceptible de prendre, c'est envers votre bateau.

Jock ne put s'empêcher de rire.

— Et elle m'a dit que vous étiez tellement hors limites qu'elle ne me parlerait plus jamais si je songeais à enfreindre cette règle.

Jenni savait que Grace ne pouvait supporter d'être touchée par un homme depuis qu'elle avait échappé à la violence de son mariage. Mais Grace n'eut pas besoin de le dire à Jock ; il s'en était certainement compte.

— Nous nous sommes promis autre chose en jurant de ne jamais nous marier, reprit Jock en soutenant le regard de Grace. C'est de ne jamais avoir d'enfants, pour éviter qu'ils finissent comme nous. À cette époque-là, nous nous cachions d'un beau-père qui aimait nous frapper.

Son expression indiquait qu'il savait ce qu'elle avait enduré aussi. Qu'il savait ce que c'était que d'être agressé physiquement. Mais Grace sentait surtout la profonde empathie qu'il éprouvait vis-à-vis d'elle.

Puis son visage s'éclaira et son sourire effronté reparut. Manifestement, il jugeait qu'il était temps de sortir des ombres suscitées par ces noirs souvenirs. C'était sûrement un mécanisme de défense qu'il avait appris à utiliser très tôt.

— Alors... quand viendrez-vous pêcher avec moi ? Nous pourrons parler de Jenni et mettre au point un plan pour l'attirer ici. Même si elle vient juste pour une visite, je suis sûr que nous arriverons à la convaincre de s'installer à Picton. Nous fixons ça au prochain jour de congé que nous aurons en même temps ?

Son sourire s'élargit.

— Ça devrait me permettre de planifier ma stratégie pour vous pousser par-dessus bord quand vous vous y attendrez le moins...

D'une certaine manière, ce qui s'était passé ce soir-là avait créé avec Grace une connivence que Jock n'avait jamais eue avec quelqu'un d'autre que sa sœur et c'était...

C'était agréable, voilà.

Il avait promis que Grace serait en sécurité avec lui, mais il n'avait pas imaginé que ce serait réciproque.

Et pourquoi ne se serait-il pas senti en sécurité avec elle ?

La personne en qui il avait le plus confiance au monde faisait confiance à Grace, et les instincts de Jenni sur les gens étaient toujours justes.

Mais il y avait autre chose : Grace n'avait pas soulevé de nouveau le sujet de leur conversation — respectant son intimité comme il respectait la sienne. Et il estimait que personne ne devrait jamais enfreindre ce genre de limites sans y être invité.

Peut-être avait-elle oublié la menace d'être poussée à l'eau depuis le pont du *Lassie*, ou même la partie de pêche qu'il lui avait promise. Ils avaient du mal à trouver un jour où ils étaient tous les deux en congé sans être de garde.

Mais ça allait quand même.

Il devait aller pêcher avec Dan lors de son prochain jour de liberté, il avait un métier qu'il adorait et une colocataire qui était aussi facile à fréquenter que sa propre sœur. L'amitié qui se tissait entre eux promettait de devenir une de ces amitiés qui durent une vie.

Que demander de plus ?

5

Les journées chargées se succédaient, et Grace ne rechignait pas à changer ses horaires et à reporter ses jours de congé pour combler les lacunes dues au manque de personnel. De ce fait, elle n'était toujours pas sortie sur le bateau de Jock.

Le puzzle de sa nouvelle vie se mettait en place et formait une image qui lui rappelait ses rêves, quand Jenni lui avait suggéré d'aller travailler dans un petit pays situé au bout du monde.

Elle n'était plus une étrangère, ici. Elle se faisait de nouveaux amis au travail et nouait des relations grâce aux cas qu'elle partageait avec ses collègues. Elle travaillait avec d'autres sages-femmes, des obstétriciens, des anesthésistes et des radiologues durant les naissances. En outre, elle était en contact avec des généralistes et des infirmières praticiennes dans son suivi prénatal et postnatal des mères dont elle s'occupait.

Certaines de ces relations devenaient plus fortes au fil du temps. Comme celle qu'elle avait avec Jock, créée par Stella Watson. Grace apprit avec joie que sa patiente avait été inscrite à une consultation quelques jours après s'être enfuie de son rendez-vous.

— Je lui ai dit qu'une césarienne programmée était non seulement possible mais à conseiller dans son cas, rapporta Jock. Sa santé, physique comme mentale, et peut-être même son mariage pourraient être menacés si elle se sentait incapable de poursuivre sa grossesse, alors que son mari et elle désirent un autre enfant. Mais ce serait encore pire si elle continuait sa grossesse avec ce niveau d'anxiété.

— Qu'a-t-elle dit ?

— Elle était si soulagée qu'il lui a fallu la moitié d'une boîte de mouchoirs avant que nous puissions planifier les prochaines étapes. Et nous ne sommes pas allés très loin, car tout ce qu'elle voulait c'était rejoindre son mari pour le mettre au courant.

Ces nouvelles comblèrent Grace de bonheur. Elle s'entoura de ses bras comme si elle avait besoin d'étreindre quelqu'un.

— Vous êtes vraiment sensationnel, Jock, vous le savez ?

Il haussa une épaule.

— Je leur ai donné un rendez-vous la semaine prochaine et nous discuterons de tout.

— Formidable. Je vais contacter Stella pour voir si je peux arranger notre première vraie visite prénatale en même temps.

Un jour ou deux plus tard, ce fut au tour de Grace de renforcer leur relation professionnelle.

— J'ai fait une visite postnatale à domicile, lui dit-elle. Je suis allée voir Mélissa et je lui ai enlevé ses points.

— Comment est la plaie ?

— Très propre. Sa température, sa tension et son rythme cardiaque sont normaux aussi, et elle se sent bien. Il n'y a pas de signe d'infection.

— Et ses saignements ? Elle avait encore des pertes quand je l'ai vue avant sa sortie.

— Ils ont beaucoup ralenti. Elle bouge pour diminuer tout risque de thrombose. Autant qu'elle le peut, en tout cas. Jason a pris un congé de paternité de plusieurs semaines et se charge de tout le ménage.

— Et le bébé ?

— Oh ! elle est superbe. Ils l'ont appelée Charlotte. Elle va vraiment bien, à part un petit érythème fessier. Je retournerai voir Melissa quand Jason reprendra son travail, pour m'assurer qu'elle se débrouille seule. Elle risque de se sentir un peu isolée. Ils habitent au pied d'une colline. La maison est cachée par des arbres et ils ont une petite plage privée avec un ponton pour leur bateau.

— Super... Exactement le genre de propriété que j'adorerais avoir un jour.

Grace pouvait l'imaginer dans un tel cadre, bricolant sur son bateau ou pêchant depuis la jetée. Avec deux ou trois mignons enfants aux cheveux roux jouant sur la plage et riant gaiement.

Oh ! non... Il n'y aurait pas d'enfants, ni d'épouse. Parce que Jenni et lui s'étaient convaincus que c'était la meilleure idée.

Elle comprenait pourquoi ils avaient fait ce serment. Bien sûr. À cause de la vie que leur avait fait mener leur mère. Mais étaient-ils vraiment si sûrs de vouloir garder une telle barrière en place, de ne même pas essayer d'être heureux ?

Si elle leur disait ce qu'elle pensait, ils lui répondraient que c'était l'hôpital qui se moquait de la charité, non ? Mais elle, au moins, avait rêvé d'une famille à elle. Et elle avait fait de son mieux pour que cela arrive. Peut-être n'avait-elle pas abandonné l'espoir que cela lui arrive encore... C'était sans doute, en partie, la raison pour laquelle elle avait trouvé le courage de recommencer une nouvelle vie.

Mais Grace n'avait pas envie de penser à son propre passé, et encore moins d'en reparler. Alors elle sourit en haussant les sourcils.

— Pour que *Lassie* et vous puissiez mener ensemble une longue vie heureuse ?

— Exactement.

Ils éclatèrent de rire, mais Grace sentit malgré tout son cœur se serrer.

Quelle que soit la beauté du cadre, Jock McKay ne méritait vraiment pas de finir aussi seul.

Mais il souriait et secouait la tête, à présent, comme s'il avait lu dans ses pensées et voulait la rassurer.

— Ça n'arrivera jamais. Je ne reste jamais assez longtemps en place pour avoir une jetée à moi.

Son sourire s'élargit.

— Il est plus probable qu'un soir *Lassie* et moi disparaissions au coucher du soleil.

Ce n'était qu'une plaisanterie, une remarque en l'air. Mais Grace avait eu l'air triste.

Jock y repensa quelques jours plus tard en partant pêcher un après-midi avec Dan. Tandis qu'ils s'engageaient dans les Sounds pour voir si le vivaneau mordait, le ronronnement du moteur l'incita à penser que le *Lassie* était satisfait de ses plans pour leur avenir. Et Grace travaillait, ce jour-là, alors elle n'était pas là pour lui jeter ce regard bien à elle.

— Depuis combien de temps vis-tu ici, Dan ? demanda-t-il en tendant une bière fraîche à son ami, alors qu'ils avaient jeté l'ancre dans un de leurs endroits favoris.

— Depuis plus longtemps que toi, vieux. Pourquoi ?

— Qu'est-ce qui t'a fait choisir Picton ?

— Le travail qui s'est présenté. J'avais besoin d'un changement.

Dan parlait peu, ce qui était une qualité pour un compagnon de pêche, mais il était heureux de s'ouvrir si on lui tendait la perche.

— Tu te plais toujours ici ?

Dan but une longue goulée de sa bière, les yeux posés sur le paysage idyllique qui les entourait.

— Tu plaisantes ? Qu'est-ce qui pourrait me déplaire ? Je ne projette pas de partir de sitôt. C'est pourquoi j'ai acheté une maison.

Jock hocha la tête en souriant.

— Nous avons le meilleur équilibre possible travail-vie personnelle, c'est sûr. Un endroit qui offre ceci comme cour de récréation, et une ville assez grande pour que le travail soit intéressant.

Jock grommelait parfois contre sa charge de travail, mais il lui restait suffisamment de temps libre pour profiter de son cadre de vie. C'était le paradis pour quelqu'un qui aimait la mer. Cette partie de l'Île du Sud était aussi l'endroit rêvé pour les gens qui appréciaient la bonne chère, le vin, les villes pittoresques, les paysages à couper le souffle et une compagnie intéressante. Des gens qui aimaient la vie et voulaient en profiter au maximum, en fait. Comme lui.

Était-ce pour cela que Dan paraissait si content de demeurer là ? Grace avait-elle raison de penser que ne jamais rester assez longtemps quelque part empêchait de trouver un bonheur durable ?

Pourquoi ne voulait-il pas essayer de planter des racines et de bâtir une vie qu'il ne voudrait jamais quitter ?

Il but une gorgée de sa bière.

— Je devrais peut-être commencer à chercher une maison à acheter, dit-il prudemment, testant son idée. Je pourrais même voir si je peux en trouver une avec sa propre jetée.

— C'est un bon plan, approuva Dan. Ainsi, tu n'es pas tenté de retourner en Écosse ?

Jock eut un grand sourire.

— Et laisser tout ça ? C'est toi qui plaisantes !

— Tu n'as pas une sœur qui est toujours là-bas ?

— Je travaille à un plan pour la persuader de venir s'installer ici. Grace m'aide.

— Grace ?

— Ma nouvelle colocataire. La sage-femme qui assistait à la dernière césarienne que nous avons faite ensemble.

— Ah, oui, je me souviens... Blonde. Mignonne. L'air timide.

« Mignonne » n'était pas le terme que Jock aurait choisi pour décrire une femme qui n'était pas seulement splendide, mais aussi intelligente et pleine d'empathie. « Timide » n'était pas vraiment approprié non plus. Grace était méfiante. Et avait raison de l'être.

— Blonde et mignonne, c'est beaucoup plus ton type que le mien, dit Dan. Et, quand j'y pense, j'ai remarqué la façon dont elle te souriait lorsque tu tenais ce bébé. Et tu habites avec elle ?

Il lança à Jock un coup d'œil incrédule.

— Comment ça se passe, jusqu'à présent ?

Oh ! bonté divine... Dan pensait-il qu'il était incapable de se retenir face à une belle femme ?

— Elle est la meilleure amie de ma sœur, déclara-t-il fermement. Ce qui la place complètement hors limites en ce qui me concerne.

— Pourquoi ?

— C'est comme ça. Si je sortais avec elle, cela pourrait nuire à leur amitié, et ma sœur ne m'adresserait plus jamais la parole. C'est Jenni qui lui a parlé du poste, ici, et elle a été claire : il ne doit rien se passer entre nous. Voilà.

Dan parut presque impressionné.

— Eh bien !

— Quoi qu'il en soit, Grace essaie de convaincre Jenni de nous rendre visite ici. Nous essaierons de lui faire passer de si bons moments qu'elle aura envie de revenir définitivement.

Dan sourit.

— Elle aime les bateaux ?

— Non, elle les déteste. Mais c'est son seul vrai défaut. Et elle le compense largement par ailleurs.

— Je serai heureux de la rencontrer, dit Dan. Mais je me demande comment Picton va s'en sortir avec les jumeaux McKay sur place.

Jock hocha la tête.

— Double trouble.

Il reposa vivement sa bière.

— Oh ! j'ai une touche…

La conversation fut oubliée tandis qu'il commençait à batailler pour ramener ce qui semblait être un gros poisson. C'était bien un vivaneau, son poisson préféré. Tout frais et grillé à la perfection sur le barbecue, ce serait un dîner délicieux qui impressionnerait Grace.

Il enverrait peut-être un texto à Greta pour voir si elle voulait les rejoindre. Pour autant qu'il le sache, elle ne s'était pas encore lancée dans une nouvelle relation. Peut-être aimerait-elle poursuivre leur amitié entretemps ? Avec ces agréables à-côtés dont ils avaient profité pendant les deux derniers mois ?

De cette façon, Jock pourrait terminer une journée parfaite par un repas parfait, en compagnie de bons amis. Sans compter le bonus d'une nuit partagée…

Non, cette idée ne lui disait rien du tout. Il n'avait pas envie de la compagnie de Greta, ce soir.

Il avait envie de celle de Grace.

Pas pour le sexe, bien sûr. Mais pour tout le reste — la présence, la conversation et… cette sensation de connivence. Avec un frisson, Jock réalisa que Dan n'avait peut-être pas été si loin de la vérité quand il lui avait décoché ce regard suggérant qu'il allait probablement craquer pour Grace.

Non… Il n'allait même pas y penser. Cette connexion existait à cause du lien qu'ils avaient tous les deux avec Jenni, voilà tout. Elle était une autre sœur pour lui.

Il fut distrait de ces pensées par l'énorme vivaneau qu'il réussit à ramener sur le pont.

— Oui ! s'écria-t-il triomphalement.

La vie ne pouvait pas être meilleure, n'est-ce pas ? Elle n'était peut-être pas parfaite, mais il serait tellement dommage de ne pas profiter au maximum du meilleur qu'elle avait à offrir ! Des moments comme celui-ci. Avec de bons amis. Et oui… le sexe faisait partie des meilleures choses de la vie, mais il n'irait pas sur ce terrain-là avec Grace.

Il était parfaitement capable de suivre des règles lorsqu'elles étaient sensées.

Toutefois, il regrettait que Grace manque ce qui était une partie importante de la vie. Comme frère, ou même juste comme ami, serait-il possible de l'encourager à essayer de nouveau ?

Pas avec lui, bien sûr. Mais peut-être leur amitié pourrait-elle grandir s'ils se plaisaient ? Grace aurait confiance en quelqu'un d'attentionné, de patient et naturellement de célibataire.

Peut-être n'aurait-il pas dû écarter si vite cette idée de rapprocher Grace de Dan ?

Son ami était libre. Jock savait qu'il avait été marié, mais ils ne parlaient jamais de leurs anciennes relations. Ni de leurs relations actuelles. Une partie de leur entente venait peut-être du fait que chacun respectait l'intimité amoureuse de l'autre. Jock n'allait certainement pas juger Dan s'il avait une aventure d'un soir.

Mais, en fait, il était possible que Dan cherche quelqu'un de spécial avec qui partager le reste de sa vie, et qu'il n'ait pas encore trouvé la bonne personne.

Et Grace Collins était certainement spéciale...

Jock jeta un coup d'œil de côté à son ami. Il ne serait pas difficile de suggérer que Dan vienne dîner avec eux ce soir-là, pour partager le poisson qu'ils avaient attrapé. De cette manière, Grace et lui pourraient faire plus ample connaissance.

Non...

Il n'avait pas envie de rapprocher Grace de Dan.

Il n'avait envie de la rapprocher de personne, en fait. Pourquoi risquerait-il de la placer dans une situation qui pourrait la mettre mal à l'aise — ou, pire, qui finirait par la faire souffrir ?

Il avait promis qu'elle serait toujours en sécurité avec lui à ses côtés.

Et il ne faisait jamais de promesses qu'il ne pouvait pas tenir.

6

Les consultations prénatales faisaient partie des activités préférées de Grace, dans son métier de sage-femme. C'était là qu'elle liait connaissance avec les femmes qu'elle allait suivre. Elle bâtissait la relation si importante pour le rôle qu'elle avait à jouer dans l'événement primordial qu'était une naissance.

Si une sage-femme faisait bien son travail, une mère ne l'oublierait jamais. Et, pour sa part, Grace devinait souvent de quelles femmes elle se souviendrait bien avant l'accouchement.

Comme Maureen Petersen, qui n'avait pas renoncé à son rêve d'être mère et avait décidé de tout faire pour ça en atteignant quarante ans. Ou Stella Watson, la première femme qui lui ait faussé compagnie.

Stella avait entamé son deuxième trimestre, à présent et, rassurée sur le fait qu'elle n'aurait pas à subir un autre accouchement traumatisant, elle commençait à se détendre assez pour apprécier sa grossesse.

— Je regrette de ne pas avoir parlé à quelqu'un il y a longtemps, confia-t-elle à Grace qui s'apprêtait à lui prendre sa tension. Pensez-vous que six ans représentent une trop grande différence entre un frère et une sœur ?

— Je pense que Scott va être un grand frère formidable.

Grace sourit au petit garçon qui jouait dans un coin du cabinet.

— Ce sont les vacances en ce moment ?

— Oui. Et il est venu à mon dernier rendez-vous avec le Dr McKay. Il a voulu revenir voir le Dr Jock, comme il dit.

Stella sourit.

— Pour être honnête, je ne suis pas sûre que parler à quelqu'un d'autre m'aurait autant aidée. Il a quelque chose de spécial, n'est-ce pas ?

Grace nota sa tension.

— Certainement, acquiesça-t-elle. Et, par chance, il n'est pas seulement un homme bien. Il est aussi un excellent chirurgien.

Il n'était pas étonnant que Stella se sente suffisamment sécurisée, à présent, pour assumer sa grossesse, se dit Grace. Elle-même en présence de Jock se sentait plus rassurée qu'elle ne l'avait jamais été. Plus que ça, à vrai dire. Grâce aux limites qui avaient été si fermement imposées par Jenni, il n'y avait pas de risque que quoi que ce soit dérape, ni que l'un ou l'autre attende davantage que de l'amitié. Maintenant, Grace avait dans sa vie quelque chose qui lui avait manqué bien plus qu'elle ne l'aurait cru. Une présence masculine.

Certes cette relation était peut-être aussi teintée d'admiration. Des deux côtés. Mais cette admiration n'avait pas de connotation sexuelle. Grace pouvait s'autoriser à se sentir... plus féminine ? Désirable peut-être pas, mais elle se sentait réellement mieux avec elle-même.

Et c'était à Jock McKay qu'elle le devait. Le frère de sa meilleure amie devenait non seulement un bon ami, mais aussi quelqu'un qu'elle pouvait être fière de connaître — autant pour sa compassion envers les autres que pour ses talents de chirurgien.

Jock réalisait-il quel cadeau il faisait à une femme enceinte en lui offrant un tel sentiment de sécurité ? C'était important non seulement pour Stella, mais aussi pour son mari, son fils et le bébé dont elle pouvait attendre la naissance avec joie, au lieu de la redouter.

— Tout va très bien, dit Grace à Stella. Maintenant... c'est un peu tôt, mais voulez-vous qu'on essaie d'entendre le cœur du bébé ?

— Oh ! oui, s'il vous plaît.

Stella se rallongea et découvrit son ventre.

— Ne vous inquiétez pas si je ne peux pas le trouver, d'accord ?

— D'accord.

Scott s'approcha, curieux.

— Qu'est-ce que vous allez faire ?

— Écouter le cœur du bébé grâce à ce petit appareil qui envoie des ondes de haute fréquence.

Scott ouvrit de grands yeux.

— Comme les dauphins ?

— Exactement. Et tu sais quoi ? Il paraît que les dauphins adorent être près de femmes enceintes, parce qu'ils peuvent entendre les deux cœurs.

Le sourire de Grace s'élargit quand elle entendit les battements étouffés, aussi rapides qu'un cheval au galop.

— Tu entends ça, Scott ? C'est le cœur de ton petit frère ou de ta petite sœur.

Stella pressa ses doigts sur sa bouche, des larmes dans les yeux.

— Où est votre téléphone ? demanda Grace. Nous pourrions enregistrer ceci pour le faire écouter au papa.

Ce fut Scott qui se chargea fièrement de l'opération. Ils s'en allèrent peu après, et Grace put accueillir son dernier rendez-vous.

C'était la deuxième fois qu'elle voyait Tessa, qui était à près de trente semaines de grossesse et attendait des jumeaux. Elle était suivie par le service d'obstétrique pour cette grossesse à risque, mais elle avait choisi de voir une sage-femme pour ses visites prénatales. Comme les bébés se présentaient tous les deux par le siège, pour le moment, elle devait subir une césarienne autour de trente-sept semaines, par sécurité.

— Sautez sur le lit, Tessa, et nous allons procéder aux examens habituels.

— Sauter ? répéta Tessa en riant. J'ai peur que cette possibilité ne soit qu'un lointain souvenir.

Grace sourit. Son ventre était certes d'une taille impressionnante.

— Je me sens comme une baleine, dit la jeune mère en regardant les chiffres de la balance. Et regardez : je n'ai plus des chevilles, j'ai des ballons.

— Vous êtes un peu gonflée, acquiesça Grace. Mais marcher vous soulagera. Comme lever vos pieds au-dessus du niveau de votre cœur et essayer de dormir sur le côté gauche.

— Qu'est-ce que ça fait ?

— Ça améliore la circulation sanguine, ce qui peut réduire l'enflure des chevilles et des jambes.

Tessa s'allongea sans difficulté sur le lit.

— Vous n'avez pas de maux de tête ou de troubles de la vision ? demanda Grace. Si c'était le cas, ce pourrait être un signe de prééclampsie.

— Non, je me sens juste fatiguée tout le temps. Et un peu essoufflée.

Tessa abaissa son jean et passa la main sur le pâle monticule de son ventre.

— Au moins ils se sont calmés, aujourd'hui. Ils m'ont tenue éveillée la moitié de la nuit. J'avais l'impression qu'ils jouaient au rugby.

Grace examina la jeune femme. Comme elle posait les mains sur son ventre, elle sentit un coup de pied.

— Vous vous amusez bien, là-dedans ?

Elle fit lentement descendre ses mains vers le bas de l'utérus.

— Hum...

— Qu'y a-t-il ? demanda Tessa, anxieuse.

— Je crois qu'un de vos bébés s'est retourné. Je sens sa tête en bas.

— Vraiment ? Cela veut-il dire que je n'aurai pas besoin d'une césarienne ?

— Je ne dis pas ça. Ce sera à votre obstétricien de décider. En attendant, nous pourrions aller passer une échographie.

Le service de radiographie se trouvait entre les consultations et les urgences, et l'on pouvait y accéder par l'accueil de l'hôpital. Il y avait une pharmacie, une boutique de cadeaux, un fleuriste et un café, et il y régnait une ambiance assez active. Alors que Grace traversait cette zone avec Tessa, elle aperçut Jock qui arrivait des urgences et semblait se rendre au café.

— C'est Jock McKay qui vous suit, n'est-ce pas ?

Tessa hocha la tête.

— Attendez un instant. Je vais essayer de le voir pour le mettre au courant.

Quand elle le rejoignit, il était en train de jouer avec Scott qui l'avait arrêté et tapait son poing contre le sien. Puis ils reculèrent leurs mains et agitèrent les doigts. Le petit garçon souriait jusqu'aux oreilles, ignorant Stella qui paraissait embarrassée et cherchait à l'appeler.

— C'est un salut secret ? demanda Grace à mi-voix.

Scott hocha la tête d'un air important.

— Ne le dites à personne, intervint Jock.

— Promis, dit Grace.

Elle réprima un sourire, mais cette petite démonstration lui avait prouvé que Jock savait s'y prendre avec les enfants. Elle ajouterait cet élément à la liste des raisons pour lesquelles il ne méritait pas de rester seul.

— Ta mère t'attend, dit-il à Scott. À une prochaine fois.

Il se tourna vers Grace.

— Vous avez le temps de prendre un café ? Ou un gâteau ? J'ai sauté le déjeuner.

Elle secoua la tête.

— Je termine mes consultations et je suis avec Tessa Brownlee. Une de vos mères à haut risque, avec des jumeaux qui se présentaient par le siège, et qui doit subir une césarienne. Mais l'un des bébés s'est retourné, apparemment. Je voudrais le vérifier par une échographie. En espérant que nous trouverons un technicien disponible…

Jock acquiesça, puis tourna le dos au café.

— Je peux faire l'échographie, dit-il.

Dans la soirée, Jock et Grace, sous le porche, conversaient avec Jenni sur l'ordinateur de Jock posé sur la table basse. Jenni avait dormi tard — c'était son jour de congé — et répondait avec un mug de café à la main. Elle s'intéressait beaucoup au cas des jumeaux de Tessa.

— Ainsi le jumeau A, qui est le plus près du col, se présente par le siège, alors que le jumeau B s'est retourné ?

— Oui. C'est Grace qui s'en est rendu compte par une palpation. Cela a été confirmé par l'échographie.

— Je t'avais dit qu'elle était douée !

— C'est vrai. Et tu n'avais pas tort.

Grace se pencha pour que Jenni puisse la voir.

— Elle pense qu'elle pourra peut-être éviter la césarienne.

— Cela se pourrait. Quelles sont les chances que le jumeau A se retourne aussi ?

— Il reste du temps pour ça, dit Jock. Mais nous allons les surveiller de près.

— Et moi, je vérifierai fréquemment qu'elle n'entre pas en travail, ajouta Grace. Elle habite une baie qui n'est accessible que par bateau, ce qui complique les choses. Elle n'était pas heureuse quand Jock lui a dit qu'elle devrait peut-être s'installer à l'hôpital pour la dernière semaine, afin d'être près des soins.

Jenni, qui était en verve, parla de jumeaux « imbriqués » dont la naissance avait été difficile. Finalement, ils n'avaient pas survécu.

Jock tourna la tête pour regarder Grace. Ils étaient si proches que leurs têtes se touchaient presque. Elle n'avait jamais été aussi près de lui.

Il n'avait pas remarqué jusqu'à ce soir que la couleur de ses yeux changeait autant avec la lumière. Le jour baissait, mais c'était peut-être son anxiété pour Tessa qui leur donnait une nuance aussi foncée. Ils étaient si sombres que, par contraste, ses cheveux dorés formaient un halo autour de son visage.

Si c'était de l'anxiété, il pouvait l'aider.

— Nous ne laisserons pas une chose pareille se produire, dit-il posément. Nous resterons sur le qui-vive.

— Oui, confirma Grace qui soutenait toujours son regard. Et elle a le meilleur obstétricien de la ville, alors tout va bien.

Jenni rit.

— Regardez-vous, tous les deux, unis par une grossesse à risque et déclarant chacun que l'autre est le meilleur.

Elle parut se rapprocher de son écran.

— C'est mon imagination, ou je perçois une vibration ?

— Quel genre de vibration ?

— Quelque chose dont je devrais être informée.

— Je ne vois pas ce que tu veux dire, déclara Jock.

— Mais si ! Il est évident depuis plusieurs semaines que vous vous plaisez.

— Nous sommes *amis,* protesta Grace, l'air horrifié.

Elle se redressa, ce qui l'éloigna de Jock.

— Colocataires. Nous travaillons ensemble…

— Comme si j'allais enfreindre les règles ! l'interrompit Jock. Tu sais combien j'ai peur de toi, Jen.

Jenni parut satisfaite.

— Je vérifiais, c'est tout. Et ça ne me regarde pas, de toute façon. Je préférerais juste être prévenue.

Elle fit une grimace.

— Je ne voudrais pas découvrir que je gêne la romance du siècle entre mon frère et ma meilleure amie quand je viendrai le mois prochain. Ce serait trop bizarre.

Jock ignora ses taquineries.

— Tu as pris tes billets ?

— Oui. Visite express. Une semaine. J'ai promis à un ami d'aller le voir en Australie au retour.

— Fergus vient avec toi ? demanda Grace.

Jenni rit.

— Fergus ? Qui est Fergus ?

Jock secoua la tête.

— Ce n'était donc pas la romance du siècle…

— Touché. Bon, parlons de dates de voyage au lieu de nos vies amoureuses. J'arriverai à Christchurch. Ce n'est pas trop loin ?

— Quelques heures de voiture. Envoie-moi tous les détails et j'irai te chercher si je peux, déclara Jock. Tu adoreras le trajet. Nous pourrons peut-être nous arrêter à Kaikoura pour une nuit. Là-bas, les montagnes tombent dans l'océan et on peut y voir des baleines. Et y déguster des langoustes encore meilleures que le homard d'ici.

— Je grille d'impatience.

— Moi aussi, assura Grace en rapprochant de nouveau sa tête de celle de Jock. Nous pourrons faire tellement de choses ! Je m'assurerai d'avoir des congés. Nous prendrons le ferry pour aller passer une journée à Wellington, visiter et faire du shopping. Ce sera la bonne période pour faire le tour des vignobles aussi.

— Et pêcher ! ajouta Jock. Tu vas adorer mon bateau.

— Je ne mettrai pas le pied dessus. Tu pousses les gens.

— Il ne m'a encore jamais poussée, dit Grace. Enfin... il est vrai que je ne suis pas sortie en mer. Nos jours libres ne coïncident jamais.

— Je m'en tiendrais à ça, si j'étais toi. Sur un bateau, on ne peut pas se fier à mon frère.

Jenni poussa un soupir théâtral.

— Je devrais me lever et commencer ma journée. Et il est probablement plus que temps pour vous de vous mettre au lit.

Elle prit un air malicieux.

— Hou là... Mais vous savez ce que je veux dire.

— Au revoir, Jenni. C'était chouette de te parler.

Jock referma l'ordinateur avant que sa sœur puisse ajouter quelque chose.

— Désolé, dit-il. Elle devrait éviter de faire des plaisanteries de ce genre. Comme si...

Grace tourna vivement la tête, et il eut peur d'en avoir trop dit. Mais elle lui souriait.

— C'est bon, dit-elle. Les vrais amis n'ont pas à marcher sur des œufs. Bonne nuit, Jock.

— Bonne nuit, Grace. Dormez bien.

Il la regarda regagner la maison. Il était content de ne pas l'avoir contrariée, mais ces deux mots planaient toujours dans l'air. *Comme si...*

Qu'avait-il voulu dire par là ? Ce n'était pas comme s'il ne trouvait pas Grace charmante, loin de là. Elle était la femme parfaite.

Ce n'était pas comme s'il ne serait pas ravi qu'elle trouve le courage de sortir de nouveau avec des hommes. Elle méritait de goûter au meilleur de ce que la vie avait à offrir.

C'était juste que l'idée qu'ils soient attirés l'un par l'autre était tellement inconcevable qu'il n'avait même pas considéré cette possibilité. Si seulement il avait exprimé ce qu'il ressentait réellement, au lieu de couper court aussi brutalement. Il pouvait se rattraper maintenant, mais il hésita, se demandant s'il n'allait pas rendre les choses encore plus embarrassantes. Et l'occasion passa.

Ils pouvaient peut-être prétendre que ce n'était pas arrivé ? Ou que ce n'était pas un sujet ?

Cela n'allait tout de même pas affecter leur amitié ?

Au moment de disparaître à l'intérieur, Grace tourna légèrement la tête, comme si elle sentait que Jock l'observait. Elle ne jeta rien de plus qu'un coup d'œil fugace, mais Jock eut l'impression qu'elle savait exactement ce qu'il pensait.

Parce qu'elle pensait à la même chose ?

7

Jenni ne l'avait pas fait exprès, bien sûr, mais elle était incontestablement responsable de…

De quoi ? De cet embarras ?

Ou peut-être qu'ils avaient simplement plus conscience l'un de l'autre, se dit Grace.

Ce n'était pas de l'attirance, se persuada-t-elle. Elle n'avait pas eu un seul frisson d'attraction sexuelle depuis son divorce, et si cela devait arriver un jour — ce qui était hautement improbable — le frère de sa meilleure amie n'en serait pas la cause. Même si elle avait beaucoup de considération pour lui, si elle appréciait grandement sa compagnie et si elle se sentait en sécurité avec lui. Jenni avait frappé juste en déclarant que ce serait « trop bizarre ».

Néanmoins, sa suggestion quant à un éventuel intérêt sexuel dans leur amitié avait changé quelque chose. Ils avaient désormais du mal à se regarder dans les yeux. Et ils évitaient de passer du temps seuls ensemble. Vivre sous le même toit risquait de devenir un problème.

La solution évidente était d'en parler. De plaisanter, même, à propos du ridicule de la chose. Si quelqu'un pouvait faire rire Grace quant à la manière dont elle avait lâché cette assiette alors qu'il l'avait à peine touchée, c'était Jock McKay. Mais le moment où il aurait été facile de s'en amuser était passé et, à mesure que les jours passaient, il devenait étonnamment difficile de trouver un créneau pour aborder le sujet. Était-ce parce qu'elle ne voulait pas empirer les choses ?

La façon dont il avait dit « Comme si... »

Comme s'il ne serait pas du tout intéressé par Grace même si elle avait été la dernière femme sur terre ?

On aurait dit qu'ils avaient décidé qu'il valait mieux ne parler de rien et prétendre que ce n'était pas arrivé. Mais, de toute évidence, ça ne marchait pas.

Même apercevoir Jock à l'autre bout du couloir fit pâlir la joie de Grace, alors qu'elle laissait un jeune couple fatigué mais ravi de passer un peu de temps avec le beau bébé qu'elle avait mis au monde à l'aube.

Ce fut un soulagement d'aller dans la salle de soins pour s'occuper du linge sale qu'elle avait rapporté de la salle d'accouchement. Elle n'aurait pas à éviter de croiser le regard de Jock une fraction de seconde de trop. Ou à trouver de quoi parler qui soit purement professionnel — juste parce qu'autre chose pourrait être interprété comme... trop amical ?

Même si leur amitié était en effet assez réelle pour qu'ils n'aient pas à marcher sur des œufs, cela semblait être exactement ce qu'ils faisaient et cela tracassait Grace. En se désinfectant les mains après avoir mis le linge dans un sac, elle en vint à la conclusion qu'il fallait faire quelque chose.

Elle allait trouver Jock et lui parler.

Déterminée à le faire avant de pouvoir changer d'avis, elle ouvrit la porte de la salle de soins et sortit, mais elle tomba sur quelqu'un qui se rendait à la réception. Quelqu'un qu'elle connaissait.

— Yvonne ? Tout va bien ?

Grace avait vu Yvonne en consultation prénatale quelques jours plus tôt. La jeune femme était alors tout excitée parce qu'elle avait senti bouger son bébé pour la première fois, à dix-huit semaines de grossesse.

Mais, là, elle n'avait pas l'air réjouie. Elle paraissait pâle... et effrayée. L'homme qui marchait à côté d'elle semblait tout aussi désemparé.

— Nous ne savions pas où aller, dit-il. Le cabinet de notre généraliste n'ouvre pas avant des heures, et Evie saigne...

— Venez avec moi.

Grace conduisit le jeune couple dans une salle d'accouchement qu'elle savait inoccupée. Un espace privé.

— Dites-moi ce qui s'est passé.

— Je me suis réveillée à cause de crampes, répondit Yvonne. Et j'ai pensé que je m'étais mouillée, mais David a allumé et...

Elle crispa les paupières et étouffa un sanglot.

David était perché sur le bord du lit, un bras autour de sa femme.

— C'était du sang, dit-il. Du sang mêlé d'eau.

— Avez-vous toujours des crampes ?

— Non.

— Vous saignez toujours ?

— Je ne crois pas.

— Nous allons vérifier. Et je vais trouver un échographe portable. Je crois que l'un de nos obstétriciens est par là, alors je vais lui parler.

Grace pressa la main d'Yvonne.

— Je sais combien ça fait peur, mais nous allons bien nous occuper de vous, d'accord ?

C'était tout ce qu'elle pouvait promettre.

Elle lisait la peur dans les yeux de la future mère, et son instinct lui dit qu'elle était fondée.

Elle reconnaissait cette peur.

Quelquefois, vous saviez quand la situation tournait mal.

Jock comprit que quelque chose n'allait pas.

— Qu'y a-t-il, Grace ?

— Êtes-vous occupé ?

— J'ai une opération dans trente minutes.

Jock semblait regarder vraiment Grace pour la première fois

depuis des jours, Il trouva ses yeux aussi sombres que l'autre soir, quand elle s'inquiétait pour une mère.

— En quoi puis-je vous aider ?

— Je viens de devoir dire à un couple que leur bébé était mort dans l'utérus. Elle est à dix-huit semaines et c'est sa première grossesse.

— Oh ! non...

Une fausse couche tardive et la mort du fœtus étaient toujours si douloureux... Jock put sentir la tristesse qui s'abattait sur ses épaules — tristesse pour le bébé et sa famille — mais il dut réprimer l'envie de toucher Grace, de passer un bras autour d'elle et de lui offrir son soutien dans ce moment si difficile.

— J'ai parlé des options possibles avec eux. Ils sont bouleversés, mais certains de ne pas vouloir rentrer chez eux et attendre que le travail commence naturellement. Son col est fermé, alors j'ai dû les prévenir que cela pourrait prendre jusqu'à deux semaines. Yvonne dit qu'elle ne peut pas s'imaginer faire ça.

Jock hocha la tête.

— Allons les voir.

Les lumières avaient été tamisées pour l'échographie, et Grace ne les avait pas rallumées. Jock trouva la mère éperdue de douleur dans les bras de son mari, qui était sur le lit avec elle. Grace alla se placer à côté d'eux, et Jock vit qu'Yvonne, tout de suite, lui saisissait la main. Il prit une chaise et s'assit tandis que Grace faisait les présentations.

— Je suis terriblement désolé de ce qui vous arrive, dit-il gentiment.

— Pourquoi ? s'écria Yvonne en larmes. Qu'ai-je fait de mal ?

— Vous n'avez rien fait de mal. Cela peut arriver pour différentes raisons, mais en général c'est parce qu'il y a un problème avec le développement du bébé, une anomalie génétique ou un défaut cardiaque, par exemple. Nous pouvons faire des tests, mais souvent on ne trouve pas de raison. Je suis désolé...

— Que va-t-il se passer maintenant ? s'enquit David, la voix rauque.

— Nous allons donner à Yvonne des médicaments pour assouplir le col et déclencher le travail. Ça peut se faire vite ou prendre quelques heures. Vous allez rester ici et vous aurez tout le temps quelqu'un avec vous.

— Moi, dit doucement Grace. Je serai là. Je ne vous quitterai pas.

Elle accompagna Jock jusqu'à la porte.

— Vous connaissez les protocoles et règlements locaux ? demanda-t-il.

Elle hocha la tête.

— Est-ce que ça va ?

— Oui. J'ai fait une formation sur le deuil. Je sais combien c'est important.

— Je reviendrai aussi souvent que je pourrai.

— Merci, Jock.

Il n'avait jamais vu ses yeux aussi foncés, mais la sérénité de son langage corporel le rassura.

— Ne vous inquiétez pas. J'ai les choses en main…

Du coin de l'œil, Grace vit Jock se glisser discrètement dans la pièce. Elle ne se tourna pas, car son attention était rivée sur Yvonne qui avait accouché peu de temps avant et s'était effondrée dans les bras de son mari, ravagée par le chagrin.

Grace s'était chargée du nécessaire. Elle avait doucement nettoyé la petite fille et l'avait enveloppée dans une couverture. Elle se tenait le dos à la porte, le bébé dans les mains, quand Jock entra sans bruit et resta immobile.

— Voulez-vous la voir ?

Yvonne avait la tête enfouie dans l'épaule de David, le visage caché. Il penchait la tête sur elle, les yeux fermés.

Grace savait combien ils redoutaient ce moment.

— Il n'y a pas de quoi avoir peur, murmura-t-elle.

— Mais… est-ce qu'elle ressemble à un vrai bébé ? demanda Yvonne d'une voix étouffée, à briser le cœur.

— Elle est parfaite. Elle est toute petite — de la longueur de ma main — mais elle est magnifique. Elle a tous ses doigts et ses orteils, un joli petit nez et d'adorables petites oreilles.

Yvonne tournait lentement la tête. Pendant un instant suspendu, elle regarda sa fille. Puis elle inspira et ravala un sanglot.

— Oh... elle est parfaite.

— Voulez-vous la tenir ?

Grace souriait, mais elle dut ravaler ses propres larmes lorsqu'elle mit le petit paquet dans les bras de sa mère.

— Vous pouvez la garder aussi longtemps que vous voulez.

— Pouvons-nous faire ce dont vous avez parlé ? demanda David. Les empreintes des mains et les photos ?

Il retint ses pleurs et prit sa femme plus près dans ses bras, le regard fixé sur sa fille.

— Je vais tout préparer, promit Grace. Je vous laisse un petit moment, mais je ne serai pas loin. Si vous avez besoin de moi, sonnez.

Jock avait déjà ouvert la porte et sortit aussi subrepticement qu'il était entré. Il attendit Grace dehors et, pour la première fois depuis des jours, ils se regardèrent sans éprouver de gêne.

Leur lien s'en trouva même renforcé.

Aussi ému que Grace, Jock avait les larmes aux yeux. Sans même réfléchir, elle fit ce dont il avait besoin : elle l'étreignit.

Ce fut une étreinte rapide, presque farouche, dont elle avait besoin autant que lui — elle le réalisa lorsqu'il la serra contre lui après un instant d'immobilité.

Et ça s'arrêta là. Il laissa retomber ses bras dès qu'il sentit qu'elle le lâchait. Tous deux s'essuyèrent les yeux.

— Comment s'est passé l'accouchement ? demanda Jock.

— Aussi bien que possible.

— La douleur ?

— Elle n'a eu besoin que d'un peu d'oxygène.

— Le placenta ?

— Intact.

— Avez-vous besoin de moi pour quoi que ce soit ?

— Pas pour le moment, mais je suppose qu'ils auront d'autres questions plus tard. Savoir si cela peut se reproduire, peut-être.

— Je serai là. Appelez-moi.

Jock se tourna pour partir, puis s'arrêta. Il regarda Grace dans les yeux, de nouveau.

— Vous êtes brillante pour gérer ce genre de chose, dit-il posément. Et ce que vous accomplissez fera une vraie différence.

Il baissa la voix pour ajouter un commentaire plus personnel que professionnel :

— Je voulais juste que vous le sachiez.

8

Quand Grace rentra chez elle, elle n'en pouvait plus.

Elle était si épuisée que mettre un pied devant l'autre pour franchir le portail et remonter l'allée vers la maison lui faisait l'effet d'un marathon.

Jock était assis sur la marche d'en haut. L'attendait-il ?

Il l'observait avec attention tandis qu'elle approchait.

Elle sentait le poids de son regard comme si c'était une accolade. Un geste d'affection.

— Allez vous changer, dit-il. Mettez vos vêtements les plus vieux et les plus confortables. Je vous emmène.

Grace secoua la tête. Tout ce qu'elle souhaitait, c'était prendre une douche et se coucher. Elle n'avait pas faim et était complètement vidée.

— Merci, Jock, mais je n'ai vraiment envie d'aller nulle part.

Alors qu'elle passait près de lui, il se leva.

— Ça vous plaira. Faites-moi confiance. S'il vous plaît…

Confiance…

Elle avait confiance en Jock. Elle s'était sentie en sécurité avec lui même avant de le rencontrer, parce qu'il était le frère de sa meilleure amie. L'étrangeté des derniers jours, après le commentaire déplacé de Jenni, semblait s'être évaporée avec l'intensité des événements de la journée. Et si elle avait besoin de se fier à quelqu'un pour se sentir rassurée et choyée, c'était maintenant.

— D'accord, dit-elle en soupirant. Comme vous voulez…

Elle enfila son plus vieux jean, un T-shirt et des baskets usagées. Elle prit un gilet, même s'il avait fait très chaud, parce qu'elle n'avait aucune idée de l'heure à laquelle elle rentrerait et que les nuits pouvaient être fraîches.

Jock hocha la tête d'un air approbateur lorsqu'elle sortit de sa chambre. Il attendait près de la porte avec un sac sur le dos et une grosse boîte dans les bras.

— Pouvez-vous prendre le sac dans la cuisine ? Il y a les appâts dedans et des trucs frais.

— Les appâts ?

— Oui..., acquiesça-t-il d'un ton satisfait. Vous allez enfin pêcher. Venez. Nous devons arriver sur place avant qu'il fasse nuit.

Pêcher ?

C'était la dernière chose dont Grace avait envie, mais elle était trop lasse pour protester. Elle suivit Jock jusqu'à la marina et le long de la digue, puis monta sur son bateau et s'assit pendant qu'il démarrait.

L'eau était calme, la brise bienvenue après la chaleur de la journée, et Grace n'avait rien à faire. Elle pouvait rester assise à l'arrière du bateau, les bras posés sur le bastingage en bois, et regarder les maisons de Picton qui s'éloignaient et les criques accueillantes ménagées par le dessin compliqué de la côte.

Si elle tournait la tête, elle pouvait voir le dos solide de Jock installé au gouvernail. Il savait manifestement où ils allaient, parce qu'il ralentit le bateau et les fit entrer dans un canal étroit qui menait à une petite baie. De grands arbres et les fougères qui poussaient dessous descendaient jusqu'aux rochers de chaque côté de la baie, mais il y avait au milieu une petite plage de galets. Quand Jock eut éteint le moteur et jeté l'ancre, il régnait un tel silence que Grace pouvait entendre le murmure des vaguelettes sur les pierres et les cris des oiseaux.

— Vous entendez ça ? C'est un mako.

— C'est magnifique.

— Vous pourrez même entendre des kiwis à la nuit tombée.

— Nous ne devons pas rentrer avant la nuit ?

Jock secoua la tête.

— Nous rentrerons quand vous le voudrez, mais nous pouvons aussi dormir à bord. La meilleure pêche, c'est souvent au crépuscule et à l'aube.

— Et le travail ?

— Nous nous lèverons assez tôt pour pêcher un peu et rentrer à temps. Nous pourrons admirer le lever du soleil.

Tout ceci paraissait si paisible.

— D'accord...

Grace posa son menton sur ses bras et ferma les yeux. L'idée d'attraper un poisson ne l'excitait toujours pas, mais la sérénité de cet endroit était exactement ce qu'il fallait à son âme. C'était un cadeau. Pour elle.

Elle rouvrit les yeux.

— Merci, Jock, dit-elle doucement. C'est... parfait.

Il leva les yeux de l'hameçon qu'il garnissait.

— Ce sera encore mieux quand nous pêcherons un poisson et le ferons cuire pour dîner.

Il n'avait préparé qu'une canne à pêche. Peut-être que la pêche n'était qu'un prétexte pour être dehors, et c'était bien. Il s'assit à l'arrière du bateau, de profil par rapport à Grace, et lança l'hameçon dans une eau très calme. On n'entendait que les vagues et les oiseaux. Une minute passa, puis une autre et une autre, et la paix commença à s'immiscer en Grace.

Ce fut elle qui brisa le silence.

— Ils l'ont appelée Luna, murmura-t-elle.

Jock fixait la ligne là où elle disparaissait dans l'eau.

— C'est joli.

— Nous avons fait de belles photos. Et de petites empreintes de ses mains et de ses pieds. Elle ne sera jamais oubliée.

— Par vous non plus. Ce que vous avez fait pour Yvonne et David est tellement précieux ! Ils m'ont dit qu'ils n'auraient jamais pu traverser ça sans vous. D'après Yvonne, vous avez su dire — et faire — exactement ce qu'il fallait.

Grace sentit ses yeux s'emplir de larmes tandis qu'elle soutenait le regard de Jock.

— On n'oublie jamais ce que c'est, dit-elle doucement.

Jock déglutit fortement.

— Ça vous est arrivé ?

— Mon bébé est mort quelques jours avant la date prévue, étranglé par le cordon. C'était une fille.

— Oh ! mon Dieu, Grace… Je ne savais pas.

— Ce n'est pas une chose dont je parle.

— Mais…

— C'était il y a longtemps, Jock. Presque dix ans.

Elle lui sourit.

— Elle s'appelait Isla et c'est elle qui m'a donné envie de pouvoir aider d'autres mères si le pire leur arrivait.

Jock paraissait stupéfait.

— Vous êtes… incroyable. Vous le savez, n'est-ce pas ?

Grace secoua la tête.

— Non. Je n'ai pu aider les autres que récemment. J'ai pensé que devenir sage-femme et essayer d'empêcher que cela arrive à d'autres mères était le plus grand pas que je pouvais faire.

— Je ne peux pas imaginer ce que cela a été pour vous. Combien de temps après avoir perdu Isla avez-vous mis ce premier bébé au monde, en tant que secouriste ?

— Presque cinq ans. Et oui… ça a été un choc, mais j'en avais besoin pour me secouer et reprendre ma vie en main. Pour trouver le courage qu'il me fallait pour sortir… d'une situation presque intenable.

— Cinq ans…, répéta Jock, l'air choqué. Cela a été aussi horrible pendant si longtemps ?

Grace secoua la tête.

— Au début, c'était super. Barry était officier de police. Je l'ai rencontré un soir sur une scène d'accident. Cela a été un tourbillon — nous nous sommes mariés trois mois après.

Elle haussa les épaules.

— C'était stupide, je sais, mais j'avais toujours rêvé de me marier et d'avoir un tas d'enfants, pour qu'ils aient les frères et sœurs que je n'ai pas eus. Barry voulait une famille, aussi. Et que je sois mère au foyer. La grossesse a été merveilleuse… jusqu'au drame.

Elle déglutit.

— Les gens gèrent leur chagrin de différentes façons. Barry était en colère. Il voulait que l'on réessaie tout de suite, mais j'en étais incapable. Nous nous sommes éloignés, et peu à peu les relations entre nous sont devenues… difficiles.

Grace prit une grande inspiration et croisa le regard de Jock.

— Les choses peuvent arriver lentement, ajouta-t-elle. Assez lentement pour qu'elles deviennent… je ne sais pas… acceptables à un certain niveau.

— La violence n'est jamais acceptable. À aucun niveau.

— Non…

Elle détourna abruptement les yeux. Elle ne voulait pas parler de son mariage, du degré auquel il était devenu abusif. Ni dire ce qu'elle avait cru : qu'elle ne méritait peut-être pas de s'échapper. Elle ne voulait plus évoquer la perte de son bébé, non plus. Elle voulait…

Elle ne savait pas ce qu'elle voulait.

Pendant un moment, les émotions de la journée et les souvenirs du passé menacèrent de détruire la paix de cet endroit. Grace sentait que Jock l'observait. C'était comme s'il absorbait la lutte qu'elle menait.

Lorsqu'il parla, sa voix sérieuse laissa entendre qu'il allait dire quelque chose d'important. Ce fut le contraire.

— Peut-être que ce serait le bon moment pour vous pousser du bateau ?

Oh ! Seigneur…

Qu'est-ce qui lui avait fait prononcer ces mots ?

Il avait vu combien elle était perdue. Comme si elle avait été accrochée à un rocher pour éviter de tomber d'une falaise émotionnelle et avait finalement perdu prise. Elle tombait dans un espace noir qu'il ne voyait pas mais pouvait imaginer, et...

Il devait essayer de la rattraper.

Un instant, il crut qu'il avait commis une terrible bévue. Il vit les yeux de Grace s'élargir et sa mâchoire se décrocher. Puis elle émit un son étouffé qui aurait pu être le début d'un rire. Ou de pleurs.

C'était un rire. Un rire à vous secouer les épaules, à vous mettre les larmes aux yeux. Le sourire hésitant de Jock devint un large sourire. Mais alors le rire se changea en sanglots.

Une détresse à vous briser le cœur, à vous laminer l'âme.

C'était sa faute, sapristi, et il ne savait pas quoi faire. Jusqu'à ce que Grace tende les bras. Ou peut-être qu'il avait tendu les siens vers elle et qu'elle répondait à son geste.

Cela n'avait pas d'importance.

Elle voulait être tenue par lui — elle en avait besoin — et il n'était que trop heureux de l'obliger. Il se glissa vers elle, la prit dans ses bras et la tint contre lui jusqu'à ce que ses larmes se tarissent. Le ciel prit des teintes roses et orangées tandis que le soleil disparaissait à l'horizon. Une lumière blanche s'alluma sur le bateau. Jock entendit qu'un poisson mordait, puis la ligne se cassa et le poisson fila. Il s'en moquait. Il resterait assis là toute la nuit, à tenir Grace, si cela devait lui permettre de se sentir un peu mieux.

Mais cela ne prit pas très longtemps. Elle se mit à renifler, se redressa et tira sur son T-shirt pour s'essuyer le visage.

— Je suis vraiment désolée, dit-elle. Je ne sais pas d'où c'est venu. Je n'avais pas pleuré ainsi depuis... Pour être honnête, je n'avais jamais pleuré comme ça.

— C'est ma faute, dit Jock d'un ton d'excuse. Proposer de vous pousser du bateau était stupide.

Grace secoua la tête. Un sourire commença à jouer aux coins de sa bouche.

— Je n'ai jamais ri comme ça non plus. C'est comme si... une digue s'était rompue.

Jock hocha la tête.

— C'est l'impression que j'ai eue. Et ce n'est pas nécessairement une mauvaise chose. Comment vous sentez-vous, maintenant ?

Grace avait peut-être les yeux rougis, mais ils restaient clairs et d'un bleu qui rappelait la mer autour d'eux ; il n'avait jamais rien vu d'aussi joli.

— Bien, murmura-t-elle.

Elle regarda la baie idyllique dans laquelle ils étaient ancrés, alors que les dernières couleurs du soleil couchant disparaissaient, et inspira profondément. Puis elle sourit.

— Qu'auriez-vous fait si j'avais dit oui quand vous avez parlé de me pousser ?

Il arbora un grand sourire.

— Je ne l'aurais pas fait. À moins d'être sûr que c'était ce que vous vouliez.

— Je pense que vous pourriez bien être le meilleur ami que j'aie jamais eu. Mais ne le dites pas à Jenni, hein ?

— Je ne le lui dirai pas.

Grace contempla de nouveau la baie.

— L'eau est trop froide pour nager, n'est-ce pas ?

— Seulement la première minute et cela vaudrait le coup, croyez-moi. Mais il fait presque nuit. Vous devriez rester près du bateau.

— Je ne peux pas, je n'ai pas de maillot de bain.

— Allez-y dans vos sous-vêtements. Ou rien du tout. Avez-vous déjà nagé nue ?

Elle prit un air choqué.

— Non...

— Pourquoi ?

— Parce que... ce n'est pas quelque chose que je ferais.

— Pourquoi ? insista Jock, souriant toujours largement. On dit qu'on finit toujours par regretter ce qu'on ne fait pas. Quand vous serez dans une maison de retraite à quatre-vingt-dix ans, vous vous direz : « Oh ! j'aurais dû nager nue quand j'en ai eu l'occasion. Maintenant, je ne saurai jamais ce que c'est. »

Grace rit.

— Vous êtes incorrigible.

— Je le ferai si vous le faites.

Elle s'arrêta de rire.

— Pouvez-vous imaginer ce que Jenni dirait ?

— Je ne lui dirai rien. Et vous ?

Jock la regarda se mordre la lèvre. À défaut d'autre chose, sa suggestion farfelue l'avait distraite des fantômes du passé. Mais ce fut à son tour d'être choqué, car elle se leva et attrapa le bas de son T-shirt à deux mains.

— Je vais le faire, annonça-t-elle. Fermez les yeux jusqu'à ce que je sois dans l'eau, d'accord ?

— D'accord.

Il l'entendit pousser un cri quand elle descendit l'échelle et que son pied rencontra l'eau froide. Puis il entendit un « plouf » lorsqu'elle s'immergea complètement. Quelques secondes plus tard, il était nu aussi. Et il ne prit pas la peine d'emprunter l'échelle.

Il plongea.

9

Oh ! ciel...

L'eau était comme du cristal liquide. Froide, propre et claire. La sensation de l'eau de mer touchant les parties intimes de son corps ne ressemblait à rien de ce que Grace avait connu jusqu'alors. Elle s'éloigna un peu du bateau, puis fit du sur-place en reprenant son souffle. Comme elle regardait derrière elle, elle aperçut Jock en position pour plonger et sa respiration se bloqua.

Qui était cette personne qui nageait nue dans la mer — avec un homme ? Seule avec lui. Personne au monde ne savait où ils étaient ni ce qu'ils faisaient.

Ni pourquoi ils le faisaient.

C'était... exactement ce qu'elle avait désiré. Mais elle n'aurait pas su le définir. Cela lui faisait l'effet de quelque chose de tout neuf. Un nouveau commencement. Le vrai début de sa nouvelle vie libre.

Et c'était extraordinaire. Elle s'allongea sur le dos, agitant juste assez les pieds pour flotter. Elle savait que ses seins étaient probablement très visibles dans la lumière blanche du *Lassie*, mais ça lui était égal. Même quand la tête de Jock émergea juste à côté d'elle.

— Les étoiles sortent, dit-elle. Regardez...

Jock fit également la planche, et le silence les enveloppa un long moment. Les chants d'oiseaux avaient cessé. Même les vagues qui léchaient le rivage étaient inaudibles. Puis Jock se mit à parler, d'une voix assez douce pour ne pas troubler la paix ambiante.

— Savez-vous que, quand les loutres dorment, elles se tiennent par les pattes pour ne pas s'éloigner l'une de l'autre ?

Grace se sentit sourire.

— J'adore les loutres. Presque autant que les dauphins.

— Vous êtes venue vivre au bon endroit, alors. Vous avez besoin d'être près de la mer. À partir du moment où vous ne dérivez pas loin de moi…

Oh…

En un autre lieu, un autre temps, elle aurait pu tomber amoureuse de quelqu'un qui lui aurait dit ça.

Elle sentit la main de Jock toucher la sienne. Peu de temps auparavant, elle aurait brusquement ôté sa main comme s'il l'avait brûlée, mais cette main appartenait à une nouvelle Grace. Et l'autre appartenait à Jock, qui était sans doute le meilleur ami qu'elle aurait jamais.

Elle referma les doigts sur les siens, et pendant un autre long moment ils flottèrent ensemble, liés comme des loutres.

Grace n'aurait pu imaginer d'endroit plus idyllique. Ni de meilleure compagnie. Mais soudain elle frissonna, et ses dents claquèrent.

— Il est temps de sortir, décréta Jock. Ou nous allons prendre froid.

Il se retourna pour nager, et elle suivit son exemple. Ils étaient encore plus proches, à présent, et en croisant le regard de Jock elle fut soudain submergée par une vague d'émotion.

Elle était frappée d'étonnement par l'endroit où elle se trouvait, et par le sentiment qu'elle tournait enfin une page de sa vie qui représentait un nouveau départ.

Elle éprouvait de la gratitude pour Jock, parce qu'il la faisait rire. Parce qu'il avait fait se rompre cette digue. Et parce qu'il était lui, tout simplement.

— Merci, dit-elle.

— Pour quoi ?

— Pour ceci… Pour tout…

Les mots lui manquant, elle tendit la main vers lui. Elle voulait juste lui donner une brève accolade, comme plus tôt à l'hôpital, mais les choses étaient différentes dans l'eau et son corps fut projeté contre le sien.

Son corps nu. Contre le sien, nu aussi.

La sensation fulgurante qui en résulta fut encore plus une révélation que de nager nue. Et Jock le sentait peut-être aussi, car il la regardait avec une expression qu'elle ne pouvait déchiffrer. Comme si les mots lui manquaient, à lui aussi.

L'ancienne Grace aurait pivoté et se serait enfuie à ce contact.

La nouvelle Grace n'allait pas en faire une histoire.

— Merci, répéta-t-elle. Je n'oublierai jamais ceci. Être une loutre...

Elle se laissa flotter un peu plus près. Assez près pour poser un baiser sur sa joue. Ou cela aurait été sur sa joue si Jock n'avait pas tourné la tête ; là, ses lèvres frôlèrent le coin de sa bouche.

L'espace d'une seconde, mais ce fut assez.

Ou trop ?

Grace s'écarta, se tourna et nagea vers le bateau.

Le plan avait été d'attraper un poisson et de faire cuire les filets frais pour Grace, dans une sauce à la bière dont il avait demandé la recette à Dan. Mais l'occasion d'en pêcher un était passée depuis longtemps, avec la canne à pêche cassée et la durée de leur baignade impromptue.

Jock était resté dans l'eau assez longtemps pour permettre à Grace de se sécher et de se rhabiller, alors il avait vraiment froid quand il remonta à bord. Il enfila son short avant même de chercher une serviette pour se frictionner.

Grace avait mis un gilet par-dessus son T-shirt, mais elle avait remonté son jean jusqu'aux mollets et elle avait encore les pieds nus. Elle était dans la coquerie, inspectant leurs provisions.

— Vous avez du vin et du fromage, dit-elle quand il la rejoignit.

— C'était censé être un apéritif pour vous pendant que je faisais cuire le poisson. Nous devrons nous contenter de toasts aux haricots ou d'œufs au plat. À vous de choisir pendant que nous prenons un verre de vin. Voulez-vous vous asseoir dehors pour regarder les étoiles ? Je peux trouver une couverture si vous avez froid.

— Dehors, bien sûr, répondit-elle en prenant la bouteille de vin. Pouvez-vous trouver des verres ?

Jock n'offrait peut-être pas le dîner qu'il aurait voulu pour impressionner Grace, mais elle apprécia grandement son vin blanc frais.

— Il est superbe… c'est comme boire du velours.

— C'est un pinot gris local. Je vous emmènerai visiter le vignoble, peut-être quand Jenni sera là.

Grace écarquilla les yeux.

— Qu'y a-t-il ? demanda Jock. Vous n'aimez pas cette idée ?

— Nous ne pourrons jamais parler à Jenni de ce soir. Je ne peux pas croire que j'aie fait ça.

— Rassurez-vous. Je ne lui dirai pas que vous vous êtes baignée à poil.

Il leva son verre.

— Tchin.

— Tchin.

Ils se regardèrent par-dessus le bord des verres. Jock haussa un sourcil.

— C'était amusant, non ?

— Oui, très. Mais je n'aurais jamais cru que je me retrouverais un jour nue en compagnie d'un homme.

Jock émit un petit bruit, mais ne put trouver de mots pour répondre. Toutefois, alors que les mots le désertaient, ses pensées étaient aussi claires que l'eau sous le *Lassie*. Il se souvenait d'avoir souhaité aider Grace à surmonter sa phobie d'être touchée, parce qu'elle méritait de découvrir ce que la vie avait de meilleur à offrir.

— Ne renoncez pas complètement aux hommes, Grace, dit-il posément. Ne renoncez pas au sexe. Ni à votre rêve de fonder une famille. Il faut juste que vous trouviez la bonne personne. Quelqu'un qui vous fera sentir aussi spéciale que vous l'êtes.

Elle ne leva pas tout de suite les yeux. Elle regardait son verre.

Ou ses pieds ? Jock les regarda à son tour, et la vue de ses jolis orteils qui bougeaient le troubla étrangement.

Bonté divine, il avait nagé nu avec cette femme, elle l'avait presque embrassé et il n'avait pas éprouvé d'attraction sexuelle déplacée. Mais ses doigts de pied nus lui faisaient de l'effet. Parce qu'il venait de prononcer le mot « sexe » ? Ou était-ce parce qu'il en savait tellement plus sur Grace, maintenant ?

Et qu'il tenait plus à elle ?

Grace Collins était tout simplement la femme la plus extraordinaire qu'il avait jamais rencontrée et sapristi... il avait pu voir à travers l'eau claire que son corps était parfait. Il fallait être une sorte de saint pour ne pas ressentir une attirance physique pour elle — surtout quand elle était aussi proche de lui, avec ses pieds nus.

Heureusement qu'elle ne le regardait pas ; elle ne pouvait pas savoir ce qu'il pensait. Il se racla la gorge.

— Si je nous préparais quelque chose à manger ? Vous avez choisi entre les haricots et les œufs ?

Elle releva la tête. Elle souriait.

— Soyons fous, dit-elle. Mangeons un œuf sur les haricots.

« Ne renoncez pas au sexe... »

Et Jock pensait-il vraiment qu'elle était spéciale ?

La coquerie était trop petite pour que deux adultes s'y trouvent en même temps, mais Grace essayait d'aider. Sur une planche posée en travers du minuscule évier, elle coupait des tranches de pain pendant que Jock s'efforçait de caser une poêle et une petite casserole sur le gaz.

« À partir du moment où vous ne dérivez pas loin de moi... »

Elle ferma les yeux un instant. Avait-elle vraiment cru qu'elle n'était pas attirée sexuellement par Jock ? L'avait-elle dénié parce qu'elle craignait tant d'être aussi proche de quelqu'un ?

Et elle avait pensé, honnêtement, qu'elle ne pourrait tomber amoureuse qu'ailleurs et à un autre moment...

Eh bien... elle s'était trompée, n'est-ce pas ?

Cette révélation la frappa comme une tonne de briques.

Elle pourrait très facilement tomber amoureuse de Jock McKay si elle se laissait faire. Elle ne se laisserait pas faire, bien sûr, mais elle ne pouvait nier qu'il lui plaisait énormément...

— Excusez-moi.

Grace rouvrit les yeux et trouva Jock qui se penchait devant elle.

— Il faut juste que j'atteigne le tiroir pour prendre un ouvre-boîte pour les haricots.

Son bras frôla le sien, mais elle ne cilla pas. Et elle ne bougea pas un seul muscle. Le regard de Jock croisa le sien et elle comprit qu'il était surpris par ce qu'il pouvait voir sur son visage. Peut-être même inquiet.

— Ça va ? demanda-t-il doucement.

Il fit un pas en arrière, et le bateau tangua légèrement.

Grace déglutit. Était-elle assez courageuse pour dire quelque chose ? Elle inspira.

— À propos de ne pas renoncer au sexe...

La vive lueur dans les yeux de Jock révéla plus qu'elle ne s'y attendait. Et elle alluma au creux de son ventre une chaleur intense qu'elle n'avait pas éprouvée depuis longtemps. Depuis si longtemps qu'elle avait totalement oublié ce que c'était que de ressentir ce... désir, car il s'agissait bien de ça.

C'était une sensation qu'elle avait cru ne plus jamais connaître, et c'était précieux. Elle ne voulait pas laisser disparaître ce moment de plaisir. Elle voulait...

Elle voulait sentir davantage encore.

Jock l'observait, comme s'il attendait qu'elle en dise plus.

— Je ne pourrais pas le faire sans avoir suffisamment confiance en quelqu'un, dit-elle lentement.

— Bien sûr.

— Comme j'ai confiance en vous, ajouta-t-elle.

Jock n'avait pas détaché ses yeux des siens.

— Je ne suis peut-être pas l'homme qu'il vous faut, Grace, dit-il avec douceur. Je ne peux pas vous donner ce dont vous avez besoin. Cette famille et tous ces enfants. Un foyer stable. Je ne peux pas rester quelque part plus d'un an sans avoir des démangeaisons. Et je pars en courant si une relation fait mine de devenir sérieuse. Pour moi, il n'y a que le sexe.

— C'est peut-être ce dont j'ai besoin, murmura Grace. Juste une expérience d'une fois. Pour savoir si c'est possible… Sinon, je pourrais ne pas croire qu'un avenir avec ce foyer et cette famille m'attende réellement.

Elle put voir le jeu des émotions sur le visage de Jock et dans son langage corporel. Il semblait presque prêt à l'encourager. Comme s'il pensait que c'était une bonne idée, même. Mais il combattait quelque chose — la pensée que Jenni serait horrifiée, probablement. Ou bien était-ce la dernière chose qu'il avait envie de faire ?

Comme si…

Grace sentit la rougeur de l'embarras gagner son visage.

— Pardon, dit-elle. C'est une terrible idée. Oubliez ce que j'ai dit. S'il vous plaît…

Elle lâcha le couteau à pain et elle aurait voulu se détourner, mais l'espace était trop exigu et Jock lui barrait le passage.

— Excusez-moi, marmonna-t-elle, gardant la tête basse. Il faut que je…

M'échappe. C'était ce qu'elle avait besoin de faire.

— Hé…

Jock ne bougeait pas. Il se dressait comme un mur devant elle. Pire, il plaça les doigts sous son menton et l'obligea à le regarder. Il ne disait rien et l'expression de ses yeux était…

Oh ! juste ciel…

Grace n'avait jamais été regardée ainsi par un homme dans toute sa vie. Pas même lors de sa nuit de noces, quand elle était sur le point de perdre sa virginité. Comme si elle était quelque chose de rare et de précieux. Comme si Jock n'avait qu'une envie : la toucher.

— Vous êtes sûre ? demanda-t-il si doucement que ses mots étaient presque inaudibles. Cela vous aiderait-il vraiment ? De savoir… ?

Elle hésita, puis hocha la tête, pressant son menton dans sa main.

— Mais cela ne veut pas dire que vous...

Elle ne put terminer sa phrase, car Jock courba la tête et posa ses lèvres sur les siennes. Avec autant de douceur que lorsqu'il lui avait parlé. Pendant un long, long moment, cela s'arrêta à ça. La douceur. La chaleur. La proximité. Et cela ressemblait à une conversation, avec des questions posées et des réponses.

L'étrange sensation que tout son corps était tenu par ses doigts posés sous son menton.

Lorsqu'elle avait fondu en larmes, plus tôt, cela avait été violent. Maintenant, Grace éprouvait une douceur tandis que quelque chose s'épanouissait au plus profond d'elle. Quelque chose qui grandissait au lieu d'exploser. Une délicieuse sensation, un mélange de sécurité et de danger.

De l'excitation.

De l'impatience.

Une chaleur intense qui se répandait rapidement dans tout son corps. Elle avait envie de se laisser couler dedans et elle émit un son qui aurait pu être synonyme d'abandon. Jock s'empara de sa bouche, et sa main glissa sur sa nuque.

Ce furent le contact et le goût de sa langue qui marquèrent le point de non-retour pour Grace. Elle s'entendit émettre un autre bruit.

De pur besoin ?

Doux Seigneur...

Quoi que Jock aurait pu imaginer faire pour aider Grace à vaincre sa phobie d'être touchée, cela n'aurait jamais été ça.

Il aurait plutôt pensé à l'encourager à sortir avec quelqu'un d'autre. Quelqu'un de sûr, comme Dan peut-être.

Mais jamais, au grand jamais, il n'aurait imaginé qu'il allait faire l'expérience sexuelle la plus incroyable de sa vie.

Comment aurait-il pu imaginer quelque chose dont il ignorait l'existence ?

La flamme de l'attraction avait-elle été attisée par le fait que c'était quelque chose qu'ils n'auraient vraiment pas dû faire ? Certes, ils étaient deux adultes libres et consentants, mais Jock avait été averti sévèrement qu'il ne devait même pas songer à faire ceci à la meilleure amie de sa sœur.

Ou bien quelque chose de complètement différent en jeu était-il en jeu ici ?

Le fait qu'il était invité à essayer de guérir les torts psychologiques, physiques et émotionnels causés à la personne qui le priait de le faire. Le fait qu'elle se fiait à lui pour quelque chose… d'énorme.

Le sexe était la seule occasion où Jock s'autorisait à se sentir proche de quelqu'un. Pendant un bref laps de temps, il avait l'impression que le passé n'existait pas. Ni l'avenir. Il pouvait vivre dans le présent et jouir du contact humain le plus proche qu'il était possible de connaître. C'était comme si quelqu'un désirait vraiment être avec lui. Et que, même si cela ne durait que quelques minutes, il était suffisant. À la hauteur.

Bien sûr, cela ne se prolongeait jamais. Il ne pouvait se le permettre. Il était beaucoup plus sûr d'aller de l'avant avant de découvrir que ce n'était qu'une illusion.

Mais cela signifiait qu'il avait une grande expérience du sexe, et il estimait qu'il était diablement bon à ce jeu. Néanmoins, il ne s'était jamais concentré de la sorte sur la femme qui était dans ses bras — déchiffrant son langage corporel chaque fois que ses mains et sa langue la touchaient, écoutant les sons qu'elle émettait, la façon dont elle respirait et le touchait à son tour.

Oui… Ceci ne ressemblait à rien de ce qu'il avait vécu jusqu'alors ou de ce qu'il vivrait de nouveau, et chaque instant devait être aussi bon que possible. Pas pour lui, mais pour Grace. Le fait que ce soit aussi incroyablement bon pour lui également était un bonus inattendu.

Il enleva les coussins des étroites banquettes à l'avant du bateau et les posa par terre. Ils étaient tous les deux nus, à présent, et la chevelure blonde de Grace était toute en désordre alors qu'elle était allongée là devant lui. Il avait trouvé un préservatif dans le kit de premier secours, étonnamment, mais il hésita un instant en s'agenouillant. Il pouvait encore s'arrêter, s'il le devait.

Il en mourrait peut-être, mais il pouvait s'arrêter.

Il s'allongea. Il garda son corps éloigné de celui de Grace, tout en restant assez près pour lui donner un long baiser.

— Tu es sûre, mon cœur ? demanda-t-il doucement. Tu es sûre que c'est ce que tu veux ?

Les yeux de Grace étaient si foncés qu'ils semblaient noirs. Elle ne dit rien, mais la réponse à sa question n'aurait pas pu être plus claire. Ce fut comme si elle voulait l'atteindre de tout son corps, les unir si étroitement qu'il n'aurait su dire où elle commençait et où il finissait.

Jock n'eut pas besoin de trouver des mots, non plus. Il pouvait dire tout ce qu'il désirait avec son corps.

10

— Je ne peux pas le faire...

— Vous y arrivez, Jodie. Vous y êtes presque. Vous êtes presque complètement dilatée et vous pourrez bientôt commencer à pousser.

— Mais je ne veux pas pousser. Je veux rentrer à la maison...

— Je sais. Ça pourrait vous aider de bouger. Essayez de vous appuyer contre Alec.

— Non...

Jodie repoussa les mains de son mari.

— Ne m'approche pas ! Je ne veux pas que tu me touches. Tu ne me toucheras plus jamais. Jamais...

Grace réprima un sourire. Il était courant que des femmes, à ce point du travail, jurent qu'elles ne prendraient plus jamais le risque de revivre ça. Mais la majorité d'entre elles l'oubliaient dès qu'elles avaient leur bébé dans les bras.

La pensée de quiconque ayant une vie sexuelle — ou n'en ayant pas — suffit pour faire naître une sensation nouvelle dans le ventre de Grace. Elle n'en fut pas distraite pour autant des soins à donner à Jodie, mais c'était... très agréable.

Non. « Agréable » n'était pas le terme qui convenait pour les découvertes qu'elle avait faites au sujet du sexe la nuit précédente, sur le bateau de Jock. Elle avait toujours considéré les sommets de la passion tels qu'elle pouvait les voir au cinéma ou dans des livres comme une fantaisie sans lien avec la réalité, mais maintenant elle savait que cela pouvait exister.

Miraculeusement, elle l'avait expérimenté par elle-même et cela avait peut-être bien changé sa vie.

Même si cela ne devait lui arriver qu'une fois, elle ne le regretterait jamais. Et ne l'oublierait pas non plus, car cela la ferait toujours sourire en lui prodiguant ce délicieux frisson — un faible écho du plaisir infini qu'il y avait à être emportée jusqu'aux franges du paradis, puis propulsée dans un espace magique dont elle avait ignoré l'existence jusque-là.

Jodie grogna.

— Je ne me sens pas bien. Et j'ai peut-être envie de pousser, finalement.

— Je vais vérifier votre dilatation avant de vous donner le feu vert, dit Grace, dont le sourire secret s'était estompé. Et nous brancherons un appareil pour surveiller le rythme cardiaque du bébé durant une contraction. Vous êtes en travail depuis un moment, déjà, et c'est fatigant pour vous deux.

— Ça ne va pas tarder, maintenant, n'est-ce pas ? demanda Alec avec espoir.

— C'est le premier accouchement de Jodie, lui rappela Grace. Et nous savons que le bébé est dans une position un peu délicate, le visage en l'air. Je vais vérifier ça, également. Vous êtes d'accord pour un autre examen interne, Jodie ?

— Faites ce que vous devez faire, répondit la future mère dans un soupir. Je veux juste que ce bébé sorte.

Plus d'une heure plus tard, elle répéta la même chose en sanglotant et en réclamant une péridurale qu'elle avait refusée plus tôt.

Grace appela l'équipe d'obstétrique et un anesthésiste. Elle demanda aussi un échographe portable, car le bébé était toujours le visage en avant. Elle envisageait la nécessité d'un accouchement assisté ou chirurgical et savait que l'obstétricien voudrait voir exactement comment le bébé se présentait. Était-il non professionnel, se demanda-t-elle, d'espérer si fort que ce serait Jock qui viendrait l'aider ?

— Alors, il paraît que vous avez un bébé qui arrive le nez en l'air ? lança Jock, ce qui fit sourire Alec.

Il savait que Jodie et lui seraient beaucoup plus anxieux quand il leur annoncerait que la naissance devrait se faire au forceps. Il attendit pour cela que Mandy, l'échographiste, confirme la position du bébé.

En attendant, il regarda Grace qui installait une intraveineuse sur le dos de la main de Jodie. Elle penchait la tête et, comme elle avait une queue-de-cheval, il pouvait voir les petits cheveux qui bouclaient derrière son oreille.

Il savait exactement combien ils étaient doux, et comme sa peau avait un goût délicieux en cet endroit. Il se ressaisit au prix d'un effort. Cela tombait bien que la nuit dernière ait été unique, se dit-il. Les distractions personnelles étaient totalement inacceptables durant les heures de travail.

— Occipito-postérieur gauche, annonça Mandy.

Jock hocha la tête et croisa les bras.

— Voilà la situation, dit-il en s'adressant aux deux parents. Nous espérions que votre petite se tournerait d'elle-même, mais elle est têtue et cela pourrait devenir un problème. La façon dont le rythme cardiaque diminue durant les contractions et met du temps à remonter est le signe que nous devons faire quelque chose. Je sais que vous souhaitiez une péridurale, Jodie, mas il est trop tard pour cela.

— Oh ! non...

— Nous allons vous aider. Et vous verrez très bientôt votre bébé. Le pire scénario est que vous ayez besoin d'une césarienne, mais il existe d'autres procédures que nous pouvons essayer d'abord pour tourner votre bébé.

— Comme les forceps ? demanda Jodie qui sanglotait, à présent. Non, je ne veux pas... Ce n'est pas ce que j'avais prévu...

— Jock doit faire ce qui est le plus sûr pour votre bébé et vous, intervint Grace. C'est la seule chose qui importe, maintenant.

— Qu'est-ce que vous feriez, vous ? s'enquit Alec.

Jock ne fut pas surpris de la confiance qu'il avait en leur sage-femme.

Grace leur sourit, puis sourit à Jock.

— Je ferais confiance à Jock, dit-elle d'une voix calme. Totalement.

Ce soir-là, Grace et Jock étaient dans la cuisine pour un dîner tardif, et elle lui demanda comment il s'y était pris pour tourner la tête du bébé à la main. Il le lui expliqua en serrant son poing pour représenter la tête, et en mimant les mouvements à faire avec la main de Grace.

Elle hocha la tête, les yeux fixés sur son visage.

— Et alors tu as un accouchement normal, un bébé qui obtient huit au test d'Apgar et deux parents qui te considèrent comme le meilleur obstétricien au monde.

Jock tenait toujours sa main et ne pouvait détacher son regard d'elle.

— J'ai envie de t'embrasser, dit-il.

— J'ai envie que tu m'embrasses.

Il courba la tête. Elle prit une vive inspiration.

— On ne peut pas, murmura-t-elle.

— Pourquoi ?

— Tu le sais.

Oui, il le savait. Parce qu'il était peu probable que les choses s'arrêtent à un baiser. Son corps se rappelait combien le sexe avec Grace avait été incroyable, la nuit dernière, et lui faisait savoir de façon évidente à quel point il aimerait répéter l'expérience.

— C'était censé n'arriver qu'une fois.

— Serait-ce très différent si cela se produisait deux fois ? demanda Jock en gardant un ton désinvolte. Je veux dire, hier, c'était une expérience.

— Mmm, fit Grace en regardant sa bouche.

— Une expérience réussie ?

Il s'efforça de ne pas paraître trop content de lui.

— Mmm...

— La plupart des scientifiques te diraient qu'une expérience doit être répétée, pour vérifier la fiabilité des résultats.

Grace avait fermé les yeux. Parce qu'elle ne voulait pas qu'il sache ce qu'elle pensait ? Se rendait-elle compte qu'elle s'appuyait contre lui, comme si elle était attirée par une force magnétique ? Il courba un peu plus la tête, jusqu'à ce que ses lèvres frôlent presque les siennes.

— Quelle est la vraie raison de ne pas le faire ? Ce que dirait Jenni ?

— Elle a raison. Ce serait trop bizarre. Ça pourrait nuire à notre amitié.

— Et je me sentirais fautif, admit Jock. Même si je n'ai jamais promis de ne pas poser un doigt sur toi.

— Elle saurait, dit fermement Grace. Et ça pourrait gâcher son séjour.

— Pas si ça s'est arrêté avant qu'elle arrive.

— Elle doit arriver dans quinze jours.

— Plus qu'assez de temps pour vérifier que l'expérience a vraiment été un succès.

Jock posa ses lèvres sur les siennes un bref instant. Il s'y connaissait en relations physiques intenses, mais délibérément courtes.

— Cette date limite est parfaite, murmura-t-il. Durant le temps qu'elle passera ici, nous pourrons dire la vérité en affirmant que nous ne sommes que de bons amis. Elle ne posera pas trop de questions de toute façon. Nous respectons mutuellement notre intimité.

Il tendit le bras par-dessus Grace pour éteindre le grille-pain. Il ne voulait pas que la maison prenne feu pendant qu'il l'embrasserait aussi complètement qu'il en avait l'intention.

Le sexe sur le bateau avait peut-être été aussi incroyable à cause du contexte : une journée riche en émotions au travail et les confidences de Grace qui avait parlé de son enfant mort.

Ce serait différent cette fois, se disait-elle. Elle avait remis les pieds sur terre. Elle ne se laisserait pas tomber amoureuse de Jock McKay, parce que la dernière chose qu'elle souhaitait était d'avoir le cœur brisé. Mais elle voulait revivre du sexe avec lui. Quelle femme ne le voudrait pas ?

Et ce n'était pas comme si elle en prenait l'initiative. Jock le voulait aussi. Il la voulait, elle, et c'était assez pour lui faire tourner un peu la tête.

Et effectivement, ce fut différent. Encore meilleur...

Parce qu'ils connaissaient déjà mieux leurs corps et que Grace apprenait qu'il était possible de se détendre — et de s'amuser au lit, même — tout en se sentant toujours en sécurité. Après tout, leur liaison avait une date limite.

Même sans la venue de Jenni, il se serait agi de quelque chose de temporaire. Jock ne restait jamais en un endroit — ou avec une personne — assez longtemps pour qu'il en soit autrement.

Quand c'était aussi clair dès le début, personne ne pouvait être blessé.

Alors peut-être devaient-ils en profiter au maximum.

Il n'y avait rien de tel qu'un compte à rebours pour donner du relief aux événements.

Céder à la fantaisie de cette liaison qui était très loin de la réalité, parce que ce n'était pas une vraie relation, ne faisait qu'en accroître chaque aspect — un peu comme de brèves vacances sur une île tropicale. Ou une aventure intense et passionnée avec un homme indisponible.

Et il n'y avait pas que le sexe, même si c'était la partie la plus évidente et la plus fantastique de ce qui arrivait à Grace.

Ce qui se passait physiquement entre eux imprégnait chaque minute de chaque jour en attendant que Jock aille chercher Jenni à Christchurch. Dès la première gorgée de café, le matin, quand elle croisait le regard de Jock par-dessus le bord de son mug ; et le soir, lorsqu'ils avaient cette conversation silencieuse qui passait par un seul coup d'œil.

Tu es fatiguée ?

Pas trop.

Est-ce que tu veux...

Oui... oh, oui.

Au travail, également. En permanence.

S'ils étaient impliqués dans un même cas, Grace mettait encore plus de passion dans son travail, parce qu'elle voulait impressionner Jock — comme elle l'avait impressionné quand Yvonne et David avaient perdu leur bébé.

Lorsqu'ils ne travaillaient pas ensemble, Grace avait la délicieuse possibilité de voir Jock venir vers elle dans un couloir ou à la cafétéria, et de sentir bourdonner ce secret entre eux.

Le soir, elle parlait à Jock de Stella, qui attendait une fille, ou de la visite à domicile qu'elle avait faite à Jodie et Alec. Le sourire qu'ils partageaient alors contenait tout ce que Grace adorait dans son métier — la joie, la tension, les drames et même la panique qui pouvaient faire partie du miracle de mettre de nouvelles vies au monde. Partager tout cela avec quelqu'un qu'elle connaissait de façon très intime donnait une dimension très différente à ce qu'elle faisait.

La vie n'avait jamais été aussi bonne avec elle, en fait, et le tic-tac de la pendule les poussait à en profiter tant que ça durait, sans se soucier des conséquences. Ils savaient tous les deux que c'était temporaire.

Comme une aventure de vacances sur cette île tropicale.

Et, oui, cela leur manquerait peut-être quand ce serait fini, mais le savoir atténuait certainement le risque de voir leurs vies sérieusement chamboulées. Jock semblait le penser et il avait beaucoup plus d'expérience que Grace dans ce genre de jeu, alors elle se contentait de suivre son exemple.

En outre, elle avait en perspective la visite de sa meilleure amie dont elle se réjouissait. Une visite qui, il fallait l'espérer, permettrait de passer facilement de la fantaisie à la réalité.

11

— Je ne peux toujours pas croire à quel point tu as changé.

Chaque fois que Grace levait les yeux, depuis l'arrivée de Jenni, elle trouvait son amie en train de la fixer. En souriant, comme si Grace irradiait une sorte de bonheur contagieux.

Jenni secoua la tête.

— Si je n'étais pas mieux fixée, je jurerais que tu es follement amoureuse de quelqu'un.

Grace força un peu son rire pour montrer que cette suggestion était ridicule. Un rire forcé qui pouvait être mis sur le compte du vin qu'ils goûtaient dans les superbes bâtiments de style toscan d'un des vignobles les plus populaires du pays. Mais elle vit comment Jock se figea soudain, tenant son verre en l'air.

Pensait-il que Jenni mettait le doigt sur quelque chose qui, ils en étaient tous les deux convaincus, était soigneusement enterré, maintenant ?

— Tu me connais assez pour savoir que ce n'est pas ça, Jen, déclara fermement Grace. Je suis toujours heureusement célibataire, merci. Peut-être suis-je juste amoureuse de ma nouvelle vie en Nouvelle-Zélande. Et qui ne le serait pas, avec ce genre de gâterie à portée de main ?

Elle leva son verre qui contenait un échantillon de rosé.

— C'est vrai, concéda Jenni. Et nous allons passer une journée entre filles à Wellington, demain. Tu es sûr de ne pas vouloir venir avec nous, Jock ?

— Je travaille. Et je suis certain que vous avez besoin de vous retrouver entre vous.

Jock termina son vin.

— Je vais acheter des bouteilles de ce pinot gris, pendant que nous sommes ici. On a l'impression de boire du velours.

Son sourire était le même que lors de l'arrivée de Grace. Effronté, chaleureux et sincère. Seule Grace pouvait savoir qu'il lui rappelait par cette image la nuit où ils avaient nagé nus.

La nuit où ils avaient fait l'amour pour la première fois.

Peut-être faisait-il aussi référence à la dernière fois. En lui faisant savoir combien il appréciait la façon dont elle rendait facile la transition d'amants à simples amis ? Combien il était soulagé qu'elle n'y accorde pas plus d'importance que ça ?

Par un agrément mutuel, l'expérience qui visait à voir si Grace voulait raviver sa vie sexuelle avait été déclarée terminée plusieurs jours avant l'arrivée de Jenni. Elle avait été un succès complet, et ils pouvaient tous les deux aller de l'avant sans regrets. Leur nouvelle mission était d'assurer que Jenni ne devine pas qu'ils avaient dépassé les bornes de l'amitié. Et ils espéraient rester bons amis jusqu'à la fin de leur vie.

Jock avait donné l'impression que le plan marchait parfaitement lorsqu'il avait ramené sa sœur de Christchurch. Ensuite, Jenni avait emprunté la voiture de Grace pour explorer le pays par elle-même quand Jock et Grace travaillaient.

Pour l'heure, elle était toujours focalisée sur Grace.

— Je ne t'ai certainement jamais vue aussi heureuse. Mais je peux comprendre pourquoi, j'adore ce pays. Peut-être devrais-je revenir en Nouvelle-Zélande de façon plus permanente.

— Ça, c'est une brillante idée, approuva Jock.

— Nous manquons toujours de personnel, ajouta Grace. Je suis sûre que tu pourrais trouver un poste aussi facilement que moi. Ce serait si bon de t'avoir ici, Jen !

— Je pourrais effectivement y penser. Je pourrais m'habituer à tout ce soleil, ce vin et cette nourriture. Et à cuire mon dîner au barbecue chaque soir. C'est plutôt rare à Glasgow.

— J'ai retenu dans un restaurant brésilien pour ton dernier soir ici, dit Jock. Tu verras combien un barbecue peut être bon. C'est l'endroit le plus populaire en ville avec le bar à cocktails qui vient d'ouvrir près de la Réserve du Pêcheur. Nous pourrons peut-être y aller aussi pour rendre cette soirée mémorable.

— Une fête ! L'idée me plaît, dit Jenni avec un grand sourire.

— Tu rencontreras probablement certaines des personnes avec qui tu travaillerais si tu venais t'installer ici, ajouta Grace. Ça pourrait te persuader de faire le grand saut.

— C'est vrai, agréa Jock. Nous pourrions inviter Dan, par exemple.

— Qui est Dan ? demanda Jenni.

— Un anesthésiste de l'hôpital et le compagnon de pêche de Jock, indiqua Grace. Je crois que Jock a mûri l'idée de me mettre avec lui quand je suis arrivée.

Jenni haussa les sourcils, et Grace secoua la tête.

— Et non... je ne suis pas sortie avec lui. Il n'était pas plus intéressé que moi. J'ai l'impression que c'est un célibataire aussi endurci que Jock.

— Tu pourrais apprendre à mieux le connaître, décréta Jenni. Et, Jock, tu pourrais inviter la personne avec qui tu sors en ce moment. Est-ce quelqu'un qui travaille à l'hôpital ? Ou est-ce toujours cette superbe Suédoise... Comment s'appelait-elle ?

— Greta. Non, c'est fini depuis un moment.

Jock semblait éviter de regarder Grace.

— As-tu goûté ce vin pétillant, Jen ? Il est vraiment bon.

Mais Jenni ne se laissa pas distraire.

— Ça doit être quelqu'un de nouveau. Tu ne restes jamais seul longtemps. Invite-la. Et trouve-moi un cavalier pour la soirée afin que je ne me sente pas la cinquième roue du carrosse.

Jock lui sourit.

— D'accord... Je vais voir qui est par là.

Il consulta sa montre.

— Nous devrions y aller. Il ne faut pas rentrer trop tard, vous devrez vous lever tôt pour prendre le ferry, demain.

C'était une matinée parfaite.

L'aube pointait tandis que le ferry naviguait à travers le bras de mer des Sounds. Puis ils gagneraient la haute mer pour arriver dans le port pittoresque de la capitale.

Grace et Jenni se tenaient à l'arrière du bateau, penchées au bastingage, et contemplaient le décor spectaculaire.

— C'est incroyablement beau, dit Jenni en soupirant.

— J'ai fait ce trajet à mon arrivée et j'ai eu l'impression de rentrer à la maison.

— Pas étonnant que tu paraisses si heureuse.

— Tu pourrais toujours venir passer quelque temps ici, suggéra Grace. Sans que ce soit pour toujours. Si tu remplissais une demande, au cas où ?

— Je vais y réfléchir, concéda Jenni. Mais ce ne serait que pour de longues vacances. Je suis chez moi en Écosse. Je ne pourrais jamais vivre ailleurs trop longtemps. Je ne suis pas comme Jock, qui ne s'arrête jamais assez longtemps pour planter des racines.

— Tu crois que c'est pour ça qu'il ne cesse de bouger ? Parce qu'il ne veut pas s'attacher à un endroit ? Ou à une personne ? Cela vient-il du vœu que vous avez fait de ne pas vous marier et de ne pas avoir d'enfants ?

Jenni parut surprise.

— Il t'en a parlé ?

— Il m'a dit que c'était à cause de votre mère, qui allait de désastre en désastre.

Jenni soupira.

— Elle aurait mieux fait de chercher un endroit où se fixer, au lieu de multiplier les rencontres. Moi, je veux avoir des racines assez fortes pour me tenir en place, ce que nous n'avons pas eu enfants. Je pense que le problème de Jock, c'est qu'il ne réalise pas que c'est ce qu'il cherche aussi. Il devrait peut-être revenir en Écosse. Je détesterais qu'il finisse en se sentant perdu. Ou seul.

Grace ouvrit la bouche avec l'intention de confesser qu'elle s'était inquiétée de la même chose. Qu'elle aimait assez Jock pour savoir qu'il ne méritait pas d'être seul. Elle avait envie de reconnaître qu'ils avaient enfreint les règles pour devenir très proches, mais elle n'eut pas le temps de le faire, car Jenni reprit la parole.

— « Chez soi », c'est l'endroit où tu te sens en sécurité, tu sais ? Bien sûr, que tu le sais. C'est pour te sentir en sécurité que tu as parcouru dix-huit mille kilomètres, afin d'échapper à ton ex et de commencer une nouvelle vie.

Elle étreignit Grace.

— Tu l'as fait, et je suis ravie que tu te sentes chez toi ici. Que tu sois si heureuse. Je suis fière de toi.

Grace abandonna son idée de confession. Elle n'allait pas gâcher cette journée avec sa meilleure amie en lui avouant quelque chose qui pourrait non seulement changer leur amitié, mais aussi rendre les choses délicates entre Jenni et son frère alors qu'ils n'avaient que quelques jours à passer ensemble.

À la place, elle étreignit à son tour Jenni.

— Tu connais cette expression : « Aujourd'hui est le premier jour du reste de ta vie » ?

— Celle qui est inscrite sur un tableau comme la vue qui est devant nous en ce moment ?

— Exactement. Nous sommes dans ce tableau. Ceci est vraiment le premier jour du reste de notre vie.

Mais ce n'était pas tout à fait vrai pour Grace. Ce jour avait été celui où Jock avait réussi à franchir ses barrières et lui avait donné la main pour l'aider à sortir de sa prison. Le jour où il lui avait fait l'amour.

— Tout ce qu'il nous faut maintenant, c'est voir quelques dauphins, dit-elle en riant.

— Et passer la meilleure des journées ensemble. Que fera-t-on en premier, à Wellington ?

— Nous prendrons un funiculaire pour monter sur la colline et avoir la plus belle vue sur la ville et le port. Nous pourrons visiter le musée, déjeuner sur le front de mer, et il paraît que le meilleur endroit pour faire des courses est Cuba Street. Nous allons chercher de nouvelles robes pour ta fête d'adieu de demain soir. Oh ! et il faudra prendre une photo devant la fontaine Bucket. Je n'ai aucune idée de ce que c'est, mais apparemment elle est célèbre.

Jock se félicita de son initiative. Inviter quelques amis et collègues pour passer une excellente soirée avait été un coup de maître. On était samedi soir, et l'orchestre du restaurant brésilien jouait de la salsa. La conversation allait bon train, tout le monde riait beaucoup, et Jenni croyait comme il le souhaitait que Mandy, l'échographiste, était sa petite amie. Elle essayait de détecter une étincelle entre Grace et Dan — qui s'était fait prier pour venir — et profitait de la compagnie de Stefano, l'urgentiste remplaçant que Jock avait invité pour faire un compte rond.

Stefano passait un bon moment. Il s'était chargé d'un plat qui faisait partie des entrées qu'ils partageaient. Jenni et Mandy s'étaient déjà servies et il le proposa à Grace.

— Vous devez essayer ces boulettes au fromage. C'est absolument *delizioso*, dit-il en embrassant le bout de ses doigts.

— Oui, confirma Mandy en lui souriant. Puis-je en avoir une autre ?

Grace en prit une et mordit dedans.

— Oh... vous avez raison. C'est exquis. Hou là...

Elle cueillit avec sa langue le fromage fondu qui avait coulé sur ses doigts. Jock savait qu'il ne devait pas la fixer, mais durant une seconde de trop il ne put détacher les yeux d'elle. Jenni et Grace portaient les robes neuves qu'elles avaient achetées à Wellington et elles étaient superbes. Le bleu foncé de la robe de Grace était assorti à ses yeux, et elle avait lâché ses cheveux qui tombaient en vagues blondes sur ses épaules.

Elle était absolument sublime. Et sa façon de lécher ce fromage... Tout son corps lui rappelait combien il l'avait désirée, le soir du grille-pain. Et combien il la désirait toujours, même s'ils avaient décidé que l'expérience était terminée et conclu qu'elle avait été un succès. Jock avait obtenu exactement ce qu'il voulait : il avait aidé Grace à franchir les barrières qui l'empêchaient de mener la meilleure des vies et de réaliser son rêve, avoir une famille à elle. Il aurait dû en être heureux. Alors pourquoi ne l'était-il pas ?

Pourquoi avait-il cet étrange sentiment de vide ? Et pourquoi n'était-il pas du tout attiré par Mandy, qui était censée être sa petite amie ?

Tandis que la soirée s'écoulait, tout le monde prenait du plaisir. Mandy semblait très bien s'entendre avec Stefano. Jock et Dan mirent au point leur prochaine sortie de pêche, et visiblement Jenni et Grace profitaient au maximum du temps qui leur restait à passer ensemble. Son amie allait manquer à Grace, c'était sûr.

Et alors cela le frappa. Voilà pourquoi il avait cette impression de vide. Grace lui manquait même si elle était là, assise en face de lui.

Elle lui manquait depuis des jours. Depuis qu'ils avaient déclaré l'expérience terminée, avant l'arrivée de Jenni. Et depuis, il avait dû se montrer prudent, ne pas laisser son regard s'attarder trop longtemps sur elle, ni partager un sourire pouvant trahir une relation bien plus intime qu'une pure amitié.

On débarrassa leur table, et Stefano invita Mandy à danser. Ils étaient bons danseurs et leur attitude indiquait qu'ils appréciaient grandement la compagnie l'un de l'autre. Dire que Jock avait invité Stefano pour être le cavalier de Jenni ! Il adressa un sourire d'excuse à sa sœur, qui sourit.

— On gagne, on perd..., dit-elle. Je ne suis pas offensée.

— Nous n'allons pas laisser ça gâcher la soirée, intervint Grace. Si nous allions essayer ce bar à cocktails ?

— Laissons-leur cinq minutes, puis nous nous y rendrons.

Jenni se tourna vers Dan.

— Vous vivez ici depuis combien de temps ?

— Deux ans.

— Qu'est-ce qui vous a fait choisir Picton ?

— Le travail. Et j'avais besoin d'un changement.

Jock dissimula un sourire. C'était toujours ce que répondait Dan. Son ami était peut-être taciturne, mais il était constant et digne de confiance. C'était dommage que le courant ne passe pas entre Grace et lui. Elle ne se joignit même pas à la conversation et suivait Mandy et Stefano des yeux. Puis elle sentit le regard de Jock sur elle, se tourna et il lut une invitation dans ses yeux brillants. Elle avait envie de danser.

C'était plus qu'une invitation, comprit-il. C'était… une aspiration à le retrouver. Il l'éprouvait aussi. Il avait envie de tenir Grace dans ses bras et de sentir son corps contre le sien. Il en avait tellement envie, en fait, qu'il savait combien il serait dangereux de le faire. Mais il s'en moquait. Il voulait répondre.

Ce fut peut-être une chance que son téléphone sonne à ce moment-là.

— Désolé. Je dois répondre, je suis de garde.

Il se leva pour prendre l'appel de l'hôpital et revint peu après.

— Je dois y aller. Une femme enceinte de sept mois a eu un accident de voiture et est arrivée en ambulance. Elle risque un décollement du placenta.

— Quelqu'un d'ici ? demanda Grace en se levant.

— Oui. Une certaine Maureen Petersen.

— C'est une de mes mères ! s'écria Grace, horrifiée. Je devrais venir avec toi.

Elle se mordit la lèvre et se tourna vers Jenni.

— C'est important, dit-elle. Je sais combien cette grossesse compte pour elle.

— Vas-y, répondit son amie. Ne te soucie pas de moi. Nous pouvons nous retrouver plus tard au bar à cocktails.

— Ça risque de prendre un moment, avertit Jock.

— Je rentrerai, dans ce cas. Je vous verrai tous les deux demain matin, avant de prendre mon train.

— Désolé, Jen.

Jock regrettait vraiment de laisser sa sœur la veille de son départ, mais il ne pouvait pas rester. Ni suggérer que Grace ne vienne pas. Il voyait combien elle était inquiète pour Maureen et savait qu'elle se souciait beaucoup des mères et des bébés dont elle avait la charge.

Et lui se souciait d'elle.

Dan intervint.

— Ne vous inquiétez pas. Je veillerai sur Jenni. Allez-y, on a besoin de vous.

12

À l'hôpital, après avoir passé une blouse sur sa robe, Grace suivit Jock en réanimation, où Maureen avait été conduite. La future maman était allongée sur un lit, visiblement très inquiète.

— Grace... Je suis si contente que vous soyez là ! Mais comment avez-vous appris que j'avais eu un accident ?

— J'étais juste au bon endroit au bon moment, Maureen.

Avec Jock... C'était l'impression qu'elle avait toujours, quand elle était avec lui. Elle l'entendit poser des questions à l'urgentiste sur l'accident et sur ce que ressentait Maureen. Elle avait des douleurs abdominales mais ne saignait pas, ce qui était bon signe. Jock allait lui faire passer une échographie.

— Avez-vous senti bouger le bébé depuis l'accident ?

— Non...

Maureen se mit à pleurer pendant que Jock passait du gel sur son ventre. Quelques secondes plus tard, ils entendirent le bruit rassurant du cœur du bébé, rapide et régulier.

— Vous voyez ? dit Grace en pressant la main de sa patiente. Tout va bien.

Mais le plus gros risque était ce qui pouvait arriver au placenta.

— Et si j'entre en travail ? demanda Maureen. Il est trop tôt !

— Rien ne suggère cette possibilité. Et vous êtes presque à trente semaines. Quatre-vingt-dix-huit pour cent des bébés nés à trente semaines survivent.

— Vraiment ?

Grace hocha la tête et sourit. Elle ne se rappelait que trop bien ce que c'était que de vouloir que son bébé soit en bonne santé. D'attendre sa naissance avec impatience. Elle le ressentait si fortement, en fait, que cela lui faisait un drôle d'effet.

Quelque chose de presque choquant lui arrivait. Jamais pensé que cela puisse lui arriver de nouveau. Elle avait envie d'avoir un bébé à elle logé sous son cœur. Elle pouvait sentir l'amour qu'elle aurait pour cet enfant.

Jock souriait à Maureen.

— Votre bébé ne montre aucun signe de blessure. Je vais regarder le placenta de près maintenant.

Il le localisa sur l'écran et l'étudia.

— Je ne vois rien d'inquiétant.

Il sourit de nouveau.

— Jusqu'ici tout va bien, mais nous allons vous surveiller pendant un moment.

— Combien de temps ?

— Au moins six heures. Et s'il y a un risque que le travail commence prématurément, nous essaierons de ralentir les choses. Si un danger pour le bébé se présente et qu'il vaut mieux qu'il naisse, nous nous en occuperons aussi.

— Je vais rester avec vous, dit Grace. Tout va bien se passer.

Ces mots étaient autant pour elle-même que pour Maureen. Il faudrait qu'elle analyse plus tard sa réaction émotionnelle face à cette situation.

Maureen esquissa un sourire tremblant et tourna les yeux vers Jock qui griffonnait des notes dans son dossier. Elle se mit à ralentir sa respiration, comme il l'avait conseillé. Visiblement, elle commençait à oublier sa peur. Grace pouvait comprendre pourquoi. Jock avait le don d'attirer la confiance de ses patientes. Elle l'avait vu bien des fois. Elle était fière de lui, fière qu'il soit si bon dans son travail.

Et elle voulait qu'il soit fier d'elle également. Elle brancha l'appareil de cardiotocographie pour surveiller et le cœur du bébé, et la survenue de contractions. Puis elle prit les constantes vitales de Maureen, qui étaient bonnes.

— Essayez de vous reposer, Maureen, dit Jock. Vous n'avez rien à craindre avec Grace avec vous, et je vais moi-même rester un moment dans les parages.

En tournant la tête, Grace croisa son regard, et ils partagèrent un sourire. Manifestement, Maureen savait quelle chance elle avait de l'avoir comme obstétricien, mais Grace se sentait encore plus chanceuse : elle l'avait comme ami. La confiance qu'elle lui vouait avait changé sa vie. Un tel niveau de confiance était une forme d'amour. Oui… Plus elle connaissait Jock, plus elle en venait à l'aimer.

Elle se détendit, inspira, souffla, et prit peu à peu conscience d'autre chose. Quelque chose d'énorme qu'elle avait dû avoir devant les yeux durant tout ce temps. Quelque chose d'aussi choquant que le fait qu'elle désirait avoir son propre bébé.

L'affection qu'elle ressentait pour Jock n'était pas simplement le résultat d'une profonde amitié. Elle était amoureuse de lui.

Oh ! Seigneur… Quand était-ce arrivé ?

Elle suspecta que c'était quand il avait flotté à côté d'elle dans cette eau claire et froide. Tenant sa main comme le font les loutres quand elles se prennent par les pattes, pour l'empêcher de dériver…

Et peu importait. C'était arrivé, et ça ne changerait jamais.

Elle aimait Jock d'amour.

Et ce n'était pas juste *un* bébé qu'elle avait envie d'avoir. C'était *son* bébé à lui.

Grace avait quelque de différent, ce soir-là, pensa Jock.

Était-ce parce qu'ils étaient pour la première fois ensemble à l'hôpital à une heure aussi avancée ? Parce qu'il savait quelle jolie robe elle portait sous sa blouse ? Ou la voyait-il autrement parce qu'il avait réalisé qu'elle lui manquait ?

Pendant qu'elle accompagnait Maureen dans une salle de la maternité, il alla prendre un café et envoya un texto à Jenni.

Nous allons rester ici un moment. Tu vas bien ?

Il reçut en réponse la photo d'un magnifique cocktail dans un verre à martini, avec du sucre sur le bord et des petites fleurs flottant sur le dessus. Un instant plus tard, il reçut un cliché de Dan qui paraissait agacé d'être pris en photo, suivi d'un émoji montrant un visage souriant. Jock envoya un pouce en l'air.

J'essaierai de ne pas te réveiller en rentrant. À demain matin pour le train. Amuse-toi bien.

Il envoya encore un clin d'œil, avant d'ajouter :

Mais pas trop…

Alors qu'il fixait l'écran noir de son portable, il se surprit à penser à Grace. Il pouvait la voir, aussi clairement que si elle était là.

Il voyait la façon dont elle l'avait regardé avec l'envie évidente qu'il l'invite à danser. Celle dont elle lui avait souri quand ils s'étaient occupés de Maureen — un sourire qui exprimait à la fois leur anxiété partagée et leur détermination commune à garder la mère et l'enfant en sécurité. Mais y avait-il eu davantage dans ce sourire ? Quelque chose de bien plus personnel ?

Oui... c'était ça. Il avait lu quelque chose de différent dans ce sourire. Ou dans le regard de Grace. Quelque chose qui l'avait touché profondément.

Dans son cœur ?

Oh ! au secours... Des alarmes résonnaient dans sa tête, à présent. Des alarmes qu'il aurait dû entendre bien plus tôt.

Il savait depuis longtemps reconnaître les signes. La tentation de se rapprocher d'une femme particulière, même si c'était purement sexuel, était un drapeau rouge. Et là, cela allait au-delà d'un simple désir physique. Cette impression qu'il lui manquait quelque chose — ou quelqu'un — d'important dans sa vie était plus profonde maintenant. Plus sombre. Il devait faire quelque chose pour se protéger.

Ce sourire, cette expression, la douceur de Grace lui avaient offert quelque chose qu'il ne pouvait se permettre d'accepter, parce que jamais il ne supporterait de les perdre. Il n'y survivrait peut-être pas.

L'amour...

Il était expert pour sentir le moment exact où il était temps de mettre fin à une relation, mais il lui semblait que quelque chose avait vraiment mal tourné, cette fois.

S'était-il senti faussement en sécurité parce que l'expérience était soumise à une date limite ? Ou parce qu'il pensait ne rien risquer grâce aux règles strictes que Jenni avait mises en place ?

Il ne se sentait pas en sécurité, maintenant. L'impression désagréable d'une menace lui donnait le sentiment d'être en danger. Et il était véritablement en danger.

Il risquait de tomber amoureux de Grace Collins.

Mais peut-être n'était-il pas trop tard. S'il gardait le contrôle et réagissait assez vite, il pourrait peut-être s'en sortir indemne. En s'efforçant de ne blesser personne au passage.

Pour l'instant, il pouvait se concentrer sur sa patiente. Puis il devrait dormir suffisamment pour faire correctement son travail le lendemain. Et il voulait dire au revoir à Jenni sans rien laisser filtrer de la relation qu'il avait, sans le vouloir, laissée aller trop loin avec Grace.

Et qui sait ? Peut-être l'univers lui fournirait-il une solution.

Ce ne fut pas l'univers qui le sauva de façon inattendue le lendemain. Ce fut Jenni.

Il parcourait le quai du regard, les sourcils froncés, alors que sa sœur s'apprêtait à monter dans le train.

— On dirait que Grace ne va pas arriver à temps pour te dire au revoir.

— Elle m'a envoyé un texto. Sa patiente est un peu stressée par la prochaine échographie qu'on doit lui faire. Je lui ai dit de ne pas s'inquiéter. Je l'appellerai en arrivant à Melbourne. J'ai passé un séjour délicieux, Jock.

Jenni étreignit son frère.

— Et merci… Tu t'occupes très bien de Grace. Je suis si contente qu'elle soit heureuse.

— Moi aussi, parvint à dire Jock. Prends soin de toi, Jen. Amuse-toi bien à Melbourne.

— J'en ai l'intention. Tu y es déjà allé ?

— Non, mais j'aimerais beaucoup.

Et elle fut là. La solution.

Il était temps de partir pour une nouvelle aventure. Un nouveau début. Il pouvait éviter que les choses dérapent avec Grace et que l'un ou l'autre soit blessé. Et il savait qu'il pouvait le faire à l'amiable — c'était ce qu'il faisait toujours et il savait s'y prendre.

Il allait déménager.

Sans causer de dommages à ce qui lui semblait être l'amitié la plus importante qu'il avait jamais eue, il fallait l'espérer. Sans aucun doute, il était plus proche de Grace Collins qu'il ne l'avait jamais été de personne, hormis sa sœur jumelle.

Sa sœur qui était ravie qu'il s'occupe aussi bien de sa meilleure amie.

Il n'avait qu'à continuer à le faire. En espérant que l'étape suivante soit aussi facile que la première.

Il n'eut pas de mal à mettre le problème de côté en arrivant au travail. Il se retrouva avec Grace dans la lumière tamisée de la salle d'échographie et il se concentra aisément sur l'écran — soulagé de pouvoir confirmer que tout allait bien. C'était un bon début de journée.

— Je suis heureux de pouvoir vous laisser sortir, Maureen, mais il faudrait aller doucement pendant un jour ou deux.

— Et appelez-nous si quoi que ce soit vous inquiète, ajouta Grace.

Jock aperçut Grace un peu plus tard, en allant chercher un sandwich et un café à la cafétéria. Elle accompagnait Maureen jusqu'à un taxi. Il acheta un deuxième sandwich et le lui offrit lorsqu'elle revint.

— J'ai pensé que tu avais besoin de te sustenter. Tu dois être épuisée après avoir passé la nuit avec Maureen.

Grace était pâle, mais son sourire éclaira ses yeux.

— Merci... Je suis fatiguée, mais ça va. Et si heureuse que le bébé de Maureen n'ait rien. Jenni a-t-elle été contrariée que je ne sois pas à la gare ?

— Pas du tout. Elle t'appellera de Melbourne.

— Elle va aimer cette ville. Il paraît que c'est un endroit formidable pour des vacances.

— Je l'ai entendu dire aussi.

— Et ça te donne des démangeaisons dans les jambes, non ? Tu n'as pas envie de partir vivre dans un nouvel endroit ?

De nouveau, le destin le servait. Il était ironique que ce soit Grace qui lui offre une porte de sortie.

— Tu pourrais bien avoir raison, répondit-il en s'efforçant de prendre un ton pensif. Il y a tant d'endroits dans le monde que je n'ai pas encore vus. Tant d'aventures à vivre.

Il crut apercevoir une lueur de contrariété dans les yeux de Grace, mais elle détourna son regard.

— Je ferais mieux d'y aller. J'ai une petite aventure qui m'attend cet après-midi, justement. Je prends un bateau-taxi pour aller voir Tessa.

— Rappelle-moi où elle habite ?

— Dans Kumutoto Bay. Elle a une maison en bord de mer avec son propre ponton.

— C'est un bel endroit. Mais je crois que le téléphone ne passe pas.

— En effet. Elle doit monter sur une colline derrière la maison pour se servir de son portable ou avoir Internet.

— Dis-lui que je serai heureux de la voir la semaine prochaine. J'arriverai peut-être à la persuader de venir à l'hôpital quelques jours avant sa césarienne, par précaution. Tu pourrais vérifier si elle a déjà préparé son sac.

— Entendu, dit Grace en s'éloignant. Merci pour le sandwich. C'est mon tour de préparer le dîner ce soir, hein ?

— Ne te préoccupe pas de moi. J'ai entendu dire qu'une tempête tropicale pourrait nous affecter dans la semaine et je vais aller vérifier que le *Lassie* est bien amarré.

Grace s'arrêta et tourna la tête.

— Je ne risque rien cet après-midi, n'est-ce pas ? Je n'ai pas envie d'affronter de hautes vagues dans un petit bateau.

— Non. Les Sounds ne sont jamais très agités. Et le mauvais temps n'arrivera que dans quelques jours. Ne t'inquiète pas.

Jock décocha un sourire rassurant à Grace, qui le lui rendit.

— Veux-tu que j'aille t'aider à la marina, ce soir après mon travail ?

— Non...

Il prononça ce mot avec plus d'emphase qu'il ne l'aurait voulu, mais il devait à tout prix éviter de se retrouver seul avec Grace sur le bateau où tout avait commencé.

— Merci, mais tu seras assez fatiguée comme ça. Et je peux me débrouiller seul.

Jock prenait la tangente, non ? Il s'assurait que personne ne devienne trop proche de lui, se dit Grace.

Avait-il deviné d'une manière ou d'une autre qu'elle avait franchi les bornes de l'amitié dans ses sentiments pour lui ? Qu'elle était follement amoureuse de lui ?

Pas étonnant qu'il soit parti en courant, dans ce cas. Mais était-il si convaincu qu'une relation à long terme et peut-être une famille étaient les dernières choses qui lui conviendraient ? Au point d'être prêt à changer de nouveau de vie, d'aller s'installer ailleurs — dans un nouveau pays — et de repartir de zéro ?

Il fallait qu'elle règle ça.

Afin que Jock n'ait pas besoin de s'enfuir.

Afin qu'elle puisse au moins garder leur amitié intacte.

Mais la fatigue empêchait Grace de réfléchir efficacement.

Fallait-il qu'elle prenne du recul et laisse à Jock assez d'espace pour qu'il se sente en sûreté, ou valait-il mieux en parler ?

Non... Lasse comme elle était, elle risquerait d'empirer la situation. Laisser de l'espace à Jock semblait être la seule solution. Aussi Grace alla-t-elle se coucher. Elle s'endormit profondément avant son retour.

Elle ne le vit pas le lendemain, car il avait une série d'opérations et elle ses consultations prénatales. Les douleurs dorsales d'une de ses patientes signalèrent le début du travail, et elle fut prise par l'accouchement qui dura tard dans la nuit.

Elle dormit tard le lendemain matin et alla travailler par un temps gris et menaçant, en répondant aux messages de Jenni qui s'inquiétait des conditions météo pour son vol de retour au Royaume-Uni. Son amie lui apprit que le cyclone s'appelait Barry, le nom de son ex-mari.

Grace lui envoya un émoji qui riait, mais elle commençait à se sentir aussi maussade que le temps. Les choses changeaient autour d'elle. L'homme qui était peut-être bien l'amour de sa vie s'éloignait-il d'elle alors qu'une tempête redoutable se dirigeait vers elle ?

Au travail, ce jour-là, on ne parla que du cyclone. Le soir, il commençait à pleuvoir légèrement quand Grace rentra. Jock l'informa qu'il sortait pour aller jouer au squash avec Stefano. C'était la première fois qu'ils se retrouvaient face à face depuis qu'il avait lâché sa bombe : le fait qu'il envisageait de commencer une nouvelle vie ailleurs.

Ils parlèrent de sa visite à Tessa, la veille. Grace avait demandé à Lawrence, le mari de sa patiente, s'ils avaient en ville des amis ou des parents chez qui elle pourrait rester si le temps devenait trop mauvais, afin qu'elle ne soit pas coupée de tout, mais Tessa voulait rester chez elle et finir de préparer l'arrivée de ses jumeaux.

Parlerait-il avec autant de spontanéité de quelque chose de plus personnel ? se demanda-t-elle. Avec sa raquette et ses clés de voiture à la main, Jock avait la parfaite excuse pour s'échapper.

— As-tu des nouvelles de Jenni ? Sais-tu si elle a pu décoller ?

— Oui, elle est partie à temps. Je suis le vol sur une application.

Grace se mordit la lèvre.

— Le cyclone porte le nom de mon ex-mari, Barry. Comme lui, il va souffler fort, commettre quelques dégâts et disparaître pour ne jamais revenir.

Jock fit une grimace de sympathie. Et pour la première fois depuis le début de la conversation, il soutint son regard.

Il n'était pas indifférent, se dit-elle, et son cœur s'emplit d'espoir. Elle ne put détourner les yeux quand le regard de Jock s'adoucit et s'abaissa sur ses lèvres.

Il avait envie de l'embrasser. Et elle voulait qu'il le fasse.

Mais alors il parut embarrassé, marmonna qu'il allait faire attendre Stefano et s'en alla.

Les premiers effets du cyclone Barry se firent sentir en haut de l'Île du Sud le lendemain en fin d'après-midi, avec de fortes pluies et des bourrasques à retourner les parapluies.

Jock se trouvait à l'accueil des salles de travail quand Grace vint enregistrer ses notes sur une patiente.

— Sharon est prête à sortir, dit-elle à l'employé. Elle est pressée de rentrer chez elle avant que le temps n'empire.

Un chef de clinique hocha la tête.

— Comme nous tous. Il paraît que le fleuve monte très vite. Nous pourrions être bloqués ici.

— On est passés à un cyclone de catégorie trois, indiqua quelqu'un d'autre.

Jock fronça les sourcils.

— Je ferais bien d'aller vérifier l'amarrage de mon bateau, de nouveau.

Une infirmière secoua la tête.

— Et c'est là l'homme qui parlait à l'instant d'une proposition de travail idyllique dans les îles Salomon ? Vous savez que c'est là que se forment les cyclones tropicaux ?

Grace retint son souffle. Jock cherchait-il déjà un nouveau travail ? Et il en parlait à d'autres personnes, mais pas à elle ?

— Je dois aller aider Sharon à se préparer, dit-elle.

Elle avait surtout besoin de s'en aller. Aussi vite que Jock l'avait fait la veille au soir quand ils avaient été sur le point de s'embrasser.

Elle ne cessait d'y penser alors qu'elle rentrait à la maison après avoir affronté le vent et la pluie. L'idée d'être seule pour la soirée pendant que Jock était à bord de son bateau lui était presque insupportable.

Il avait établi si clairement qu'il n'avait pas besoin d'elle...

Elle était devenue tout ce qu'il avait juré de ne jamais avoir dans sa vie. Quelqu'un qui l'aimait et l'épouserait en un clin d'œil s'il le lui demandait. Quelqu'un qui souhaitait avoir le bébé qu'il s'était juré de ne jamais mettre au monde.

Elle incarnait son pire cauchemar, non ?

La sonnerie de son téléphone interrompit la spirale négative de ses pensées, du moins le temps qu'elle réponde.

— Grace ? J'ai besoin de vous.

— Tessa ? Qu'est-ce qui ne va pas ?

— Je crois que j'ai des contractions.

Les cheveux de Grace se dressèrent sur sa nuque.

— Où est Lawrence ?

— Il était au travail, mais à présent il est coincé sur la route.

— Y a-t-il quelqu'un qui peut vous amener à l'hôpital ?

— Non... C'est ma faute, gémit Tessa.

— Restez chez vous. Je m'occupe de prévenir les garde-côtes. Nous viendrons vous chercher dès que possible.

Tessa ne répondit pas.

La seule chose que Grace put entendre fut le bip-bip d'une communication coupée.

13

Comme c'était déstabilisant de n'avoir aucun contrôle sur ce qui se passait autour de vous. Jock n'aimait pas les craquements des bateaux qui se balançaient sur l'eau agitée et tapaient contre leurs bornes d'amarrage. Le vent se déchaînait dans le jour finissant.

Il ne pouvait rien faire de plus pour assurer la sécurité du *Lassie* et hélas pas empêcher qu'un autre bateau se détache et vienne la heurter. Il était temps pour lui de rentrer. Il avait faim, mais il n'y avait à bord qu'une boîte de haricots et il ne voulait pas les faire réchauffer, parce que... cela lui rappellerait trop Grace. L'expression dans ses yeux quand elle lui avait dit combien elle avait confiance en lui. Quand elle lui avait demandé de lui faire l'amour...

Oh ! Seigneur... Il pouvait presque sentir encore le goût de ce premier baiser. Il pouvait presque entendre sa voix qui l'appelait.

— Jock... Jock, tu es là ?

Il se figea. Ce n'était pas une illusion ! Il entendait sa voix !

— Grace ?

Il sortit de la cabine pour regarder sur la jetée en bois. Et oui, elle était là, courant vers lui, un gros sac à dos dans les bras.

— Qu'y a-t-il ?

— C'est Tessa..., répondit Grace à bout de souffle. Elle pense que le travail commence... Elle est seule, les garde-côtes ne sont pas disponibles et je ne peux pas trouver de bateau-taxi. J'ai besoin de toi...

Jock tendit les mains.

— Donne-moi ce sac et attends que je t'aide pour monter à bord.

Le sac était très lourd.

— Tu as couru avec ça ?

— Je suis garée à l'entrée de la marina. Je suis passée à l'hôpital et j'ai pris un kit complet d'accouchement, au cas où... Avec de l'oxygène et un nécessaire de réanimation.

— C'est très bien, mais espérons que nous n'en aurons pas besoin. Au mieux, les garde-côtes pourront venir et la conduire à l'hôpital pour sa césarienne.

Il poussa un soupir de soulagement quand le moteur du bateau démarra sur-le-champ. Il sauta sur la jetée pour défaire les amarres, puis revint. Quelques secondes plus tard, il manœuvrait pour éviter les autres bateaux malmenés par les vagues.

— Mets un gilet de sauvetage et lance-m'en un, Grace. Il risque d'y avoir des rafales au bout du bras de mer. Tu penses pouvoir reconnaître le ponton de Tessa ?

— Oui.

La mer devint plus grosse lorsqu'ils quittèrent l'abri de la marina. Grace était pâle.

— Nous allons y arriver, promit Jock. Tiens bon.

Elle hocha la tête.

— Je sais comment Tessa doit se sentir, dit-elle. Coincée chez elle. Seule. Sachant que ses bébés et elle sont en danger. Et se disant que c'est sa faute. Comme moi je me suis blâmée de la mort de mon bébé... Mon mari m'accusait de ne pas faire ce qu'il me demandait. Je ne me suis pas arrêtée de travailler, je ne mangeais pas ce qu'il fallait, je continuais à aller à mes cours de yoga...

Jock secoua la tête, l'air atterré.

— Il t'a fait croire que tu étais responsable ? Il te manipulait, Grace, tu le sais ? Est-ce pour cela que tu es restée si longtemps dans cette relation toxique ? Parce que tu pensais que tu méritais d'être punie ? Oh ! Grace... Tu mérites tellement mieux...

Une vague plus forte souleva le *Lassie*, confirmant à Jock qu'il approchait de l'entrée de la baie. Grace se cramponnait comme si sa vie en dépendait.

— Tout va bien, dit-il en haussant la voix pour être sûr qu'elle l'entende. J'ai les choses en main. Fais-moi confiance.

Jock batailla pour amarrer son bateau à la jetée de Tessa. Puis il aida Grace à descendre et lui tint la main pour qu'elle garde son équilibre dans le vent et la pluie. Ils gravirent les marches qui menaient à la maison.

Lorsqu'ils entrèrent, ils trouvèrent Tessa à quatre pattes par terre, criant sous la douleur d'une contraction. Il était évident qu'elle ne pourrait pas se rendre à l'hôpital. Elle allait accoucher ici.

Jock mit des gants stériles et lui demanda s'il pouvait l'examiner.

— Oui… bien sûr, dit-elle entre deux sanglots. Mais tout est ma faute… Si quelque chose arrive à nos bébés, Lawrence ne me le pardonnera jamais… Je ne me le pardonnerai jamais…

Grace sentit la panique la gagner. Tessa n'était pas la seule à avoir peur.

— Vous êtes complètement dilatée, Tessa, dit Jock. Nous devons nous préparer à accueillir vos bébés.

Il leva les yeux pour croiser le regard de Grace et elle put voir ce qu'il ne disait pas. Pouvait-il déjà sentir arriver le jumeau qui se présentait par le siège ? Il soutint son regard assez longtemps pour lui communiquer sa force et lui promettre qu'il ferait tout son possible pour que cette naissance dramatique se termine bien.

— Non… ce n'est pas sûr… j'ai peur que ça se passe mal, dit Tessa d'une voix tremblante.

— Nous avons la situation en main, Tessa, déclara calmement Jock. Vous avez choisi instinctivement la bonne position et vos bébés sont assez petits pour que ça aille.

Grace débarrassa Tessa des vêtements qui les gênaient et étala des serviettes propres sur le sol. Puis elle encouragea la parturiente à inspirer et à souffler.

Finalement, au bout de quelques contractions, les petites fesses du premier bébé apparurent. Jock attendit qu'il soit visible jusqu'à l'ombilic et dégagea les jambes l'une après l'autre. Un peu plus tard, quand le bébé fut sorti jusqu'aux épaules, il dégagea les bras. Et ce fut au tour de la tête d'apparaître. Grace retenait son souffle, admirant l'habileté de Jock. Puis elle entendit le premier cri de la minuscule petite fille.

— C'est votre première fille, dit-elle à Tessa. Elle est sauvée.

— Et elle est parfaite, ajouta Jock.

Il souriait à Grace. C'était un sourire plein de douceur, qui partageait avec elle l'intensité de ce moment. Elle comprit alors qu'elle était importante pour lui. Que leur complicité durerait toujours. Qu'il ne l'aimait peut-être que comme une amie, mais que cette affection était profonde. Et trop précieuse pour la perdre.

Grace enveloppa le bébé dans une serviette pour le tenir au chaud, puis le donna à Tessa en attendant l'arrivée de sa jumelle. Jock palpa le ventre de la maman pour sentir la position de celle-ci. Il regarda Grace et poussa un soupir de soulagement.

— Toujours céphalique, dit-il calmement.

La deuxième petite fille naquit sans problème trente minutes après sa sœur.

Les secouristes mirent plus longtemps à arriver, pour conduire Tessa et ses bébés à l'hôpital. Une autre équipe alla chercher Lawrence afin de l'emmener voir ses filles. Le pédiatre néonatal appelé conclut que les petites jumelles n'avaient pas besoin de soins spécialisés.

Jock et Grace, qui avaient accompagné la nouvelle maman à l'hôpital, durent prendre un bateau-taxi pour aller chercher le *Lassie* amarré au ponton de Tessa. Le vent était tombé et la mer était plus calme.

14

Jamais Grace n'avait admiré une aussi belle vue.

Elle se tenait sur le ponton de Tessa et Lawrence, contemplant la baie de Kumutoto. De magnifiques fougères arborescentes encadraient une mer déserte, avec des collines boisées à distance. La mer était encore un peu agitée après le cyclone, mais des trouées de bleu traversaient les nuages et semblaient promettre que tout allait s'arranger.

Ou presque tout...

Jock était descendu sur le *Lassie,* et elle attendait qu'il remonte pour lui dire qu'il était temps de rentrer en ville. Elle s'accrochait aux derniers instants à passer dans cet endroit magnifique.

Aux derniers instants à passer avec Jock ?

Elle ne se tourna pas lorsqu'elle entendit ses pas sur le ponton en bois.

— Je ne peux pas imaginer choisir de quitter tout ça, dit-elle doucement. C'est le paradis.

— Tu n'as pas à le quitter, dit Jock.

— Toi non plus.

Il vint se placer à côté d'elle.

— Ça me manquera, avoua-t-il.

— Et, toi, tu me manqueras, murmura-t-elle.

— Tout ira bien pour toi. Fais-moi confiance.

Grace tourna vivement la tête.

— Tu dis tout le temps ça. La confiance est importante pour toi, n'est-ce pas ?

— C'est tout, répondit-il sans hésiter.

— Je t'ai fait confiance. Plus qu'à n'importe qui.

Elle déglutit. Elle devait dire ce qui allait suivre pendant qu'elle en avait encore l'occasion.

— Je t'ai fait confiance pour te laisser me toucher, dit-elle doucement. Et je ne t'ai jamais remercié pour ce que tu m'as donné.

Jock regardait la baie.

— Tu n'as pas à me remercier, dit-il en lui jetant un coup d'œil avec un demi-sourire. Je l'ai fait avec plaisir, crois-moi.

Grace ne lui rendit pas son sourire.

— Tu m'as rendu une partie de ma vie que je ne pensais jamais retrouver. Personne d'autre n'aurait pu faire ça. Je t'ai fait assez confiance pour tomber amoureuse de toi, mais tu le sais, n'est-ce pas ? C'est pour ça que tu t'en vas...

— Oh ! Grace...

La voix sourde de Jock fut presque un grognement.

— Je sais que tu m'as dit de ne pas renoncer à mes rêves, qu'il fallait juste que je trouve la bonne personne et que ça ne pourrait jamais être toi, mais...

Grace capta le regard de Jock et le soutint.

— *C'est* toi, Jock. Ça ne pourra jamais être quelqu'un d'autre.

Il ferma les yeux, comme s'empêcher d'écouter. Mais Grace ne pouvait s'arrêter. Elle l'aimait trop pour ne pas essayer de l'aider à voir quelque chose qu'il avait occulté toute sa vie.

— Jenni et toi vous ressemblez tant. Vous pensez tous les deux que « chez soi » est un endroit. D'après Jenni, c'est l'endroit où vous vous sentez en sécurité, ce que vous n'avez pas eu dans votre enfance. Elle essaie de créer ce « chez soi » dans le pays où vous avez grandi, mais toi tu cherches encore cet endroit. Or tu sais quoi ? « Chez soi », c'est plus qu'un endroit. Ce n'est peut-être même pas un endroit.

Elle entendit sa voix se briser un peu.

— S'il s'agissait d'une personne ? Si tout ce dont tu avais besoin, c'était de faire confiance à cette personne ?

Elle ravala la boule qu'elle avait dans la gorge.

— Si tu ne pouvais jamais trouver ton chez-toi parce que tu es incapable de donner ta confiance à quelqu'un ?

Jock avait rouvert les yeux. Il plongea son regard dans le sien.

— Je t'ai fait confiance, Jock, murmura Grace. Mais tu ne peux pas me rendre la pareille et ça me brise le cœur. Et tu vas partir, peut-être parce que tu as envie de me faire confiance mais que tu ne veux pas céder… et ton départ pourrait très bien démolir mon monde.

Elle eut un petit rire.

— Je sais que tu as dit que tu ne pourrais jamais prendre le risque de construire ton propre monde autour de quelqu'un d'autre, mais que feras-tu si cette personne *est* ton monde ?

Jock ne put rien faire d'autre que de prendre Grace dans ses bras. Et de la tenir contre lui.

Tout ce qu'elle venait de lui dire était vrai.

Elle s'était fiée complètement à lui et il avait pris ce cadeau, mais il n'avait jamais eu le courage ou la décence de lui donner sa confiance. Elle méritait tellement plus.

— Je suis tellement désolé, murmura-t-il à son oreille. Je m'enfuis, c'est vrai. Je prends peur et je m'enfuis. Chaque fois que je pense que quelqu'un pourrait devenir assez proche pour découvrir la vérité.

— Quelle vérité ?

— Que…

Jock batailla pour trouver les mots et dire quelque chose qu'il n'avait jamais confessé à voix haute.

— Que je ne suis pas assez bien. J'ai peur que si quelqu'un reste assez longtemps avec moi, il le découvre et que ça ne ruine sa vie.

— Oh ! Jock…

Grace se recula pour pouvoir le regarder dans les yeux. Puis elle plaça ses mains de chaque côté de son visage.

— Tu ne pourrais jamais ruiner ma vie. Tu pourrais seulement en faire ce que j'ai toujours rêvé qu'elle soit, à condition que j'aie beaucoup, beaucoup de chance.

Jock vit briller les larmes dans ses yeux.

— Tu ne pourrais jamais, jamais ne pas être assez bien pour moi. Tu es juste parfait tel que tu es. Sauf pour une chose...

Jock dut s'éclaircir la gorge.

— Laquelle ?

— Tu ne peux pas me faire confiance. Tu m'as rendu ma vie, mais tu ne peux pas me confier ton cœur. Tu ne peux pas m'aimer...

— Si, je t'aime.

Quand il prononça ces mots, Jock réalisa à quel point ils étaient vrais. Et ce n'était pas le genre d'amour qui vous lie à un frère ou à une sœur, ou à un ami proche. C'était beaucoup plus grand. Si grand qu'il n'en voyait pas les bords.

Il n'avait pas à redouter de donner son cœur à cette femme. De penser qu'il serait toujours en sécurité avec elle.

— Ce dont je devrais avoir peur, c'est de me réveiller et de constater que tu n'es pas dans ma vie. Je t'aime, Grace. Je suis amoureux de toi, et la seule chose que je désire en cet instant, c'est ceci...

Il baissa la tête pour poser ses lèvres sur les siennes. Il ne l'avait plus embrassée depuis que Jenni était arrivée, et même avant, et... il n'attendrait plus jamais aussi longtemps.

Comment avait-il pu croire qu'il pourrait se protéger en échappant à ce genre d'amour ?

Il était chez lui.

Parce que c'était là où était son cœur.

Grace le sentait aussi, n'est-ce pas ?

Il le percevait sur ses lèvres. Dans la façon dont son cœur battait la chamade contre le sien.

Mais il voulait entendre les mots. Même si cela signifiait d'interrompre ce baiser.

— Je t'aime, Grace.

— Je t'aime aussi, Jock.

Ce fut Grace qui interrompit le baiser suivant. Au bout d'un long moment...

— Il va falloir qu'on avoue, non ?

— À Jenni ? Oui... Et elle ne voudra plus jamais me parler.

— Tu pourrais être surpris. Appelons-la dès que nous serons à la maison. Elle pourrait bien être aussi heureuse que nous.

Jock secoua la tête.

— Aussi heureuse que nous ? Non, ce n'est pas possible.

Grace rit.

— Oui, tu as raison.

Elle passa les bras autour de son cou.

— Un dernier baiser avant qu'on y aille. S'il te plaît...

Elle n'eut pas besoin de le demander deux fois.

Épilogue

Quelques mois plus tard...

Trouver sa sœur devant sa porte était la dernière chose à laquelle Jock McKay se serait attendu. Quelques mois seulement s'étaient écoulés depuis sa venue en Nouvelle-Zélande et il n'aurait pas cru qu'elle reviendrait si vite.

Jenni tenait dans une main des ballons et un sac. Elle posa sa valise pour pouvoir enlacer son frère.

— Surprise ! Bon anniversaire, Jock.

Il lui rendit son étreinte.

— À toi aussi. Mais... Tu n'as pas parcouru la moitié du globe pour célébrer notre anniversaire, si ?

— Pourquoi pas ?

— Je n'ai même pas prévu de fête. Nous sommes en plein dans les cartons.

— J'ai de quoi faire, un gâteau et du vin. Ou bien nous pouvons aller dîner au restaurant.

Jock était sincèrement surpris.

— Quelque chose m'échappe ? Nous n'avons jamais fait grand-chose pour nos anniversaires et celui-ci n'est pas un nombre mémorable, comme quarante ans.

Il prit la valise de Jenni et la devança dans la maison.

— Dan vient de les avoir et il n'a rien fait, mais ce n'est pas vraiment un fêtard.

Jenni prit-elle un drôle d'air à la mention de Dan ?

— Puis-je avoir la même chambre que la dernière fois ? La maison n'est pas pleine de nouveaux employés de l'hôpital, j'espère !

— Non. Tu réalises que nous allons emménager la semaine prochaine ?

— Je sais, Grace me l'a dit. Et j'ai vu des photos de la maison, elle est absolument splendide. Vous avez vraiment votre propre jetée ?

— Oui. Nous sommes en bord de mer, avec une route en prime. Le meilleur des deux mondes.

— Il y a des dauphins ?

Jock eut un grand sourire.

— Pas que je sache.

— Grace adore les dauphins.

Jock sentit un sourire adoucir ses lèvres. Et son cœur.

— Je sais. Et elle aime aussi les loutres. Beaucoup.

— C'est *toi* qu'elle aime beaucoup, dit Jenni en se rendant à la cuisine. Vous ne m'avez pas bernée, tu sais. Je savais parfaitement que Grace était tombée amoureuse.

Elle sortit une bouteille de champagne de son sac.

— Mets ça au frais, s'il te plaît.

Jock secoua la tête.

— Et tu continues à me parler ? Même si j'ai enfreint les règles ?

Jenni haussa les épaules.

— Grace avait l'air si heureuse. Je ne voulais pas gâcher quoi que ce soit.

Une boîte sortit du sac.

— Un gâteau au sucre brun. Ton préféré. Je l'ai acheté à Wellington.

— Vas-tu me dire la vraie raison pour laquelle tu es revenue ? Nous aurions pu partager un gâteau et un verre de champagne en visioconférence.

— Les anniversaires doivent être fêtés. Et aussi le fait d'avoir trouvé l'amour.

Jenni se tourna vers Jock avec un sourire ému.

— Je suis si heureuse pour toi, dit-elle doucement. Je suis si heureuse pour vous deux. Les deux personnes que j'aime le plus au monde amoureuses l'une de l'autre ! Que peut-il y avoir de mieux ?

Elle regarda par-dessus l'épaule de Jock.

— Où est Grace ?

— Elle fait une visite à domicile. Tu te rappelles le dernier soir de ton séjour ? Quand nous avons dû t'abandonner pour aller voir une femme victime d'un accident de voiture ?

— Et que vous m'avez laissée avec Dan, dit Jenni avec un petit rire. Oui, je m'en souviens très bien.

— Eh bien, c'est cette Maureen que Grace est allée voir. Elle a terminé sa grossesse sans complications et a eu un petit garçon, Oscar.

— Et les jumelles qui sont nées pendant le cyclone ?

— Elles sont très mignonnes. J'ai vu Tessa pour sa dernière visite postnatale, récemment. Grace et moi avons été invités au baptême.

— Tu m'en diras tant...

— Et tu ne sais pas tout. C'est sur le ponton de Tessa que j'ai fait ma déclaration à Grace. Le jour où nous t'avons appelée pour te mettre au courant.

— Une histoire qui se finit bien, alors.

— En effet.

Jock reconnut le bruit de la porte d'entrée qui s'ouvrait et se refermait. Il entendit Grace longer le couloir et s'arrêter en voyant la valise posée devant la chambre d'amis. Peu après, elle entra dans la cuisine et la mâchoire lui en tomba.

— Jenni ? Au nom du ciel, que fais-tu là ?

— Surprise !

Jenni lui tendit les bras.

— Apparemment, expliqua Jock, Jenni a décidé de venir fêter notre anniversaire.

— Je sais que c'est votre anniversaire, mon amour.

Grace se dégagea de l'étreinte de Jenni et se rapprocha de lui.

— J'ai un cadeau pour toi.

Elle se haussa sur la pointe des pieds et l'embrassa. Jock la sentit murmurer « Joyeux anniversaire » contre ses lèvres avant de lui rendre son baiser. D'une façon si appuyée que Jenni protesta.

— Hé, je suis là !

Jock sourit à Grace en s'écartant.

— Joli cadeau, murmura-t-il. Merci.

Elle rit.

— Ce n'est pas ton cadeau ! Tu l'auras plus tard.

Puis elle se retourna vers Jenni.

— Je ne peux pas croire que tu sois ici. Pour fêter un anniversaire ? C'est la meilleure des surprises.

— Et les fins heureuses, dit Jenni. Je suis fan des fins heureuses.

— Nous aussi.

Jock attendit de recroiser le regard de Grace pour se plonger dans l'amour qui se lisait dans ses yeux.

Il savait qu'elle verrait le reflet de cet amour dans les siens.

Ils savaient tous les deux qu'ils étaient au début de la meilleure des fins heureuses.

ALISON ROBERTS

Le miracle d'une sage-femme

Traduction française de
MARIE-JOSE LAMORLETTE

BLANCHE

HARLEQUIN

Titre original :
MIRACLE TWINS TO HEAL THEM

Prologue

Dans tout bon conte de fées, ou dans toute bonne histoire, il y a un moment où tout bascule.

Quand Alice tombe dans le trou du lapin.

Quand la bonne fée marraine de Cendrillon apparaît.

Quand la Belle au bois dormant est embrassée.

C'est ainsi que, de façon inattendue, Jenni McKay se retrouvait seule avec un grand et bel étranger, très brun, du nom de Daniel Walker.

Vraiment grand. Avec son mètre soixante-dix, Jenni ne s'était jamais considérée comme petite. Mais le sommet de sa tête atteignait à peine l'épaule de Dan.

Vraiment brun, aussi. Il avait des cheveux ondulés d'un noir de jais et des yeux aussi sombres que le péché. Même sa peau mate était d'une belle nuance chaude.

Et *si* beau. Il n'avait pas échappé à Jenni, lorsqu'elle avait posé les yeux sur lui plus tôt dans la soirée, que Dan Walker pouvait bien être l'homme le plus superbe qu'elle avait jamais vu de sa vie.

Et le plus sexy, conclut-elle au cours du dîner auquel ils assistaient tous les deux.

C'étaient peut-être ses yeux.

Ou sa barbe sombre qui lui donnait un air plus que dévoyé même si elle était très bien taillée.

Toutefois, ce qui le caractérisait, c'était sa maussaderie. À en juger par sa réticence à parler à une étrangère, même si celle-ci était la sœur de son meilleur ami et était assise à côté de lui dans ce restaurant, il n'avait pas vraiment souhaité être invité à cette réunion. Plus d'une fois, Jenni avait fait de son mieux pour briser le silence.

— Vous vivez ici depuis combien de temps ? demanda-t-elle.

— Deux ans.

— Qu'est-ce qui vous a fait choisir Picton ?

— Le travail. Et j'avais besoin d'un changement.

Ces réponses succinctes avaient de quoi décourager toute curiosité supplémentaire.

C'était intrigant. Un changement par rapport à quoi ? Un endroit ? Une situation ? Une femme ?

Ce côté mystérieux ajoutait encore à sa séduction, mais quelque chose de bien plus fort se révéla beaucoup plus tard dans la soirée, alors qu'ils étaient seuls.

Une connexion qui ne ressemblait à rien de ce que Jenni avait vécu auparavant.

Jamais...

Se retrouver seuls l'un avec l'autre était probablement la dernière chose à laquelle ils se seraient attendus ce soir-là.

Son frère jumeau, Jock, avait eu l'idée de faire une fête pour marquer le dernier soir du séjour de Jenni en Nouvelle-Zélande, avant qu'elle rentre chez elle à l'autre bout du monde. Grace — qui était devenue sa meilleure amie pendant leur formation de sages-femmes à Glasgow — et lui essayaient de la persuader de venir travailler avec eux dans le service d'obstétrique de l'hôpital local. Et ils avaient pensé que lui présenter certaines personnes qu'elle serait à même de côtoyer pourrait faire pencher la balance.

Jenni n'était pas contre l'idée de vacances passées à travailler. C'était ce que Grace avait fait et cela lui avait réussi. Comme Dan, son amie avait eu besoin de changement.

Mais Dan avait-il aussi été attiré par cette petite ville du bord de mer — en haut de l'Île du Sud — parce que l'on s'y sentait tellement en sécurité ?

Ironiquement, c'était Jenni qui avait décidé que Dan l'anesthésiste devait être invité ce soir-là. Pour servir de cavalier à Grace. Elle voulait que sa meilleure amie soit aussi heureuse que possible, et l'imaginait développer une amitié qui pourrait se changer en quelque chose de plus intime. Elle avait également demandé à Jock d'inviter sa dernière petite amie en date, qui s'avérait être Mandy l'échographiste. C'était elle aussi qui avait suggéré qu'on lui trouve un cavalier, pour qu'elle ne soit pas seule à sa fête, et c'était Stefano, un urgentiste, qui était venu.

Mais qui aurait pu prévoir que Stefano et Mandy seraient autant attirés l'un par l'autre ? Ou que ce restaurant brésilien disposerait d'un orchestre et que les deux jeunes gens s'adonneraient avec un tel plaisir à des danses latines ?

Puis l'appel téléphonique était arrivé. Jock devait se rendre à l'hôpital pour une femme enceinte de sept mois qui avait eu un accident de voiture. On pouvait craindre une rupture du placenta. Et comme il se trouvait que Grace était sa sage-femme, elle devait y aller aussi. Ils ignoraient pour combien de temps ils en auraient, mais il fut décidé qu'ils se retrouveraient plus tard au bar à cocktails que Jenni voulait essayer.

Et Dan était intervenu comme un preux chevalier sur son destrier blanc.

— Ne vous inquiétez pas, avait-il dit. Je veillerai sur Jenni.

Ce n'était pas un problème.

Dan était plus qu'heureux de prendre la responsabilité de raccompagner la sœur de Jock chez elle. Et pourquoi ne le serait-il pas ? Les cheveux flamboyants de Jenni McKay, ses taches de son sur le nez et ses brillants yeux bleus faisaient d'elle la version féminine de son collègue et compagnon de pêche, qui était devenu son ami le plus proche. Dan se sentait presque aussi à l'aise avec Jenni qu'avec Jock.

Sauf qu'elle parlait beaucoup plus que son frère. En outre, les cheveux de Jock ne tombaient pas en vagues soyeuses jusqu'à ses épaules et il ne porterait jamais une aussi jolie robe d'été, alors ceci était déconcertant à plus d'un titre.

— Avez-vous trouvé quelque chose qui vous plaît ? demanda-t-il.

— La black margarita paraît intéressante. J'ignorais qu'il existait du sucre noir. Et vous, qu'allez-vous prendre ?

— Un expresso martini.

— Classique.

— J'aime boire un café après dîner.

— Moi aussi, mais seulement après le dessert, dit Jenni qui regardait de nouveau la carte. J'en prendrai un après… un tiramisu.

Un homme heurta l'épaule de Dan juste comme il allait prendre les cocktails qu'ils avaient commandés.

— Désolé, vieux.

— Pas de problème. Rien ne s'est renversé.

— Pourquoi ne regardes-tu pas où tu vas ? lança la femme qui accompagnait l'homme d'un air dégoûté. Tu ne penses jamais qu'à toi-même, hein ?

— Fiche-moi la paix, rétorqua l'homme d'un ton las. Nous sommes censés célébrer notre anniversaire de mariage.

— Oui, c'est vrai…, dit la femme en baissant la voix.

Alors qu'il s'écartait du bar, Dan vit la façon dont les yeux de Jenni s'élargissaient. Elle se pencha vers lui.

— Je suis si contente d'être célibataire, chuchota-t-elle.

— Moi aussi. Si nous sortions dans le jardin ? Ça paraît plus calme qu'ici.

Ils trouvèrent une table libre dans un coin. Jenni leva son verre.

— Je bois au projet de ne *jamais* se marier, dit-elle.

Son sourire avait le même charme effronté que celui de Jock. Lequel ne manquait jamais de séduire les femmes. Qui eût cru qu'un tel sourire marcherait sur les hommes aussi ?

Sur la plupart, en tout cas. Dan était immunisé.

— Je bois au projet de ne jamais se *remarier*, dit-il.

— Oh ! vous avez été marié ?

— Juste une fois.

— Et vous pensiez que c'était une bonne idée ?

Dan ne put retenir un sourire.

— Je suis mieux fixé, maintenant.

Il toucha le verre de Jenni du sien, et ils échangèrent un coup d'œil tandis qu'ils avalaient leur première gorgée.

Jenni était son alter ego, se dit-il.

Une heure et quelques cocktails plus tard, il devint évident que Jock et Grace ne les rejoindraient pas, mais cela n'avait plus d'importance. Dan et Jenni se livraient à une compétition : trouver la meilleure raison pour laquelle il valait mieux être célibataire.

— Vous pouvez manger ce que vous voulez quand vous voulez.

Dan hocha la tête.

— De la pizza réchauffée à 2 heures du matin.

— Et mettre autant d'ail que vous voulez, parce que personne ne se plaindra de votre mauvaise haleine.

— Personne ne me reprochera de rentrer tard si j'ai envie d'aller jouer au squash après le travail.

— Je peux choisir mon côté du lit.

Un grand sourire illuminait de nouveau le visage de Jenni.

— Parfois, je dors des deux côtés à la fois. Comme une étoile de mer.

Dan se figea aussitôt. Peut-être que ces expressos martini étaient plus forts que d'habitude. Parce qu'il se représentait Jenni McKay étalée comme une étoile de mer sur son lit... et qu'il en était troublé.

Mais son trouble allait bien au-delà de cette image évocatrice. Il avait l'étrange impression qu'il pouvait tout dire à Jenni. Des choses qu'il n'avait jamais dites à personne. En fait, il ne se confiait guère, en général, alors il fut stupéfait d'entendre les mots qui sortaient de sa bouche.

— Le célibat est plus sûr, dit-il doucement. Vous devez faire confiance à quelqu'un pour qu'une relation marche, mais si vous vous fiez à une personne qui vous ment, vous lui donnez le pouvoir de vous détruire.

Jenni termina son expresso martini.

— Oh ! je suis d'accord, dit-elle d'une voix pénétrée. Pourquoi certaines personnes n'arrivent-elles jamais à comprendre ça ? Ma mère, par exemple, ne cessait de tomber amoureuse. Même petits, Jock et moi pensions que c'était stupide. Nous savions que ça n'allait pas marcher. À treize ans, nous avons fait le serment que nous ne nous marierions jamais et que nous n'aurions jamais d'enfants.

— Ce n'est pas un problème pour moi, dit Dan. Je ne peux pas avoir d'enfants.

— Pourquoi ?

Il était étrange qu'il ne soit pas agacé par une question aussi personnelle. Et plus étrange encore qu'il n'hésite pas à répondre.

— Un mauvais cas d'oreillons quand j'étais petit. On m'a dit que j'avais plus de chance de gagner à la loterie que de mettre une femme enceinte.

Jenni s'était immobilisée.

— Je suis désolée, dit-elle. Il n'est pas juste que ce choix vous soit enlevé.

Cette empathie était aussi déconcertante que tout le reste chez cette femme. C'était surprenant. Captivant…

— Personne ne dit que la vie est juste, grommela-t-il. Mais elle devrait au moins être honnête.

— J'ai cessé de croire au Père Noël à cinq ans, déclara Jenni. Et je crois que j'ai renoncé à croire aux fins heureuses quand j'avais treize ans.

— « Trompe-moi une fois, honte à toi. Trompe-moi deux fois, honte à moi », cita Dan.

Jenni ne souriait plus. Elle avait le regard rivé sur le sien.

— Je ne supporte pas les mensonges, dit-elle doucement.

Dan ne put détourner les yeux. On aurait dit qu'une communication silencieuse passait entre eux. C'était peut-être la caféine des cocktails qui éveillait à ce point toutes les cellules de son corps.

— Moi non plus, répondit-il. Si vous ne pouvez pas vous fier à quelqu'un, il ne vaut pas la peine d'être connu.

— Je ne mens *jamais.*

Dan voulait bien le croire. Peut-être avait-il envie de le croire ? Il prit une vive inspiration. Ceci devenait trop lourd à tous les niveaux. Il lui fallait rompre ce qui ressemblait à une connexion étrangement intime, même s'il ne pouvait toujours pas détacher les yeux de ceux de Jenni.

Il sourit lentement.

— Comment savoir que ce n'est pas un mensonge ?

— Vous ne le pouvez pas, dit Jenni en lui rendant son sourire. Mais quelle importance ? Nous ne nous reverrons jamais, n'est-ce pas ?

L'étrange sensation qui habitait les entrailles de Dan fut soudain identifiable. Les mots magiques avaient été prononcés. Le mantra qui rendait les choses sûres. Un flirt de vacances. Une rencontre sans conséquences avec quelqu'un de passage en ville. Quelqu'un qu'il ne reverrait jamais.

— Voilà qui pourrait être l'un des meilleurs atouts du célibat, dit-il. L'absence de tout engagement.

Il put voir le bout de la langue de Jenni tandis qu'elle léchait sa lèvre inférieure.

— Parlez-vous de ce que je pense ? demanda-t-elle.

Dan soutint son regard, mais abaissa la voix.

— Ça rend les choses plus intrigantes, non ? De savoir que vous ne reverrez jamais cette personne.

— Et cela évite de découvrir que la deuxième fois est moins bien que la première.

Jenni baissa les yeux sur le verre vide de Dan.

— Vous en voulez un autre ?

— Non, répondit-il doucement.

Il était assis assez près pour pouvoir toucher la joue de Jenni. Pour tracer la ligne de sa mâchoire de son index jusqu'à ce qu'il atteigne son menton — prêt à le relever pour pouvoir couvrir ses lèvres des siennes. Car il pouvait voir dans ses yeux la réponse à la question qu'il n'avait pas posée.

— C'est *vous* que je veux...

Peut-être que Jenni n'avait pas perçu l'importance du moment qui changeait tout quand elle s'était retrouvée seule avec Dan.

Mais elle ne put ignorer l'instant où elle commença à tomber dans le fantasme sexuel qui se faisait soudain jour.

L'instant où elle laissa Dan l'embrasser.

L'instant où elle lui rendit son baiser...

1

Quelque chose avait vraiment changé.

Ou bien le problème était-il que rien n'avait vraiment changé ?

Jenni McKay regarda par la fenêtre les quartiers défavorisés de Glasgow. Un paysage urbain qui était brouillé par la pluie ruisselant sur la vitre et la lumière qui baissait. Le ciel gris était à présent plus sombre que les toits d'ardoise des bâtiments qui étaient là depuis des centaines d'années.

Pas de changements, là. Ni dans les immeubles ni dans le mauvais temps, mais ça allait. Jenni adorait cette ville et, contrairement à son frère qui avait travaillé dans le monde entier ces dix dernières années, elle n'avait pas l'intention d'aller ailleurs pour autre chose que des vacances. Durant son enfance ballottée d'un côté à l'autre, elle avait toujours rêvé d'un endroit à appeler son « chez moi ».

Les gémissements poussés par la femme qui était dans la pièce avec Jenni étaient aussi familiers que la vue. Sara rebondissait sur un ballon de naissance et son compagnon, Callum, lui massait les reins. Elle prit le masque attaché au ballon et le plaqua sur son visage, inspirant profondément par deux fois.

— J'ai besoin de bouger, grogna-t-elle.

— Qu'aimeriez-vous faire ? demanda Jenni. Changer de position, essayer de marcher un peu, prendre une autre douche ?

— Je ne sais pas. Je suis si fatiguée…

— Je sais…

Jenni échangea un coup d'œil de sympathie avec Callum. Le

travail avait commencé aux petites heures du matin, et Sara était venue à l'hôpital quand Jenni avait pris son service, à 7 heures. Ils étaient tous fatigués.

— Si nous vous remettions au lit pour que vous vous reposiez ?

— Oui, ça me tente bien... Allez-vous encore m'examiner ? Je dois être plus qu'à moitié dilatée, maintenant.

Allongée sur le dos, Sara fut prise d'une autre contraction. Elles étaient fortes et rapides, à présent, et Callum avait l'air inquiet.

— Pourquoi ses jambes tremblent-elles ainsi ?

— Elle est en phase de transition, répondit Jenni qui ôta ses gants. Sara ? Vous êtes complètement dilatée, mon chou. À partir de maintenant, vous pouvez pousser à chaque contraction.

Les rythmes, les sons, les émotions d'un travail normal étaient les mêmes que toujours. Jenni ne savait plus combien de centaines de bébés elle avait mis au monde depuis qu'elle était sage-femme dans un grand hôpital de ville. Chaque naissance était différente. Certaines étaient difficiles, quelques-unes tragiques, mais chaque arrivée d'un nouvel humain sur terre était un voyage émotionnel pour Jenni comme pour la famille du bébé, et elle n'aurait jamais voulu que cela change.

— Continuez à pousser, Sara... Encore, encore, encore. Je vois la tête du bébé. Callum, dès que cette contraction sera terminée, vous pourrez prendre la main de Sara et lui faire sentir son bébé.

Quand Sara toucha les cheveux mouillés de son bébé, son visage exprima un émerveillement total, puis une nouvelle détermination.

— Encore une poussée, aussi fort que vous pouvez...

La tête sortit. Jenni la soutint, soulevant le bébé pour dégager une épaule, puis le reste du petit corps glissa dans ses mains. Elle prit le petit être avec précaution et le posa sur la poitrine de sa mère. Sara paraissait complètement sidérée, maintenant, et bouleversée. Elle leva les mains pour toucher son bébé sous le regard de Callum en larmes, qui avait complètement oublié son appareil-photo posé sur la table de chevet.

Ensuite, Jenni frotta le bébé avec une serviette douce. La petite fille n'avait pas encore émis un son, mais elle bougeait et devenait plus rose. Puis elle plissa son petit visage et ouvrit la bouche pour pousser son premier cri, qui fit fondre Sara en larmes.

— Oh... oh... tout va bien, chérie. Tu es là, maintenant. Tu es en sécurité et nous t'aimons tellement...

Sara tenait le bébé entre ses seins. Callum posait une main protectrice sur le dos de leur fille et, de l'autre, caressait les cheveux de sa femme. L'expression de Sara lorsqu'elle leva son visage pour recevoir son baiser coupa le souffle de Jenni.

Cela la fit aussi se sentir curieusement... seule.

Et c'était quelque chose dont elle avait conscience depuis qu'elle était rentrée de ses vacances en Nouvelle-Zélande, avec son frère et sa meilleure amie. Se retrouver à vivre seule. Retrouver les pluies fréquentes et la grisaille de Glasgow. Retrouver son travail, qui consistait à aider d'autres personnes à réaliser leurs rêves : une famille et un avenir.

Cette solitude l'avait poussée à faire ce que Grace avait suggéré durant son séjour — mettre en branle une demande pour un poste de sage-femme en Nouvelle-Zélande.

Elle voyait cela comme une sorte de police d'assurance. Si son frère et sa meilleure amie lui manquaient trop, elle pourrait ainsi retourner là-bas. Pour un séjour plus long, de travail. Puis elle finirait par avoir le mal du pays et elle ne serait que trop contente de revenir en Écosse pour s'y poser définitivement, sachant qu'elle était à l'endroit qui serait toujours son chez- elle.

Jenni posa une couverture sur la maman et le bébé. Elle ne pouvait pas les laisser seuls en ce moment intime parce qu'elle devait faire passer le test APGAR au bébé et être là si quelque chose d'inattendu arrivait à Sara, comme une hémorragie post-partum. Mais elle pouvait se mettre suffisamment en retrait pour qu'ils se sentent entre eux.

Il serait bientôt temps de couper le cordon, aussi, puis elle aiderait Sara dans sa première tentative de nourrir son bébé au sein — la fin heureuse qu'elle préférait dans chaque naissance.

C'était toujours le moment où l'émotion la submergeait comme une vague. Où elle pouvait se détendre, sachant que son rôle dans ce miracle quotidien était presque terminé, respirer et jouir simplement du privilège de partager un événement intense qui changeait la vie de tous ceux concernés. Depuis quelque temps, elle devait souvent réprimer des larmes parce que ce sentiment était devenu notablement plus fort.

Jenni savait que c'était l'effet de son horloge biologique, dont le tic-tac se faisait entendre plus fortement alors qu'elle prenait de l'âge, mais cela n'avait jamais été comme ce jour-là. Son trente-septième anniversaire n'était qu'à quelques mois de là et elle allait dangereusement se rapprocher des quarante ans.

Le temps passait rapidement.

C'était peut-être *cela* qui avait changé.

Le mélange familier de soulagement et d'émerveillement, joint à la joie et à l'amour palpable qui régnaient dans la pièce, explosa soudain en une nostalgie si intense que Jenni eut l'impression qu'un étau se refermait sur sa poitrine, l'empêchant de respirer.

Elle pouvait entendre un écho de sa propre voix à l'arrière de sa tête. « Nous avons fait le serment que nous ne nous marierions jamais et que nous n'aurions jamais d'enfants. » Elle voyait encore le visage de Dan tandis qu'il l'écoutait dire ça. Elle sentait toujours la tension qui s'était libérée dans l'air autour d'eux — ce courant qui allait les emporter dans le plus incroyable des fantasmes. Un fantasme dont le souvenir la hantait presque chaque nuit depuis son retour, des semaines auparavant. Un fantasme qui ne serait jamais dénaturé par la réalité parce qu'ils ne se reverraient jamais, et qui était donc... parfait.

Mais c'était aussi un fantasme qui n'avait absolument pas sa place dans sa tête en cet instant, et devait être écarté au moins jusqu'à ce qu'elle rentre chez elle.

Et cette aspiration à tenir son propre bébé contre elle, peau contre peau, avec une bouche minuscule tétant son sein, était-ce une autre sorte de fantasme qu'elle devrait chasser ?

Jenni ne rejetait pas complètement le serment qu'elle avait fait à treize ans avec son frère Jock, bien sûr. Elle ne commettrait jamais les mêmes erreurs que sa mère, pensant que le mariage était la clé d'une vie heureuse à condition de choisir la bonne personne. Mais elle savait très bien que l'on n'avait pas besoin de se marier, ni même d'avoir un partenaire à long terme, pour devenir mère. En tant que sage-femme, elle avait rencontré de nombreuses femmes qui assumaient leur enfant seules, pour toutes sortes de raisons.

L'aspiration qui lui avait coupé le souffle se changea en quelque chose de tout à fait différent. La révélation que ceci n'avait pas à rester un simple fantasme. Si allaiter un bébé était le privilège des mères, elles pouvaient aussi aujourd'hui décider d'avoir un enfant seules. Il existait des banques de sperme où l'on pouvait choisir les attributs que l'on souhaitait voir apportés par le père. Jenni s'était renseignée en ligne pour en savoir plus lorsqu'elle avait eu ses premiers doutes, un an plus tôt environ, au sujet de ce vœu de ne jamais avoir d'enfants. Elle s'était même inscrite comme cliente potentielle afin d'avoir accès à plus de détails concernant les donneurs, y compris leurs photos, et de savoir quelles anicroches on risquait de rencontrer — comme un enfant voulant avoir des informations sur son père biologique ou d'éventuels demi-frères et sœurs.

Jenni se retira discrètement pour laisser Callum et Sara seuls pendant quelques minutes, en tant que famille toute neuve. Elle se rendit dans la salle de soins avec le linge sale et les autres ustensiles qui avaient été utilisés. Elle retournerait vérifier une dernière fois comment allaient Sara et le bébé, puis il serait grand temps de rentrer chez elle. Elle était debout depuis plus de douze heures et se sentait très fatiguée.

C'était peut-être la raison pour laquelle elle avait l'impression que quelque chose avait changé. Elle réagissait de façon excessive en voyant un nouveau-né dans les bras de sa mère, et ne pouvait s'empêcher de vouloir retourner sur le site de la banque de sperme.

Peut-être que le meilleur moyen de régler ça était d'y jeter un autre coup d'œil ?

Et ce fut exactement ce qu'elle fit en arrivant dans la petite maison mitoyenne qu'elle avait réussi à acheter dix ans plus tôt avec le petit héritage que leur mère leur avait laissé. Héberger Grace avait beaucoup aidé pour payer le crédit, au début, mais Jenni s'en sortait encore financièrement et elle ne comptait pas renoncer à la sécurité de posséder son logement, en particulier si elle envisageait de devenir mère célibataire.

Ce qui était le cas, non ?

Ce désir inattendu d'avoir un bébé à elle avait pris racine, au point de l'emporter sur sa conviction que laisser l'histoire se répéter et laisser grandir un enfant sans père — ce que Jock et elle avaient connu — était inacceptable.

D'une certaine manière, elle s'était persuadée que son cas était différent. Parce que ce bébé aurait une mère qui l'avait désiré et qui l'aimerait de tout son cœur. Jock et elle n'avaient jamais su qui était leur père, et leur mère leur répétait souvent qu'elle ne les avait pas voulus. Que leur arrivée avait gâché sa vie, et qu'il n'était donc pas étonnant qu'elle ne les aime pas.

Mais Jenni aimerait tant son bébé que cela compenserait ce qui lui avait manqué à elle. Et après l'accouchement de Sara, ce désir était si fort qu'elle réalisa une chose : elle considérait sérieusement l'option d'utiliser un donneur de sperme.

Raison pour laquelle elle se retrouva pelotonnée sur son canapé avec une tasse de thé brûlant, à regarder les profils des donneurs sur le site de la banque de sperme. Elle pouvait voir la taille de ces hommes, leur poids, leur race et même la couleur de leur peau et leur groupe sanguin.

Elle lut seulement en diagonale la description de leur caractère, parce que celle-ci avait été écrite par les hommes eux-mêmes. Ce qui était moins susceptible d'être biaisé, c'était leur niveau d'instruction… et la couleur de leurs cheveux.

La couleur des cheveux était importante. Jenni voulait donner à son enfant toutes les chances de ne pas hériter des étincelants cheveux roux qui leur avaient valu, à Jock et à elle, les quolibets de leurs camarades. Il faudrait une couleur dominante pour contrecarrer ces gènes. Noir serait bien.

Comme les cheveux de Dan…

Elle fit défiler les images, éliminant tous ceux qui n'avaient pas les cheveux noirs.

Avoir fait des études supérieures était manifestement un signe d'intelligence, alors elle élimina les métiers qui ne réclamaient qu'une formation sur le tas. Tout diplôme était acceptable, mais ceux qui avaient un lien avec la médecine lui plaisaient davantage. Un vétérinaire, par exemple, ou un médecin.

Comme Dan…

Avec un soupir, Jenni referma son ordinateur. Le fantasme d'être mère célibataire dans un proche avenir n'était pas aussi captivant que de se laisser aller à évoquer le fantasme que Daniel Walker lui avait prodigué dans la vie réelle.

Elle pouvait déjà sentir cette spirale de désir au creux de son ventre. Elle pouvait voir ces yeux délicieusement sombres et sentir la douceur surprenante de ses cheveux. La mémoire était une chose merveilleuse lorsqu'elle pouvait même faire resurgir le goût d'un baiser imprégné d'expresso martini ou la chaleur incroyable d'une langue touchant la sienne.

Oh…

Ceci devait s'arrêter.

Ce fantasme était peut-être délicieux, mais elle ne pouvait permettre qu'il influe sur le déroulement de sa vie. Comment diable allait-elle être intéressée par quelqu'un d'autre si elle laissait cette nuit unique, incroyable, devenir l'étalon de ce que devrait être le sexe ? Cela pourrait ruiner tous ses rapports avec les hommes, qui risquaient d'être aussi décevants que de voler en classe économique après avoir été magiquement transportée en première classe pour la seule fois de sa vie.

Jenni prit sa tasse de thé et but une gorgée, mais aussitôt elle fit la grimace. *Berk*... C'était imbuvable. Le lait avait dû tourner.

Dan Walker et Jock McKay venaient de disputer une partie de squash, et c'était Dan qui avait gagné. Ce dernier attrapa sa serviette et s'essuya le visage, tandis que Jock prenait sa bouteille d'eau.

— Je gagnerai la prochaine fois.

Dan sourit largement.

— Tu es sûr ?

— Oui. J'étais distrait. Je pensais à une maison que Grace et moi avons vue sur Internet. Elle pourrait être parfaite pour nous. Nous allons la visiter.

— Je suppose que c'est la prochaine étape. Proposer à une fille de vivre avec elle. Acheter une maison. Se marier...

— Tu n'as pas besoin d'être marié pour acheter une maison et vivre ensemble de façon durable, vieux. Et il y a un ponton. Grace se demande si ce n'est pas ce qui me plaît le plus. Elle a dit un jour que tout ce que je souhaitais, c'était de vivre heureux avec mon bateau.

— Ça me semble être une super idée.

Dan avait besoin de boire, lui aussi. Jouer au squash était éprouvant et il n'était pas en grande forme. Jock semblait avoir moins de temps pour disputer une partie après le travail, comme ce soir-là. Parce qu'il voulait rester avec Grace ?

Bien sûr. Ils étaient fous amoureux. Et Dan n'avait pas envie de penser à ce que ce serait d'être comme eux. Il prit sa raquette.

— Prêt ?

— Presque.

Jock regardait son téléphone et secouait la tête.

— Il pleut à Glasgow.

Dan ne put se retenir, même s'il savait que ce n'était pas la meilleure idée de prononcer son nom.

— Un message de Jenni ?

— Oui...

— Comment va-t-elle ?

— Bien, je pense. Il lui a fallu un moment pour se réhabituer à Glasgow après son séjour ici. Elle a adoré. Elle a bien aimé Melbourne aussi.

— Elle est allée voir un ami, c'est ça ?

Jock hocha la tête.

— Un ancien petit ami. Le premier, en fait. Ils ne s'étaient pas vus depuis vingt ans.

Dan émit un grognement. Bonté divine… Était-il jaloux du vieux copain d'une femme qu'il ne reverrait probablement jamais ?

Non. C'était du soulagement, rien de plus. Il ne tenait pas à être distrait en pensant à une femme, comme Jock. Il ramassa la balle.

— C'est à moi de servir.

Mais, s'il voulait être honnête, il devait reconnaître qu'il pensait beaucoup trop à la nuit qu'il avait passée avec la sœur de Jock. Oh… sapristi… Cette sensation de pure… lubricité ? De désir ? De besoin ? Quoi que ce soit, c'était assez puissant pour s'immiscer dans la concentration physique — et mentale — nécessaire au jeu.

En un éclair, il évoqua le souvenir de la nuit la plus torride qu'il avait jamais connue. Il pouvait presque sentir ses doigts dans ces cheveux couleur de flamme, tandis qu'il tenait la tête de Jenni pour savourer un baiser de plus… Il pouvait entendre la musique de son accent et sentir l'odeur de sa peau. Il pouvait voir ces extraordinaires yeux bleus. Un regard qui soutenait le sien comme si rien ne les séparait, créant une connexion comme il n'aurait jamais pu en imaginer. Cela semblait presque aussi familier que de se regarder dans un miroir, mais c'était avec une parfaite étrangère et c'était… bizarre.

Dangereux, même.

Dieu merci, Jenni avait quitté le pays le lendemain et elle était maintenant de retour chez elle à l'autre bout du monde.

Ce flash ne dura pas longtemps, mais ce fut suffisant pour le troubler… et pour manquer un coup facile. Jock avait remporté le premier point, et il apercevait du coin de l'œil un sourire triomphant.

Mais l'assurance de son partenaire était prématurée. Dan savait exactement comment dominer une distraction de ce genre. Cela ne se reproduirait plus.

La vie était pleine d'ironie, pensa Jenni en fixant le bâtonnet en plastique qu'elle tenait à la main.

Elle était sage-femme. Elle aurait dû reconnaître les signes de grossesse bien avant ça.

Bonté divine... Elle avait regardé des candidats potentiels sur un site de donneurs de sperme alors qu'elle était déjà enceinte ! Elle s'était dit que le lait avait tourné. Que ses règles étaient irrégulières de toute façon et qu'il n'était pas surprenant qu'elle ne les ait pas après un voyage international.

Et la voilà enceinte, et probablement de deux bons mois.

D'accord. De qui se moquait-elle ? Jenni connaissait la date *exacte* de la conception. Ce qui signifiait qu'elle savait exactement qui était le père de ce bébé.

Daniel Walker.

Le meilleur ami de son frère.

Encore une ironie. Elle avait averti Jock de ne même pas songer à flirter avec *sa* meilleure amie quand Grace avait décidé d'aller travailler en Nouvelle-Zélande. Elle craignait que quelqu'un puisse souffrir et que les relations entre frère, sœur et amis soient endommagées.

Maintenant, Jock et Grace étaient follement amoureux. Fiancés, même, et ils venaient d'acheter une maison ensemble.

Dan avait non seulement fait connaître ses sentiments sur les relations prétendument sérieuses, mais il croyait aussi qu'il était incapable d'engendrer un enfant. Comment allait-il réagir quand il apprendrait qu'il s'était trompé ? Comment Jock allait-il réagir en découvrant de quelle manière son ami avait veillé sur sa sœur quand ils étaient restés seuls le premier soir où ils s'étaient rencontrés ?

Est-ce que la bombe que Jenni allait inévitablement être obligée de lâcher suffirait à détruire une amitié et à rendre les choses tordues entre son frère et elle ?

Le besoin de parler de ceci avec sa meilleure amie fut assez fort pour qu'elle prenne son téléphone, mais elle ne passa pas l'appel. Elle ne pouvait pas demander à Grace de garder un secret vis-à-vis de la personne avec qui elle envisageait de passer le reste de sa vie. Et si Dan avait parlé à Jock de ce qui s'était passé la nuit où ils étaient restés seuls ? Il ne serait pas difficile d'ajouter deux et deux et de deviner qui était le père. Laisser quelqu'un d'autre annoncer cette nouvelle reviendrait à éluder la responsabilité qui était la sienne.

Elle n'était pas obligée de dire quoi que ce soit à quiconque pour le moment. Les choses pouvaient mal se passer au premier trimestre. Et peut-être qu'elle ne le dirait à personne tant qu'elle n'avait pas complètement capté la chose elle-même. Elle pouvait garder le secret au moins jusqu'à ce qu'elle se sente moins abasourdie.

Il fallut une autre semaine pour que le choc commence à s'estomper mais, quand ce moment arriva, Jenni put sentir les vrilles d'une réaction bien différente qui commençaient à se développer. Et quand une autre semaine passa et qu'elle vit les images de sa première échographie, elle comprit que c'était bien vrai.

Le destin lui donnait quelque chose qu'elle avait désiré depuis plus longtemps qu'elle n'avait voulu l'admettre. Être mère. Pouvoir protéger, aimer et *vouloir* un enfant. Lui donner la vie que Jock et elle auraient aimé avoir.

Non... *Leur* donner la vie que son frère et elle auraient dû avoir. Le destin était-il content de répéter l'histoire en doublant ce miracle ? La probabilité génétique de concevoir des jumeaux était héréditaire, mais Jenni n'avait pas envisagé cette possibilité. Aussi les larmes coulèrent-elles sur son visage quand l'échographiste tourna l'écran vers elle et qu'elle put voir la forme distincte de deux bébés.

Ce coup du sort rendait la nouvelle encore plus compliquée à annoncer. Ce n'était pas quelque chose à mettre dans un e-mail. Ni dans un appel vidéo. Surtout en sachant combien Dan allait être choqué. Peu importait que Jenni ait l'intention d'être un parent seul, elle ne pouvait esquiver le fait que le père de ces bébés avait le droit de faire partie de leur vie s'il le voulait.

Au fond, Jenni souhaitait vraiment qu'il fasse ce choix, parce que Jock et elle avaient terriblement souffert de grandir sans connaître leur père. Ils vivraient aux deux bouts du monde, mais cela ne voulait pas dire qu'il ne pourrait pas être aussi important pour ses enfants que Jock et Grace. La technologie rendait les contacts tellement plus faciles, maintenant, et Jenni adorait ce qu'elle avait vu de la Nouvelle-Zélande. Si elle pouvait se le permettre, elle ne serait pas contre des vacances annuelles dans le pays qui représentait la moitié de l'héritage de ses enfants.

Cette nouvelle allait changer la vie de Dan. Et de Jock, qui allait devenir un oncle. L'oncle de jumeaux. Tous deux savaient combien ce lien était spécial.

C'était une nouvelle qui devait être annoncée face à face, conclut Jenni. Mais comment expliquerait-elle qu'elle projetait une autre visite si tôt après la dernière, quand il s'agissait d'un voyage aussi long et aussi cher ?

Au cours des jours suivants, Jenni trouva peu à peu plus facile de s'imaginer en mère ; mais la perspective de révéler la situation la rebutait et elle préféra reporter toute décision à ce sujet. Cela dura jusqu'à un coup de semonce : elle reçut un e-mail du Conseil des sages-femmes de Nouvelle-Zélande, lui disant que sa demande de poste avait été agréée. Il y aurait encore des entretiens et des évaluations à faire, mais avec le permis de travail qu'elle possédait déjà, elle pouvait théoriquement commencer à chercher un emploi. Elle ne comptait pas le faire, mais elle avait ainsi une raison de retourner là-bas.

Et puis une raison encore meilleure se présenta. Elle pouvait faire une visite surprise. Et quel meilleur prétexte qu'un anniversaire ? Certes, elle serait bien engagée dans son deuxième trimestre à la date de l'anniversaire qu'elle partageait avec Jock, et il risquait d'être difficile de garder le secret aussi longtemps, mais c'était peut-être le destin qui lui accordait ce délai. Afin qu'elle puisse planifier l'avenir et y rêver avant d'avoir à affronter le choc — et l'inquiétude compréhensible — des personnes concernées. Si Dan refusait de reconnaître ses enfants ? Était-elle prête à subir un rejet qui pourrait rouvrir de vieilles blessures pour Jock et elle ?

Lorsque Jenni ouvrit un calendrier pour choisir une date afin d'arriver le bon jour, elle vit une note comme quoi Jock et Grace prévoyaient d'emménager dans leur nouvelle maison la semaine suivante. Ce qui signifiait qu'ils seraient dans les cartons. Devrait-elle changer ses plans ? Non. Elle entoura d'un rond la date qu'elle avait choisie.

Quel meilleur moment pour révéler la naissance imminente de ses bébés que le jour où l'on fêterait celle de leur mère et de leur oncle ? Avec une nouvelle tantine… et peut-être même Dan s'il voulait être impliqué.

2

— Surprise ! Bon anniversaire, Jock.

Jenni posa sa valise pour pouvoir enlacer son frère d'un bras.

Jock lui rendit son étreinte.

— À toi aussi. Mais…

Il clignait des paupières, stupéfait.

— Tu n'as pas parcouru la moitié du globe pour fêter notre anniversaire, si ?

— Pourquoi pas ?

Jenni s'efforça de paraître désinvolte. Si la tunique très ample qu'elle portait ne suffisait pas à cacher la rondeur désormais visible de son ventre, le bouquet de ballons et le sac qu'elle tenait dans son autre main permettaient de la masquer.

Son frère continua à s'étonner de son arrivée et lui expliqua qu'il n'avait pas prévu de fête, étant en plein déménagement. Jenni lui dit qu'ils pourraient en organiser une, ou aller au restaurant. Il était toujours perplexe.

— Quelque chose m'échappe ? Nous n'avons jamais fait grand-chose pour notre anniversaire, et celui-ci n'est pas un nombre mémorable, comme quarante ans !

Il prit la valise de Jenni et la devança dans la maison.

— Dan vient de les avoir et il n'a rien fait, mais ce n'est pas vraiment un fêtard.

Jenni dut prendre une grande inspiration. Entendre prononcer le nom de Dan à haute voix rendit soudain les choses très réelles. Elle était ici. Elle le verrait très bientôt.

Et elle se sentait très nerveuse...

Jock devait percevoir cette nervosité, car son ton suggérait qu'il sentait qu'il y avait quelque chose d'autre, et que cela le troublait. Avait-elle commis une lourde erreur en gardant son secret pendant si longtemps ? Jock et Grace seraient-ils fâchés d'avoir été exclus jusqu'ici ? Ou même blessés ?

Elle ouvrit la bouche pour essayer de dire à Jock qu'elle avait une autre raison importante d'être là, mais elle ne sut comment aborder le sujet. Elle avait peut-être besoin de la présence de Grace pour atténuer un peu le choc. Et sans doute était-elle devenue trop douée en procrastination.

— Puis-je avoir la même chambre que la dernière fois ? demanda-t-elle à la place, d'un ton enjoué. La maison n'est pas pleine de nouveaux employés de l'hôpital, j'espère !

— Non. Tu réalises que nous allons déménager la semaine prochaine ?

— Je sais. Grace me l'a dit. Et j'ai vu des photos de la maison, elle est absolument splendide.

À la mention du nom de Grace, le sourire effronté de Jock devint terriblement sentimental. C'était là un homme éperdument amoureux. Et tandis qu'ils bavardaient en se rendant à la cuisine, Jenni dut retenir des larmes d'émotion devant le bonheur de son frère.

— Où est Grace ? demanda-t-elle finalement.

— Elle fait une visite à domicile. Tu te rappelles le dernier soir de ton séjour ? Quand nous avons dû t'abandonner pour aller voir une femme victime d'un accident de voiture ?

— Et que vous m'avez laissée seule avec Dan ? demanda Jenni avec un petit rire. Oui, je m'en souviens très bien.

La tension grandissait. Il fallait qu'elle révèle son secret.

Elle put à peine se concentrer sur ce que Jock lui racontait à propos de Maureen, qui venait d'avoir un petit garçon. Les choses s'arrangèrent un peu quand Grace arriva enfin et qu'elle entra dans la cuisine, l'air complètement incrédule.

— Jenni ? Au nom du ciel, que fais-tu ici ?

— Surprise !

Jenni tendit les bras, et Grace vint l'étreindre.

— Apparemment, expliqua Jock. Jenni a décidé de venir fêter notre anniversaire.

Oh... le regard plein d'amour qui passa entre Jock et Grace exclut complètement Jenni pendant un instant et lui rappela cet étrange sentiment de solitude qu'elle avait éprouvé après son retour à Glasgow. Elle pensait qu'il avait disparu quand elle avait appris qu'elle était sur le point de fonder sa propre petite famille, mais il la reprit par surprise quand elle vit son frère et sa meilleure amie échanger un baiser qui finit par devenir gênant.

— Hé, je suis là ! protesta-t-elle.

Il y eut des rires dans la pièce, en plus de tout cet amour. Puis Jock sortit du réfrigérateur la bouteille de champagne que Jenni avait apportée pendant que Grace trouvait des verres.

— Pas pour moi, dit-elle alors que son amie sortait une troisième flûte à champagne.

Ces trois petits mots firent l'effet d'une allumette allumant une grenade. Le bruit du bouchon ajouta une explosion au silence subit.

Jenni pouvait presque entendre les déclics qui se produisaient dans le cerveau de Jock et de Grace. Ils savaient tous les deux qu'elle adorait le champagne. Et elle était venue fêter un anniversaire...

Elle essaya, en vain, de détendre l'atmosphère par un sourire.

— Oui... Je suis enceinte.

Tous deux la regardaient fixement.

— De combien ? demanda Grace dans un souffle.

— Environ dix-sept semaines.

Jock était obstétricien. Grace était sage-femme. Ils échangèrent un coup d'œil, n'ayant pas mis longtemps à faire le calcul.

— C'est arrivé pendant tes dernières vacances ?

— Oui.

Grace écarquilla les yeux.

— À Melbourne ? Avec... avec ton premier petit ami, Jeremy ?

— Non..., répondit Jenni, choquée. Jeremy est marié. J'ai rencontré sa femme et ses enfants.

— Ça ne peut pas être quelqu'un d'ici, dit Jock en réfléchissant à haute voix, les sourcils froncés. Tu as toujours été avec l'un de nous tout le temps que tu as passé en Nouvelle-Zélande.

Mais Grace le regarda.

— Pas tout le temps. Nous l'avons laissée seule avec Dan, tu te souviens ? Quand nous avons été appelés à l'hôpital.

Jock se crispa visiblement.

— Mais il avait dit qu'il veillerait sur Jenni !

Il déglutit.

— Je n'y crois pas...

Il baissa les yeux sur la bouteille de champagne qu'il tenait toujours.

— Quand j'ai dit à Dan que c'était mon anniversaire, il a dit qu'il passerait peut-être prendre une bière. Il sait que tu es ici ?

Il leva les yeux. Il était blessé. Le cœur de Jenni se brisa un peu. Elle secoua la tête.

— J'ai décidé que je devais le lui dire en personne. Et j'ai voulu attendre le deuxième trimestre, au cas où...

Elle sentit des larmes lui piquer les yeux.

— Ensuite, j'ai pensé que vous devineriez qu'il se passait quelque chose si je vous annonçais que je revenais si vite, et j'ai trouvé l'excuse de notre anniversaire...

Ses larmes se mirent à couler.

— Pardon de ne pas vous l'avoir dit plus tôt.

— Oh... Jenni...

Grace voulut l'enlacer, mais elle s'écarta.

— Et il y a autre chose, ajouta-t-elle. Ce sont des jumeaux.

D'une certaine manière, cela changea tout. C'était l'histoire qui menaçait de se répéter, et Jenni put voir que Jock était transporté en arrière. Se remémorant leur enfance. Toutes les fois où ils avaient eu le sentiment d'être seuls dans un monde qui ne voulait pas d'eux. Et où ils n'avaient qu'un parent, celui qui n'avait pas pu partir...

— Je ne veux pas que mes bébés grandissent sans savoir qui est leur père, dit-elle posément. Comme nous. Ni qu'il y ait un homme, quelque part, qui ignore qu'il est père. Si notre père avait su que nous existions, Jock, il serait peut-être venu nous trouver. Il nous aurait peut-être voulus et... et tout aurait été si différent...

Ce fut Jock qui la prit dans ses bras.

— Veux-tu que nous soyons là quand tu le diras à Dan ?

Jenni secoua la tête.

— Mieux vaut que je le fasse toute seule, je pense.

Elle souffla, riant presque.

— Croirez-vous que nous avons passé une bonne partie de la nuit à nous féliciter d'être célibataires ? Je lui ai parlé de notre serment de ne jamais nous marier et de ne jamais avoir d'enfants. Il m'a dit qu'il ne pouvait pas en avoir...

Elle poussa un soupir.

— J'ai le sentiment qu'il ne sera peut-être pas ravi d'apprendre la nouvelle.

La dernière chose à laquelle Dan s'attendait lorsqu'il arriva à la vieille villa, c'était de trouver la sœur de Jock assise en haut des marches qui menaient au porche.

Non... la *toute dernière* chose, c'était le choc qu'il éprouva en reconnaissant qu'il s'agissait de Jenni McKay. Étonnamment, ce fut presque du soulagement. Il ne pouvait nier qu'il avait très souvent pensé à elle et que sa présence lui avait manqué au point d'en souffrir physiquement, parfois. Ou peut-être que ce fut de la joie. Il avait cru qu'il ne la reverrait jamais et elle était là — comme si quelqu'un avait agité une baguette magique, réalisant son souhait.

— Salut...

Il sentit son sourire étirer des muscles qui n'avaient pas beaucoup servi ces derniers temps.

— Quand es-tu arrivée ?

— Aujourd'hui, répondit Jenni en lui rendant son sourire. Il y a deux ou trois heures.

Son regard bleu soutenait le sien, et il eut l'impression qu'elle était tout aussi surprise de ce qu'elle éprouvait en le revoyant. Ou bien ne voulait-il voir qu'un reflet de ce qu'il ressentait ? Du fait qu'il était si heureux ?

— Et tu es encore réveillée ? Je suis impressionné.

— Je vais bientôt m'écrouler. Après la fête d'anniversaire.

— C'est pour ça que je suis là. Pour souhaiter un bon anniversaire à Jock.

— Il sera bientôt de retour. Grace et lui sont allés au supermarché chercher d'autres cartons pour leur déménagement. Et ils achèteront des plats thaïs ou du fish and chips en revenant.

Dan posa les bières glacées qu'il avait apportées et s'assit sur la marche à côté de Jenni.

— Tu as envie d'une bière ?

— Non, merci.

— Il ne m'est pas venu à l'idée d'apporter quelque chose de plus exotique, comme une black margarita. Désolé.

Oh ! au secours... , pensa-t-il. Pourquoi diable avait-il dit ça ? Il eût été bien plus raisonnable d'éviter tout rappel de cette nuit-là. Il souffla prudemment. Jenni se la rappelait-elle aussi ? Il fallait qu'il les ramène en territoire sûr. Et vite.

— Alors pourquoi es-tu ici ? Pour l'anniversaire de Jock ?

— C'est mon anniversaire aussi.

— Bien sûr. Pardon... J'oubliais que vous êtes jumeaux.

Dan réussit à sourire.

— Heureux anniversaire, Jenni.

— Merci. Il paraît que tu en as eu un important, récemment.

Il haussa les épaules.

— L'âge n'est qu'un chiffre. Je ne fête pas les anniversaires.

Il jeta un coup d'œil intrigué à Jenni.

— Je ne pensais pas que Jock les fêtait, non plus.

— Ni lui ni moi ne les fêtons. Nous avions de la chance si quelqu'un s'en souvenait, quand nous étions petits.

— Mais tu es quand même venue pour ça, non ?

— C'est une des raisons de mon voyage, oui...

Jenni détourna les yeux. Une étrange sensation, comme un frisson, parcourut l'échine de Dan.

Ils restèrent tous les deux un long moment sans parler, fixant la rue comme s'ils espéraient voir revenir Grace et Jock.

Ce ne fut pas le cas. Et Dan, soudain, eut une idée qui pouvait expliquer cette curieuse prémonition.

— Tu ne projettes pas de venir t'installer ici, si ?

— Qu'est-ce qui te fait dire ça ?

Elle lui jeta un coup d'œil surpris. Plus que surpris. Et elle semblait... effrayée ?

— Quelque chose que Jock a dit, il y a quelque temps. Qu'il ne retournerait jamais en Écosse, mais que Grace et lui essayaient de te convaincre de venir vivre en Nouvelle-Zélande.

Jenni secoua vivement la tête.

— Je suis chez moi en Écosse. Je n'ai pas l'intention de vivre ailleurs.

Dan éprouva une bouffée de soulagement. Parce qu'il n'avait jamais compté revoir Jenni McKay, et encore moins habiter la même ville qu'elle. Il n'avait que des aventures sexuelles qui rendaient cela improbable. Ou au moins, il s'arrangeait pour pouvoir s'échapper s'il se retrouvait trop proche de quelqu'un — parce qu'ils avaient des amis communs ou qu'ils devaient travailler ensemble.

Il avait appris depuis longtemps que le scénario idéal était quand il était en vacances loin de chez lui. Ou qu'il avait affaire à quelqu'un qui ne faisait que passer par Picton, comme Jenni. Il avait déjà consacré bien trop de temps à penser à leur nuit ensemble. À en rêver. Prenant son parti du fait qu'il ne connaîtrait probablement jamais plus d'expérience sexuelle comme celle-là.

Oh ! sapristi... Il sentait de nouveau l'attraction de cette femme, alors qu'il était assis à côté d'elle. Par un tour que lui jouait son esprit, il pouvait percevoir sa chaleur et l'odeur de sa peau. Il pouvait même imaginer qu'il la *goûtait*, et en cet instant il comprit qu'il avait un problème.

Cette attraction était irrésistible. S'il croisait le regard de Jenni alors que cette flèche de désir touchait chaque cellule de son corps, il imaginait que ce serait contagieux et qu'ils se retrouveraient en train de s'embrasser passionnément — sans parler de ce qui se passerait ensuite...

Alors il se remit à fixer la rue. Et il s'éclaircit la gorge comme si cela pouvait juguler ce troublant degré d'attirance qu'il ressentait.

— Je voulais aussi te voir, dit Jenni dans ce silence légèrement embarrassé.

— Oh ?

Dan se risqua à la regarder. Parce que... si Jenni n'était là que pour des vacances, de nouveau, peut-être pourrait-il infléchir un peu les règles qui régissaient sa vie sexuelle sans que ce soit un problème ?

— Je suis enceinte, Dan...

Ces mots n'avaient pas de sens. Oh ! il les comprenait, bien sûr, mais pourquoi les lui disait-elle à lui ? Il sentit qu'il haussait et fronçait les sourcils en même temps, ce qui crispa bizarrement son visage.

— Ah... félicitations. En es-tu... heureuse ?

— Oui, répondit-elle d'un ton étonnamment ferme.

— Jock est au courant ?

— Oui.

Il entendit qu'elle prenait une grande inspiration.

— Mais il fallait que je te le dise aussi. C'est la principale raison de mon voyage.

Le frisson revint. Cette fois, il semblait avoir des griffes.

— Je ne comprends pas...

— Tu te trompais, Dan, dit-elle posément. En pensant que tu ne pouvais pas avoir d'enfants. Je ne suis pas ici pour te compliquer la vie ou te demander un engagement quelconque, mais tu as le droit de savoir que tu vas être père.

Elle posa les deux mains sur son ventre, lissant sa tunique. Dan put voir la douce rondeur là où il se souvenait d'une délicieuse bande de peau entre les hanches de Jenni. Un endroit qui était parfaitement plat quand il l'avait touché, il n'y avait pas si longtemps.

Les paroles de Jenni devinrent brouillées comme par des parasites. Et il y avait des interférences, sous la forme de souvenirs enfouis depuis longtemps qui s'échappaient de leur prison.

« — Je suis enceinte, Dan.

— Non… ce n'est pas possible.

— C'est pourtant arrivé. Tu vois ? »

Sa femme lui avait montré le test de grossesse.

« — Mais on m'a dit que j'avais plus de chances de gagner à la loterie que de te mettre enceinte.

— Tu es heureux ?

— Je suis abasourdi. Et… oui, bien sûr, je suis heureux. Plus qu'heureux. C'est ce que nous voulions. C'est tout ce que j'ai jamais désiré. Une famille à moi… »

Dan referma violemment la porte sur le fantôme de cette conversation, avant que d'autres paroles de son ex-femme réapparaissent. Il se sentit mieux une fois debout, même s'il ne se souvenait pas d'avoir bougé. Ce manque de contrôle sur son corps parut s'étendre à ce qu'il disait.

— Tu ne t'attends pas à ce que je te croie, n'est-ce pas ?

Jenni ne dit rien. Elle avait passé ses bras autour de ses genoux et baissait la tête.

— Tu te souviens que je t'ai dit que je suis stérile ?

— C'est en partie pour ça que j'ai pensé que tu devais le savoir, répondit-elle d'un ton calme et plat. Pour le cas où tu te laisserais emporter avec quelqu'un d'autre sans te protéger.

Elle ne levait pas les yeux vers lui.

— Oui, je sais que tu as un sperme très faible à cause des oreillons, mais il suffit d'un spermatozoïde qui arrive au bon endroit au bon moment.

— Cela ne risque pas d'arriver si ce spermatozoïde a des problèmes de mobilité et de morphologie qui le rendent complètement inutile.

Dan entendait la glace dans sa voix.

— Pourquoi fais-tu ça, Jenni ? Pourquoi n'es-tu pas assise sur la marche de cet ancien petit ami que tu es allée voir à Melbourne en partant d'ici ?

Ou cela datait-il d'avant ? Était-elle déjà enceinte quand elle était venue en vacances à Picton ?

Il avait vu son ventre. Un rapide calcul lui indiqua que leur nuit ensemble remontait à moins de quatre mois. Il n'était pas normal qu'elle soit si grosse aussi tôt dans sa grossesse, n'est-ce pas ?

— Comment sais-tu ça ? demanda-t-elle.

— Jock me l'a dit, un jour où je lui demandais de tes nouvelles.

Jenni était devenue très pâle. Enfin, elle le regarda. Elle paraissait si choquée que Dan se sentit pris d'un doute. Il l'ignora. Il était tout aussi choqué de ce qu'elle suggérait.

— Tu veux que je fasse un test ADN pour prouver que je ne suis pas le père de ton bébé, Jenni ? D'accord.

Elle ne releva pas, et Dan réalisa qu'il en avait probablement trop dit.

Il ne prit pas la peine de ramasser les canettes de bière qu'il avait apportées. Il ne pouvait attendre une seconde de plus pour s'éloigner de cette histoire. De ces fantômes. De Jenni…

— C'est la voiture de Dan que j'ai vue repartir alors qu'on arrivait ? demanda Jock.

— C'est bien possible…

Jenni était toujours assise sur la marche.

— Il n'a pas pu s'enfuir assez vite quand je lui ai dit que j'étais enceinte.

— Ça a dû être un énorme choc, dit Grace. J'imagine qu'il aura besoin d'un certain temps pour s'habituer à l'idée.

Jenni haussa les épaules.

— Il ne s'y habituera pas. Il est persuadé que le vrai père est Jeremy. Et que je lui mens.

Les larmes qu'elle avait retenues étaient bien près de couler, mais, dans sa détresse, elle éprouvait plus que de la déception. Ça ressemblait plutôt à de la colère.

Jock et Grace échangèrent un coup d'œil qui en disait long.

— Je vais faire du thé, dit Grace. Je reviens.

C'était la meilleure chose à faire, pensa Jenni. La laisser seule avec son frère. Parce que Jock pouvait comprendre.

Il s'assit à la place de Dan.

— Je lui ai dit cette nuit-là que je ne supporte pas les mensonges. Que je n'en dis jamais. Tu sais ce qu'il a répondu ? « Comment savoir que ce n'est pas un mensonge ? » Et moi, j'ai souri et dit que ça n'avait pas d'importance parce que nous ne nous reverrions jamais.

Ce fut le déclic ; Jenni fondit en larmes.

— Ça recommence comme avec nous, Jock. Deux petits enfants qui n'auront jamais de papa ni de vrai foyer.

Jock passa un bras autour de ses épaules.

— Ce ne sera pas comme pour nous, dit-il posément. Je te le promets. Et tu sais que je ne fais jamais de promesses que je ne peux pas tenir.

Jenni le savait. C'était pour la même raison qu'elle ne mentait jamais. Ils avaient trop souffert des promesses non tenues de leur mère, qui équivalaïent pour eux à des mensonges.

— Ces bébés auront une maman qui ne les laissera jamais penser qu'elle ne les a pas voulus ou qu'ils ont gâché sa vie, reprit Jock. Ils auront un oncle et une tante qui les aimeront énormément et ne rompront jamais de promesse. Tu n'as pas besoin de Daniel Walker dans ta vie.

— Je sais. D'ailleurs, ce n'est même pas ce que je voulais.

Jenni renifla et essuya son nez sur sa manche.

— Il m'a proposé de faire un test ADN pour prouver qu'il n'est pas le père, mais je ne le ferai pas. S'il pense vraiment que je peux mentir sur quelque chose d'aussi important, je ne le veux pas dans ma vie. Tant pis pour lui s'il ne veut pas savoir qu'il va être père, partager ma grossesse et la naissance de ses enfants.

— Tu lui as dit que c'étaient des jumeaux ?

Jenni eut un rire sans joie.

— Tu plaisantes ? Quand il a réagi comme ça à l'idée d'un bébé, je n'allais pas doubler la mise !

Jock lui pressa les épaules.

— Je suis désolé, Jen. Et je ne peux pas dire que j'admire beaucoup Dan en cet instant.

— Moi non plus.

Grace revint avec un plateau sur lequel trônaient une théière et des mugs. Elle le posa sur la table en fer forgé du porche.

— Mais j'aimerais bien savoir pourquoi il est si sûr qu'il ne peut pas avoir d'enfants, dit Jock.

— De mauvais oreillons quand il était petit, répondit Jenni.

— Il suffit d'un bon nageur, et le tour est joué. J'ai vu plus d'une grossesse surprise avec un père qui avait un faible sperme.

— C'est ce que je lui ai dit. Mais il pense que les spermatozoïdes qui lui restent ne servent à rien. Et je n'ai pas l'intention de lui en reparler. Je suis désolée, Jock. J'ai gâché notre anniversaire, n'est-ce pas ?

— Nous n'allons pas laisser cette histoire le saboter.

Il fit claquer ses doigts.

— Je sais… Nous le fêterons à l'heure britannique, ce qui veut dire que ce sera encore notre anniversaire demain. J'ai l'après-midi libre. Et toi, Grace, qu'est-ce que tu fais ?

— J'ai une visite à domicile. Le service a reçu un échantillon d'un bandeau enveloppant à utiliser pour faire téter des jumeaux, et je comptais prendre un bateau-taxi pour le faire essayer par Tessa.

— J'ai une meilleure idée, annonça Jock. Jenni et moi pourrions t'accompagner avec le *Lassie.* Nous aurions peut-être la chance de voir des dauphins.

Jenni écarquilla les yeux.

— Oh ! non... Tu crois que je vais monter sur ton bateau ? Pour que tu me pousses dans l'eau comme quand j'étais petite ?

Jock arborait un grand sourire.

— Je ne t'avais pas poussée. Tu allais tomber et j'ai essayé de te rattraper.

— Mais tu t'es bien moqué de moi, après !

Jenni ne le lui avait jamais pardonné. Pour une fois, il n'avait pas été le héros qui était toujours là pour la protéger ou la consoler. Mais il reprenait ce rôle maintenant. Il voulait être présent pour elle dans une nouvelle phase de sa vie bien plus sérieuse qu'un petit plongeon dans une mare boueuse.

Et elle avait besoin de lui autant qu'à l'école, autrefois, quand ses camarades lui lançaient des quolibets à cause de ses cheveux roux.

Elle avait besoin de lui plus que jamais.

3

Il s'avéra que l'idée de Jock d'emmener Jenni sur son bateau, le lendemain après-midi, était excellente.

C'était tout à fait ce qu'il fallait pour calmer le bourbier d'émotions, très désagréable, dans lequel elle se débattait : colère, confusion, déception, anxiété… Son honnêteté avait été mise en doute, et cet affront lui avait porté un coup aussi viscéral qu'une agression physique.

Heureusement, avec la fatigue due au jet-lag, Jenni sombra facilement et dormit bien. Elle fit le tour du cadran et découvrit à son réveil que Jock et Grace étaient partis travailler. Ses émotions étaient devenues encore plus intenses. Elle s'assit dehors et revécut la visite de Dan, la veille.

Chose incroyable, un autre élément essayait de se frayer un chemin dans la colère qu'elle éprouvait envers lui : le soupçon de trouble qu'elle avait ressenti en le revoyant s'avancer vers elle après toutes ces semaines. Elle avait été heureuse de le revoir. Tout aussi grand, tout aussi brun et, si possible, encore plus séduisant, parce qu'elle pouvait se rappeler — que trop bien, et avec des détails bien trop intimes — de quelle manière stupéfiante il lui avait fait l'amour.

En fait, ce n'avait pas été un « soupçon de trouble », quelque chose de léger et d'agréable. Non… Plutôt une sorte de javelot à la pointe acérée qui l'avait pénétrée jusqu'au fond d'elle-même.

Un désir physique pur et dur.

Non souhaité.

Inacceptable. En particulier vu la façon dont il l'avait jugée malhonnête. Fourbe. Indigne d'être connue.

Sa réaction pouvait-elle être excusée par le fait qu'il avait eu un choc ? Qu'il croyait sincèrement ne pas pouvoir avoir d'enfants ?

Oui.

Non...

Bon, oui, mais Jenni n'était pas prête à l'accepter. Peut-être parce qu'elle pensait avoir fait la chose qu'elle devait faire, avant de retourner à sa vie et de disparaître.

Même une promenade dans la jolie ville de Picton n'avait pas suffi à calmer son débat intérieur et à lui remonter le moral, mais en regardant Jock dérouler les cordages qui retenaient le *Lassie,* son beau bateau de plaisance en bois, elle eut l'impression que les horribles nœuds qui lui contractaient l'estomac se desserraient aussi. Et glisser sur l'eau calme de la marina vers le bras de mer des Sounds accrut cette sensation de soulagement. Ils laissaient la ville derrière eux.

Elle laissait Dan en arrière, avec le lien emmêlé qui, par inadvertance, avait été tissé entre eux. Et ce serait encore mieux lorsqu'elle monterait dans un avion et sentirait la distance devenir une solide barrière de milliers de kilomètres.

Non... il valait mieux ne pas imaginer ça. Parce qu'elle avait la vague prémonition que ce ne serait peut-être pas mieux du tout et qu'elle laisserait derrière elle plus qu'elle ne le souhaitait, même sans parler de Jock et Grace.

Le côté paisible de ce paysage sublime avait de quoi la calmer, tandis qu'ils naviguaient vers des péninsules et des îles couvertes de forêts qui émergeaient de l'eau claire et bleue.

Jenni et Grace étaient assises de chaque côté du pont . Jock se tenait près du gouvernail, dans la cabine. Avec le moteur qui tournait doucement et le silence qui les entourait, brisé seulement par le cri d'une mouette, de temps en temps, elles purent l'entendre alors qu'il les regardait par-dessus son épaule.

— Tout à l'heure, en rentrant, Grace et moi avons parlé de toi, dit-il à Jenni.

— Je me demande bien pourquoi, répondit-elle avec un sourire ironique.

Puis elle redevint sérieuse.

— Tu as vu Dan, au travail ?

— Non, répondit Jock d'un ton crispé. Ce qui est probablement aussi bien. Je suis trop en colère pour vouloir lui parler maintenant.

Il se retourna face à la mer.

— Je suis désolée, Jock, dit Jenni avec un soupir. Je t'en prie, ne laisse pas ceci ruiner votre amitié. Les amis sont importants.

— Pas autant qu'une sœur.

Il lui décocha un sourire.

— Et c'est ce dont on parlait, avec Grace. Ça va aller, Jen.

Jenni déglutit péniblement.

— Je sais...

— Nous allons faire tout ce que nous pourrons pour t'aider, ajouta Grace.

— Nous nous sommes dit que tu pourrais peut-être songer à venir vivre ici, déclara Jock. Afin que nous puissions t'aider avec les bébés, surtout au début.

Jenni secoua la tête.

— Non. Je suis chez moi à Glasgow. Se sentir chez soi est important. Et j'ai des amis, là-bas. Ils m'aideront. En plus, j'adore ma petite maison. Je n'aurais nulle part où habiter, ici.

— Tu pourrais habiter avec nous, dit Jock. Nous sommes ta famille.

— Vous pourriez aussi venir en Écosse, tous les deux, rétorqua Jenni. Tu viens de là, Jock. Et toi, Grace, tu as encore de la famille en Angleterre, ce n'est pas loin.

Cette fois, quand Jock se tourna, ce fut Grace qu'il regarda. Ils partagèrent un long regard et un sourire.

— Regarde autour de toi, dit Grace. Qui voudrait vivre ailleurs qu'ici ?

Le silence tomba entre eux pendant que Jenni admirait le paysage.

— Nous nous dirigeons vers la baie de Kumutoto, dit Jock un peu plus tard, à laquelle on n'accède que par bateau.

— C'était risqué pour Tessa, non ? demanda Jenni. Même sans cyclone...

— Oui, il y a toujours un risque que les jumeaux arrivent plus tôt, déclara Grace. C'est pour ça que je m'inquiéterai pour toi si tu es trop loin.

— Ça va aller, dit Jenni à qui cette formule plaisait. Tu verras.

Dans la baie, la mer devint d'une nuance étonnante qui se rapprochait du vert émeraude. Jock et Jenni furent invités à entrer chez Tessa avec Grace. La voir allaiter ses jumeaux fut très instructif pour Jenni.

Lorsqu'ils reprirent la direction de Picton, elle se sentit mieux que depuis longtemps. Peut-être depuis qu'elle avait vu ces deux traits sur le test de grossesse, ce qui avait marqué le début de son anxiété.

— Je suis impressionnée par la facilité avec laquelle Tessa s'occupe toute seule de ses jumeaux, dit-elle.

— Elle n'est pas toute seule. Elle a un mari qui l'aide beaucoup.

— Cet après-midi, elle était seule et elle s'en sortait très bien.

Jenni sourit avec assurance.

— Je serai comme elle, le mari en moins. Parce que j'ai fait le serment de ne jamais me marier.

Jock rit.

— Tu avais juré de ne pas avoir d'enfants, aussi. Tu romps ta promesse.

— Toi aussi. Tu es fiancé.

— Seulement à une personne. Toi, tu fais coup double.

Ils rirent, et Jenni conserva cette gaieté jusqu'à ce que Jock ralentisse pour entrer dans la marina. Elle n'avait pas besoin de bouleverser sa vie pour s'installer dans un nouveau pays. Et elle n'avait pas besoin de Dan Walker...

Son sourire s'évanouit, cependant, quand le *Lassie* heurta le quai, soulevé par une grosse vague. Jock demanda à Grace d'aller amarrer le bateau. Elle s'apprêtait à monter sur la jetée lorsqu'une autre vague secoua l'embarcation. Jenni vit glisser son pied. Elle tomba sur la digue au lieu de tomber dans l'eau, ce qui était une bonne chose, mais son pied resta coincé entre le flanc du bateau et le bois de la jetée… et Jenni crut entendre le bruit d'un os brisé.

Jock entendit Grace crier de douleur. Il coupa le moteur et sauta sur le quai. Il prit le cordage et amarra le *Lassie*, mais son attention était rivée sur Grace qui se traînait pour s'éloigner du bord. Il n'était pas utile d'être médecin pour voir que c'était grave. Le pied de Grace formait un angle bizarre avec sa jambe. Sa cheville était manifestement déboîtée et sans doute cassée. Elle était blanche comme un linge, et Jock ne semblait guère mieux tandis qu'il sortait son téléphone.

— Ne bouge pas. J'appelle une ambulance.

Voilà qui était… gênant.

Alors qu'il répondait à un appel des urgences, Daniel Walker se retrouva face à Jock McKay en s'approchant du bureau central. Il n'avait pas vu Jock depuis que sa sœur lui avait appris qu'elle était enceinte. Et qu'il était le père du bébé.

Il était tellement furieux en quittant Jenni pour rentrer chez lui ! Là, il s'était tout de suite changé et était parti courir — assez longtemps pour commencer à dominer la colère qui l'avait envahi. Il était hors de lui de ne pouvoir contrôler ce qui le ramenait à un passé qu'il s'était donné tant de mal à dépasser. D'être obligé de subir de nouveau la douleur de voir imploser toute sa vie. L'enfouir pendant tant d'années n'avait pas diminué son pouvoir. Au contraire, ce guet-apens l'avait rendue encore plus vive.

Parce que c'était l'histoire qui se répétait.

Et il n'avait pas réussi à bloquer les échos de cette conversation avec son ex-femme, finalement. Ces paroles désinvoltes qui avaient détruit ses rêves — et sa vie telle qu'elle était à l'époque.

Les paroles qui avaient révélé le mensonge le plus cruel auquel il s'était laissé prendre. Les paroles qui l'avaient hanté pendant tant d'années.

« Tu n'as pas vraiment pensé que c'était ton bébé, n'est-ce pas, Daniel ? Tu n'es pas capable d'engendrer un enfant comme un homme normal. Nous le savons tous les deux. »

Mais Jock avait l'air d'aller très mal, et la première pensée de Dan fut que quelque chose était arrivé à Jenni. Sa poitrine se contracta subitement, l'empêchant de respirer. Des fragments d'un possible chagrin étaient là. Et de regrets ?

— Que s'est-il passé, vieux ?

— C'est Grace… Elle est tombée. Elle s'est déboîté et fracturé la cheville. On va l'emmener en salle d'op d'une minute à l'autre. Oh…

Jock se massa le front, puis demanda :

— C'est pour ça que tu es ici ? C'est toi qui vas faire l'anesthésie ?

— Oui. Je ne savais pas qu'il s'agissait de Grace.

Dan éprouvait quelque chose de trop proche du soulagement, ce qui était déloyal de sa part, n'est-ce pas ? Il connaissait Grace beaucoup mieux que Jenni, mais il la connaissait à travers Jock. Il avait peut-être rencontré Jenni à cause de sa connexion avec Jock, aussi, mais l'attraction qui avait existé entre elle et lui était très différente. Et assez puissante pour le perturber.

Toutefois, il ne montra rien.

— Comment est-ce arrivé ? demanda-t-il.

— Elle a glissé sur le *Lassie.* Son pied est resté coincé entre le bateau et la jetée. C'est une fracture de Bosworth. On a essayé de la réduire, mais ça n'a pas marché.

— Quand a eu lieu l'accident ?

— Il y a près de trois heures. Viens, je vais t'emmener jusqu'à elle.

— Oui… Et… Jock ?

— Quoi ?

— Je suis désolé pour hier.

Jock secoua la tête.

— C'est auprès de Jenni que tu devrais t'excuser.

Il soutint le regard de Dan pendant une seconde.

— Ma sœur ne ment pas. Jamais.

Dan put entendre un écho de la voix de Jenni. « Je ne mens jamais », avait-elle dit. Il l'avait crue. Il plaisantait quand il lui avait demandé comment il pouvait savoir que ce n'était pas un mensonge.

Jenni se tenait près du lit de Grace. Elle évita de croiser le regard de Dan, et il sentit de nouveau sa poitrine se contracter. Jock avait raison. Il devait s'excuser. Jenni se trompait, c'était obligé. Peut-être que ses règles étaient irrégulières. Et si elle avait passé une échographie, peut-être que l'échographiste s'était trompé sur la date. Il avait certainement raison de penser que Jenni, sans le savoir, était enceinte quand elle était arrivée en Nouvelle-Zélande.

Quelle que soit la raison de l'erreur, Jenni croyait manifestement qu'il avait engendré son bébé, ce qui signifiait que, pour elle, il avait simplement nié la vérité. Et non seulement il ne lui avait offert aucun soutien, mais il l'avait pratiquement traitée de menteuse.

Jock avait raison. Il devait s'excuser d'avoir si mal géré la situation, et il devait régler ça.

Mais pas ici. Et pas maintenant.

— Bonjour, Grace...

Il s'approcha de la tête du lit. Jenni s'écarta.

— Tu ne t'es pas ratée, hein ? Je suis désolé de l'apprendre.

Grace fit une grimace.

— C'est tellement idiot. Je ne peux pas croire que je doive être opérée. Je ne vais pas pouvoir travailler pendant des semaines... et tant de femmes ont besoin de moi, dit-elle, les larmes aux yeux.

— On s'occupera d'elles.

Jock prit la main de Grace.

— Ne t'inquiète pas pour ça maintenant, mon cœur.

— Mais il n'y a personne pour assumer cette charge de travail !

Une larme roula sur sa joue.

— Nous manquons de sages-femmes, c'est pour ça qu'ils étaient si pressés de m'embaucher.

Elle tourna la tête pour regarder Jenni.

— Tu pourrais rester, non ?

— Non… Je ne suis ici que pour une courte visite.

— Mais ton offre de çandidature a été acceptée. Tu as un visa de travail. Tu disais que tu aurais peut-être envie de travailler ici pendant des vacances…

La voix de Grace se brisa.

— Pourquoi pas maintenant ? J'ai besoin de toi, Jen. Tu ne peux pas partir.

Dan prit la fiche de Grace au pied du lit et consulta ses constantes vitales. Sa tension était un peu élevée, mais c'était normal avec la douleur et le stress. Jenni avait-elle vraiment obtenu un visa lui permettant de travailler en Nouvelle-Zélande ? se demanda-t-il. Voudrait-elle le faire ?

Non, bien sûr que non.

Parce qu'elle était enceinte.

Et parce que *lui* travaillait ici ?

Il s'attendit à l'entendre dire à Grace qu'elle ne pouvait pas rester. Et une partie de lui le souhaitait. Il avait été alarmé à l'idée qu'elle veuille immigrer avant même de savoir qu'elle était enceinte. Parce qu'il savait combien il serait dur de se tenir éloigné d'elle, et qu'il était déterminé à ne plus s'impliquer émotionnellement avec quelqu'un. Jamais.

Mais Jenni ne put pas parler. Ils furent interrompus par le retour du chirurgien orthopédique.

— Nous avons une salle d'op disponible. Ah, Dan, vous êtes là. Pouvons-nous y aller ?

— Dans une minute, répondit Dan.

Et il se mit à poser à Grace les questions préalables à une anesthésie.

Grace avait mis une main sur ses yeux, mais Jenni pouvait voir ses larmes entre ses doigts. Elle n'avait jamais vu son amie aussi malheureuse. Ni son frère, d'ailleurs. Jock tenait la main de Grace et se montrait fort pour elle, mais Jenni savait qu'il était malade d'inquiétude. Elle le voyait serrer les dents pendant que Dan interrogeait Grace.

— Ne t'inquiète pas, dit finalement l'anesthésiste. Je veillerai sur toi, Grace.

Se rendit-il compte que Jenni le fixait ? Il leva les yeux, et leurs regards se rencontrèrent. Se souvenait-il qu'il avait dit les mêmes mots à son sujet, le soir où ils étaient restés seuls ? Et au lieu de veiller sur elle, comme il l'avait promis à Jock, il avait fait en sorte que sa vie ne soit plus jamais la même. Mais il n'était pas prêt à le reconnaître. À moins que...

S'imaginait-elle, en voyant son regard, que quelque chose avait peut-être changé depuis qu'elle avait lâché sa bombe sur lui la veille ? Grace avait-elle eu raison en suggérant qu'il avait besoin de temps pour absorber ce choc ?

Cela ne changerait rien pour elle. Les dommages étaient faits.

Elle souffrait toujours qu'il ne lui ait pas laissé sa chance. Qu'il ait décidé qu'elle lui mentait, point final. La connexion qu'elle avait cru exister entre eux cette nuit-là avait été coupée net et elle préférerait ne plus avoir affaire à Daniel Walker.

Alors comment pourrait-elle rester ici, même si son frère et sa meilleure amie avaient désespérément besoin d'elle pour les aider à traverser cette crise ?

Mais elle ne pouvait pas partir non plus. Pas tout de suite, en tout cas.

On emmena Grace, et Jenni attendit avec Jock dans une salle du personnel que l'opération soit terminée. Ensuite, Jock put aller tenir compagnie à Grace en salle de réveil.

— Reste ici, lui dit-il. Je reviendrai te chercher dès que Grace aura la permission de te voir.

Mais ce fut Dan qui arriva peu de temps après.

— Jock m'a dit que tu étais ici, dit-il. Il m'a demandé de te dire qu'il en aurait peut-être pour un peu plus longtemps qu'il ne le pensait. Il va rester avec Grace jusqu'à ce qu'on la conduise dans une chambre.

Jenni hocha la tête et prit une grande inspiration.

— Comment va-t-elle ?

— L'opération s'est bien passée. Ils ont réduit la luxation et la fracture, et lui ont mis une plaque et des vis. Par bonheur, les ligaments sont intacts.

Jenni hocha de nouveau la tête. Elle relâcha le souffle qu'elle avait retenu sans s'en rendre compte.

— Elle doit porter une haute botte d'immobilisation, reprit Dan. Avec une coque rigide, en plastique, et des attaches en Velcro.

— Elle pourra marcher ?

— Oui, mais elle ne pourra pas faire porter son poids sur sa jambe pendant au moins quatre semaines. La guérison complète de la fracture pourrait prendre trois mois.

— Oh ! non...

Jenni posa une main sur ses yeux. Il n'était pas question qu'elle s'en aille, vu la situation.

— Qu'est-ce qui ne va pas ? demanda Dan.

Elle secoua la tête.

— C'est un peu le désastre partout, non ?

Il y eut un long moment de silence, puis Dan s'assit à côté d'elle.

— Est-ce que tu vas rester ? J'ai entendu Grace dire que ta candidature avait été acceptée et que tu avais un permis de travail.

Jenni laissa retomber sa main, mais ne leva pas les yeux.

— Grace va être assez stressée de laisser tomber toutes les femmes sur sa liste, et elle détestera ne pas pouvoir aider Jock pour le déménagement. Elle pourrait essayer d'en faire trop et se créer des complications. Et si elle est stressée, Jock le sera aussi.

Elle leva les yeux et vit que Dan l'observait.

— Il s'agit de ma meilleure amie et de mon frère. Je ne peux pas ne pas rester.

— Mais...

L'hésitation de Dan fit tiquer Jenni. Essayait-il de trouver des raisons pour qu'elle ne reste pas ? Parce qu'il était mal à l'aise à l'idée qu'elle soit dans le secteur ? Eh bien, si cela ne lui plaisait pas, c'était la même chose. C'était *son* choix. Comme la façon dont elle élèverait *ses* bébés.

— Ce ne sera pas un problème pour moi d'obtenir un congé pour raisons familiales, dit-elle fermement. J'ai des amis qui seront heureux de s'occuper de ma maison. Et si je peux remplacer Grace dans son travail, je le ferai.

Le regard de Dan s'était-il abaissé sur son ventre ?

— Être enceinte ne veut pas dire que je suis incapable de travailler, lâcha-t-elle, coupante.

— Je n'ai pas dit le contraire.

— J'ai connu des sages-femmes qui ont travaillé presque jusqu'à leur terme.

Le ton de Jenni était toujours frais.

— Je suis sûre que Grace sera remise sur pied bien avant que j'approche de ce stade.

Dan regardait ses mains. Il bataillait vraiment avec l'idée qu'elle soit de retour en ville, non ? Pourtant, ce n'était pas l'impression qu'elle avait eue quand il l'avait aperçue, assise sur cette marche. Il avait paru aussi heureux qu'elle de la revoir. Presque comme si cela avait été la meilleure surprise qu'il aurait pu imaginer...

Elle voulait s'accrocher à sa colère contre lui — peut-être parce qu'elle savait que ressentir autre chose risquait d'être plus dur, mais ça s'avérait difficile. Elle commençait à sentir la sympathie s'insinuer.

Elle avait bien l'intention de lui barrer le passage. Elle ne voulait pas commencer à se sentir désolée pour Dan et à trouver des excuses à sa réaction, mais elle avait tout de même bouleversé sa vie. Et elle lui avait annoncé quelque chose qu'il croyait impossible — qu'il allait devenir père.

Bien sûr qu'il avait besoin de temps. Elle, elle avait eu des mois pour s'habituer à tout ça.

— C'est bon, Dan, s'entendit-elle dire. Je suis peut-être venue ici pour te voir, mais ce n'est pas la raison pour laquelle je vais rester. Je ne te rendrai pas la vie difficile. Je ne te demanderai rien. Je suis tout à fait prête à être un parent célibataire. Pour être honnête, c'est même ce que je préférerais.

Il s'éclaircit la gorge.

— Je suis désolé de la façon dont j'ai réagi hier, dit-il posément. Nous devrions reparler de tout ça.

Jenni sentit poindre un sourire en coin.

— Je suspecte que nous aurons plein de temps pour ça.

Dan se leva.

— Je vais aller voir où en est Grace. Je suis sûr qu'elle sera bien plus heureuse quand elle saura que tu vas rester.

Jenni le regarda s'éloigner. Il y avait quelque chose de très différent dans son langage corporel par rapport à la veille où il était parti en trombe. Elle avait l'impression que le choc, effectivement, se résorbait. Et qu'il était reconnaissant qu'elle ne lui mette pas la pression.

Peut-être avaient-ils tous les deux besoin de respirer. Était-ce un autre atout que le destin tirait de sa manche ? Un atout qui la forcerait à réfléchir à deux fois avant d'exclure de sa vie le père de ses bébés ?

Et si Dan se faisait tester de nouveau et découvrait que ce n'était pas aussi impossible que ce qu'il croyait ?

Que ses enfants pourraient avoir un père, finalement ?

Et si, quand il saurait qu'il pouvait la croire — et lui faire confiance — *tout* pouvait changer ?

4

— Ainsi, vous êtes Jenni...

L'obstétricienne Maria Gould arborait un large sourire.

— J'ai été ravie quand Jock m'a demandé si je pouvais garder un œil sur vous durant les prochaines semaines. J'ignorais qu'il avait une sœur jumelle. Et vous attendez vous-même des jumeaux !

— J'ai pensé qu'il fallait conserver la tradition familiale, plaisanta Jenni.

Maria était une collègue plus âgée de Jock. Elle devait avoir une cinquantaine d'années, ce qui lui donnait une allure maternelle très sympathique.

— Merci beaucoup de me recevoir.

— Pas de problème. Contente de rendre service.

Maria ouvrit le dossier posé devant elle.

— Les comptes rendus de vos visites prénatales en Écosse vont faciliter mon travail. Vous êtes en Nouvelle-Zélande depuis... près de trois semaines, maintenant ?

— Oui. Je sais que je dois passer une autre échographie et j'aurais dû venir plus tôt, mais Grace m'a aidée à surveiller ma tension et j'ai fait des analyses d'urine. Et nous avons été débordés.

— J'en suis sûre. Je savais que Jock devait déménager, puis j'ai appris l'accident de Grace. J'ignorais que vous étiez en visite — et que vous aviez été engagée comme sage-femme remplaçante.

Maria haussa les sourcils.

— Comment ça se passe ?

— J'ai le tournis, avoua Jenni. Tout le processus pour me fournir un certificat a été accéléré, alors je n'ai cessé d'enchaîner les entretiens, les évaluations, les orientations... et les études. J'ai passé plusieurs jours à Wellington, mais j'ai encore des cours en ligne à terminer dans certains domaines. Ici, les sages-femmes ont un champ d'action plus large que chez moi, elles peuvent prescrire des médicaments, interpréter les résultats des prises de sang, envoyer chez un spécialiste, et puis il y a tous les aspects culturels qu'il faut connaître pour les femmes maoris ou pasifikas. C'est un défi, mais j'adore.

Elle appréciait d'autant plus ce surmenage exigeant — et épuisant — qu'il lui avait laissé très peu de temps pour penser à Daniel Walker. Par chance, elle était à Wellington quand Dan avait aidé au déménagement. Elle l'avait seulement vu en passant depuis qu'elle avait commencé à travailler à l'hôpital, alors il avait été relativement facile de lui laisser le temps et l'espace dont il avait besoin pour se faire à sa prochaine paternité. Ou au moins pour être prêt à admettre la vérité.

Qu'est-ce qui lui prenait si longtemps ?

C'était comme s'il croyait toujours qu'il ne pouvait pas être le père de ces bébés, et donc que Jenni lui mentait.

— Jock paraît enchanté de la nouvelle maison, dit Maria. Il paraît qu'il a un ponton pour son bateau.

— Elle est sublime. En plein au bord de l'eau, mais pas très loin de la ville et avec une route à côté.

— Vous habitez avec eux ?

— Non. J'ai décidé de rester dans la maison qui appartient à l'hôpital. Grace se débrouille bien avec ses béquilles, maintenant, et je voulais leur laisser le temps de s'installer seuls dans leur premier foyer.

Cela lui avait évité d'être incluse dans les moments que Dan et Jock passaient ensemble en dehors du travail. Pour autant qu'elle le sache, Jock n'avait pas essayé d'aborder le sujet de sa grossesse, parce qu'il pensait comme elle que laisser à Dan le temps de digérer la situation était la meilleure solution.

— Bon..., fit Maria occupée à scanner ses notes. Ainsi, ce sont des jumeaux non identiques.

Jenni hocha la tête.

— Un garçon et une fille. Comme Jock et moi.

— La famille parfaite d'un seul coup.

— Mmm..., fit Jenni avec un sourire crispé.

Pour elle, une famille parfaite incluait un père...

— Ceci fait que votre grossesse multiple est à risque, comme vous le savez sûrement. On vous proposera une naissance programmée à trente-sept semaines, mais il y a soixante pour cent de chances que vous accouchiez plus tôt.

— Grace sera remise sur pied bien avant, et je rentrerai en Écosse. La plupart des compagnies aériennes fixent à trente-deux semaines la limite pour les femmes à grossesse multiple.

— Rappelez-moi de vous donner un certificat quand vous réserverez votre vol.

Maria eut un sourire plein de sympathie.

— Ce doit être difficile d'être aussi loin de chez vous... et de votre compagnon ?

— Je ne suis pas dans une relation, dit Jenni.

Maria hocha la tête, mais Jenni savait que dire qu'elle était célibataire n'empêcherait pas les gens de supposer que le père de ses enfants vivait en Écosse. Elle connaissait les ragots des hôpitaux. Nouvelle dans son service, elle susciterait l'intérêt, surtout en étant enceinte. Elle pouvait imaginer la réaction de Dan si des rumeurs commençaient à se répandre. Il partirait certainement en courant.

En attendant, elle préférait le laisser tranquille.

Tôt ou tard, Dan connaîtrait la vérité et ils devraient collaborer d'une manière ou d'une autre, même s'ils vivaient des deux côtés du globe. Il vaudrait mieux pour tout le monde que cette collaboration se fasse à l'amiable, ou soit même amicale. Même si c'était tentant, couper les ponts ne ferait que rendre les choses plus difficiles.

Mais elle avait le temps, se dit-elle. Et comme elle était trop occupée la journée et trop fatiguée le soir pour rester réveillée à réfléchir, il lui était facile de mettre ses doutes de côté.

Maria posa encore quelques questions à Jenni, lui prit sa tension et mit fin à la visite.

— Nous allons nous arrêter là. Vous disiez que vous aviez des consultations prénatales à 9 heures et je dois me rendre en salle d'op pour une hystérectomie.

Dan fut appelé à la maternité alors qu'il pensait aller prendre un rapide café de fin de matinée.

Une femme enceinte de trente-sept semaines avait été admise pour surveillance, après une consultation prénatale, parce que sa tension était trop élevée et que l'on avait trouvé dans ses urines un taux de protéines trop élevé aussi. Si le diagnostic de prééclampsie était confirmé, il faudrait probablement recommander un accouchement assisté et une partie du protocole comprenait une consultation par un anesthésiste.

Dan s'attendait à trouver dans la salle un chef de clinique ou un consultant de l'équipe d'obstétrique. Il s'attendait aussi à ce qu'une sage-femme du service, au moins, soit là pour s'occuper de la patiente.

Il ne s'attendait pas à trouver Jenni McKay.

Pourquoi pas ? Il savait qu'elle avait commencé à travailler pour remplacer Grace. Il l'avait vue plus d'une fois au cours de la dernière semaine, mais il n'avait fait aucun effort pour provoquer cette conversation dont il avait dit lui-même qu'ils devaient l'avoir.

Encore une fois… pourquoi pas ? Ce n'était pas comme s'il n'avait pas réfléchi à la manière d'aborder ladite conversation. Quand Jenni lui avait dit qu'elle ne restait pas ici à cause de lui et qu'elle n'allait rien lui demander, cela avait semblé confirmer que d'autres options que lui pouvaient être le père de cet enfant. Si elle était si sûre que c'était lui, parce qu'elle n'avait couché avec personne d'autre autour de cette période, elle aurait tous les droits de lui demander un soutien financier, pour le moins. Il serait stupide de ne pas le faire.

Mais avait-il réellement envie de poser des questions personnelles sur la vie sexuelle de Jenni juste avant ou après leur rencontre passionnée — unique et mal avisée ?

Non, vraiment pas. Il n'avait pas envie non plus d'analyser pourquoi il ne tenait pas à en parler. Alors il avait fait ce en quoi il excellait lorsqu'il s'agissait de gérer des problèmes émotionnels inconfortables dans sa vie personnelle.

Reculer. Procrastiner. Attendre le bon moment.

En espérant que, quel que soit le problème, il disparaîtrait comme par magie avant qu'il n'ait à l'affronter.

Là ce n'était pas le bon moment, évidemment, mais être de nouveau aussi près de Jenni le rappelait à l'ordre et rendait soudain une chose très claire : il se comportait en scélérat en donnant l'impression qu'il se souciait comme d'une guigne de cette affaire.

Certes, il s'était excusé de la réaction qu'il avait eue quand elle lui avait dit croire qu'il était le père de son enfant, mais ce n'était pas suffisant. Il lui devait plus que ça. Et il devait à son meilleur ami de mieux traiter sa sœur.

L'espace d'une seconde, Dan se demanda ce qui pouvait passer dans la tête de Jenni tandis qu'elle le voyait entrer dans la chambre de la patiente, mais elle ne parut nullement déconcertée. Au contraire.

Elle lui souriait.

— Bonjour, Dan.

Elle se tourna vers la femme allongée dans le lit.

— Ashleigh ? Voici Dan Walker, l'anesthésiste dont Jock vous a parlé.

Elle paraissait complètement à l'aise dans son uniforme vert clair, avec un stéthoscope et un badge officiel autour du cou. Elle tendit le bras pour accrocher le tensiomètre au mur et cela plaqua le devant de sa tunique sur son corps. La rondeur de son ventre se voyait beaucoup plus que trois semaines plus tôt et… oui… elle avait cet éclat que les femmes enceintes affichaient souvent durant leur deuxième trimestre.

En fait, elle avait déjà cet éclat la première fois qu'il l'avait rencontrée. Cela avait contribué à la rendre si diablement attirante...

— Dan ? Voici Ashleigh Perrin et son compagnon Craig.

— Bonjour.

Dan s'approcha du moniteur à côté du lit. Il était branché sur le ventre d'Ashleigh, et il put entendre le battement rapide et régulier du cœur du bébé. Il croisa brièvement le regard de Jenni.

— Jock est encore dans le coin ?

— Il est allé chercher les résultats de l'analyse de sang et de l'échographie. Il devrait revenir d'une minute à l'autre.

Dan fit un bref signe de tête, portant son attention sur Ashleigh.

— Comment vous sentez-vous, Ashleigh ?

— Bien, répondit-elle. Un peu mal à la tête, peut-être, mais je ne m'attendais pas à me retrouver ici. Je pensais que j'allais juste avoir mon dernier examen avant de rentrer à la maison et d'attendre que le travail se déclenche.

— La tension est descendue avec la première dose de nifédipine, dit Jenni. Elle est de 16/9.

C'était encore assez élevé pour être préoccupant.

— Elle était de combien au départ ?

— 19/10.

La voix de Jenny était calme, mais Dan savait qu'elle avait dû être alarmée.

— Des troubles visuels ? demanda-t-il à Ashleigh.

— Non.

— Des douleurs abdominales ou dorsales ?

— Non.

— Des nausées ?

— Non. Honnêtement, à part ce mal de tête, je me sens bien. Je vous fais probablement perdre votre temps. Je ne vais pas avoir besoin d'une anesthésie, n'est-ce pas, Jenni ?

— Il faut y être préparée. Vous êtes à un stade de votre grossesse où vous pouvez accoucher sans risque et, si cela doit être plus sûr pour votre bébé et vous, la meilleure option sera de provoquer l'accouchement. C'est Dan qui vous fera une péridurale.

— Mais si je ne veux pas ? Nous prévoyions d'avoir une naissance naturelle. Dans l'eau. Avec des lumières tamisées. Nous avons apporté de la musique et des huiles essentielles à brûler.

Ce fut Jenni qui capta le regard de Dan, cette fois. Devait-elle en dire plus, ou voulait-il intervenir ?

Il aurait pu dire beaucoup de choses, mais effrayer quelqu'un quand on voulait faire baisser sa tension n'était pas la chose à faire. D'un autre côté, si c'était un cas de prééclampsie sévère, qui pouvait compromettre la sécurité de la mère et du bébé, un accouchement urgent était la seule solution — et cela pouvait être une césarienne.

Dan eut l'impression que Jenni était consciente des complications qui pouvaient surgir du fait d'une coagulation anormale causée par la prééclampsie. Une anesthésie générale était plus risquée qu'une péridurale, mais le temps pour placer un cathéter pouvait être limité avant que le nombre des plaquettes baisse et qu'il y ait un risque d'hémorragie.

Il soutint le regard de Jenni une seconde de plus tandis qu'il hésitait. Il savait qu'il était plus que compétent dans son métier, mais sa capacité bien rodée à garder une saine distance avec les autres — y compris ses patients — le gênait pour sentir les limites émotionnelles et les zones de danger. En revanche, ce qu'il sentait parfaitement, c'était le poids qui pesait sur sa poitrine. Et qui n'était pas professionnel. Il savait qu'il pouvait l'empêcher de l'affecter, mais la connexion avec Jenni McKay, avec toutes ses implications émotionnelles, était là et bien là. Attendant dans les coulisses…

Heureusement, Jock entra dans la pièce et cet échange perturbant de regards fut rompu. Jock le salua d'un signe de tête et s'assit au bout du lit, notes en mains, pour parler aux futurs parents.

Jock possédait un charme naturel qui facilitait les relations, et Dan comprit pourquoi Ashleigh et Craig se détendaient visiblement en sa présence. Il n'avait aucun mal non plus à se montrer empathique, tout en disant ce qu'il avait à dire. Il était très bon avec les gens, professionnellement comme personnellement. En fait, il était le meilleur ami que Dan avait jamais eu, et Jenni lui ressemblait tellement qu'il ne s'étonnait pas d'avoir instantanément accroché avec elle. Il avait eu l'impression de la connaître depuis toujours.

Jock commenta les résultats de la prise de sang et de l'échographie, en mentionnant ce qu'il fallait surveiller. Il expliqua que la croissance du bébé avait ralenti, et que cela pouvait être dû à une circulation sanguine un peu trop faible entre le placenta et l'utérus.

— C'est dangereux ? demanda Ashleigh.

— Il n'y a pas de danger pour le moment, mais cela pourrait signifier qu'il vaudrait mieux que le bébé naisse plus tôt que plus tard. Ce sera certainement le cas si nous ne pouvons pas contrôler votre tension. Je reviendrai vous voir un peu plus tard, mais en attendant Jenni s'occupera bien de vous.

Ashleigh lui sourit.

— C'est vraiment mignon que Jenni et vous soyez jumeaux.

Jock eut un large sourire.

— Les cheveux roux nous trahissent, n'est-ce pas ? Ou est-ce notre accent ?

Craig rit.

— Jenni nous l'a dit.

Jenni tapota son ventre.

— Nous parlions de bébés.

— Elle nous a dit qu'elle attendait des jumeaux, dit Ashleigh. Et combien elle en est heureuse, parce qu'elle sait que c'est génial d'être un jumeau.

Dan eut l'étrange sensation que son sang se retirait de son cerveau. Jenni attendait des jumeaux ? Il avait l'impression que l'on avait arraché un tapis de sous ses pieds. Et sa conviction qu'elle était trop avancée dans sa grossesse pour qu'il puisse être le père tombait à l'eau.

Instinctivement, il la regarda. Pour voir si c'était vrai. Pour essayer d'y voir clair dans ses pensées embrouillées.

Son regard était si calme, si posé.

« Oui, lui disait-il. Ce sont des jumeaux. » Et oui, elle lui avait dit la vérité en affirmant qu'il allait être père.

Elle avait simplement omis de lui dire qu'il y avait plus d'un bébé. Qu'elle portait une petite famille parfaite.

Si seulement...

En cet instant, il réalisa combien il aurait aimé que ce soit vrai.

Mais cela ne se pouvait pas.

C'était peut-être une idée démodée, mais une famille parfaite était composée de deux parents. Deux personnes qui s'aimaient. Et l'une de ces personnes ne serait jamais Daniel Walker. Il était tout simplement incapable d'aimer de nouveau quelqu'un, alors ce n'était pas la peine d'y penser.

Oups...

Il n'était pas venu à l'idée de Jenni qu'une conversation amicale avec Ashleigh pourrait conduire à une autre bombe pour Dan. Mais s'il était si convaincu qu'elle mentait et qu'il n'était pas le père, pourquoi le fait que ce soient des jumeaux ferait-il une si grande différence ?

Pourtant, elle avait vu le choc dans ses yeux.

Du désarroi, même, et cela lui avait étrangement contracté la poitrine. C'était plus fort que le frisson de sympathie qu'elle avait ressenti en reconnaissant qu'elle avait mis son monde sens dessus dessous.

Et voilà que cette extraordinaire connexion qu'elle avait eue avec cet homme — une connexion qui avait culminé en une étreinte amoureuse incroyable, lui donnant l'impression que son âme était touchée, et pas seulement son corps — repointait le bout de son nez.

Une relation fantasmatique qui ne pourrait jamais être réelle parce qu'elle était trop intense, trop bonne pour être vraie.

Mais là, ce désarroi... Croyait-il toujours qu'elle n'était pas complètement honnête avec lui ? Que la vérité était impossible ?

Il devait y avoir une raison pour laquelle il ne pouvait pas, ou ne voulait pas, se laisser persuader qu'il pouvait se tromper.

Elle voulait la découvrir.

Parce que ce sentiment de connexion subsistait et qu'une seule chose expliquait pourquoi elle était si curieuse de ce qui se passait dans la tête de Dan : qu'il soit ou non le père des bébés, il ne lui était pas indifférent.

Au bout de quelques heures, la tension d'Ashleigh remonta de nouveau. Et elle commença à montrer des symptômes assez inquiétants pour que Jenni appelle Jock.

Après ça, les choses s'accélérèrent et les futurs parents n'eurent plus qu'un seul souhait : que leur bébé naisse aussi vite et aussi sûrement que possible. Ils acceptèrent un déclenchement et consentirent à une césarienne si nécessaire. Dan fut rappelé et conseilla une péridurale.

Ashleigh pleurait et gémissait derrière le masque à oxygène.

— J'ai peur...

— Nous veillons sur vous, dit Jenni.

Ce fut plus facile pour Jenni de s'approcher de Dan maintenant qu'il portait une blouse, un masque et des gants quand elle aida Ashleigh à se mettre en position. Ils étaient à présent sur un plan purement professionnel.

Mais lorsqu'il s'apprêta à faire la piqûre, tâtant le dos de la future mère, les choses redevinrent éminemment personnelles : Jenni savait ce que c'était d'avoir les doigts de Dan sur son corps, et une flèche de désir la traversa. Et ne fit que devenir plus intense.

Elle savait aussi que la libido d'une femme enceinte s'accroissait au deuxième trimestre, avec les hormones et le flux plus important de sang qui irriguait l'utérus. Ses seins devenaient plus gros et elle se sentait plus sexy. Mais le vivre par elle-même était une autre affaire, ainsi que de ressentir un tel désir pour un homme avec qui il avait été une grosse erreur de faire l'amour.

Même si cela avait été le meilleur sexe qu'elle avait jamais eu...

Au prix d'un énorme effort, Jenni se concentra sur la procédure et non sur l'homme qui l'effectuait avec une telle habileté et une telle efficacité. Quand ce fut fini, elle mit un pansement stérile sur l'endroit de la piqûre et aida Ashleigh à se recoucher. Il lui était beaucoup plus facile maintenant d'écarter l'intrusion malvenue de quelque chose d'aussi personnel.

Ce désir. De sexe, mais pas seulement. De sexe avec Daniel Walker.

Cela aurait dû être la dernière chose qu'elle souhaitait, vu qu'elle avait été tellement en colère contre lui, et déçue, seulement quelques jours plus tôt. Mais c'était comme ça. Elle ne pouvait nier qu'elle désirait Dan. Autant — non, probablement plus — que la première fois.

Il était certainement à mille lieues de souhaiter la même chose, et c'était aussi bien comme ça.

Jenni dut tendre le bras par-delà le chariot qui portait les seringues. Dan avait retiré sa blouse, il avait les bras nus et Jenni put sentir la chaleur de sa peau alors qu'elle le frôlait presque. Surprise, elle jeta un coup d'œil de côté et se rendit compte qu'il avait levé les yeux.

Leurs regards se croisèrent une seconde. Mais ce fut assez pour que Jenni perçoive un écho de la sensation inacceptable qu'elle éprouvait.

Assez pour qu'elle voie le reflet de ce qu'elle ressentait dans les yeux de Dan.

Oh ! Seigneur... Cette connexion était toujours là, n'est-ce pas ?

Et, à un niveau viscéral, elle n'était pas affectée par le reste de ce qui pouvait se passer entre eux.

Parce qu'il ne s'agissait que de sexe...

5

Le cri primal que poussa Ashleigh contenait assez de douleur pour indiquer qu'il fallait renforcer l'anesthésie.

Étrangement, il résonna aussi comme un écho de ce que Dan éprouvait en étant obligé de revenir dans la pièce. Quelques heures de répit n'avaient pas atténué le choc d'apprendre que Jenni attendait des jumeaux.

Ce n'était pas tant le fait qu'elle porte deux bébés qui lui posait un problème. C'était qu'il s'était convaincu qu'elle lui mentait en la voyant aussi grosse, et que cette conviction ne tenait plus.

Pour être honnête, il avait honte de lui-même. Une partie de l'intense connexion qu'il avait ressentie avec Jenni venait du fait qu'il se sentait en sécurité avec elle. Qu'il savait d'instinct qu'il pouvait se fier à elle autant qu'il se fiait à son frère.

Et, pour finir, il ne lui avait pas fait confiance.

Alors ceci était délicat, d'autant plus qu'il évitait la conversation qu'il devait avoir avec Jenni. Le moment idéal pour avoir cette conversation ne se présentait jamais, alors il devrait mettre à profit la première occasion où ils se retrouveraient en tête à tête.

Ce qui n'arriverait pas de sitôt. Ils avaient tous les deux tant à faire.

Alors qu'Ashleigh était bien engagée dans le deuxième stade de son travail, Dan pouvait pour la première fois observer Jenni dans l'exercice de ses fonctions. Elle était si intensément impliquée dans ce qu'elle faisait qu'elle ne s'en rendait pas compte.

— Respirez à fond, Ashleigh. Essayez de sentir votre ventre qui se gonfle. Je vais placer un autre oreiller entre vos jambes, d'accord ?

Ashleigh ne répondit pas. L'oreiller en place, Jenni lui massa le bas du dos, et Dan la vit inspirer profondément.

— Vous avez une autre contraction qui commence. Soufflez lentement et poussez aussi fort que vous pouvez. Super. Continuez, Ashleigh. Poussez, poussez, poussez...

L'accent de Jenni — l'accent de Glasgow — était très familier à Dan, le même que celui de Jock. Cela lui donnait l'impression d'être en bonne compagnie. Et en sûreté... Mais il y avait plus quand on écoutait Jenni. Quelque chose de si encourageant, de si attentionné dans son ton. Et regarder son visage pendant qu'elle accompagnait Ashleigh dans ses efforts était tout aussi captivant.

Quand Jock et Jenni échangèrent un regard et un signe de tête, Dan sut que l'arrivée du bébé était imminente.

— Je veux que vous haletiez, maintenant. Comme si vous souffliez les bougies d'un très gros gâteau d'anniversaire. Oui, c'est parfait. Votre bébé est presque là.

Dan ne pouvait détacher les yeux de Jenni, pendant que les autres regardaient le bébé apparaître et glisser dans le monde. Elle était... magnifique. Non seulement belle, avec ses cheveux flamboyants, sa peau claire et les yeux bleus les plus brillants qu'il avait jamais vus, mais elle avait aussi cet éclat qui venait de l'intérieur. Quelque chose de farouche et de doux à la fois. D'assuré et de vulnérable.

Elle était fascinante. Et tellement attirante que c'en était dangereux.

Le cri du bébé mit fin à cette contemplation, mais Dan eut le temps de voir l'immense sourire de Jenni et les larmes qui faisaient briller ses yeux. Elle avait une serviette à la main pour prendre le bébé gluant à Jock.

— Il est superbe, dit-elle en souriant au bébé. Un si beau petit gars...

Elle leva les yeux pour le poser sur la poitrine de sa mère, et son regard croisa celui de Dan. Elle souriait toujours, le genre de sourire causé par la joie de voir arriver une nouvelle vie et par la magie d'assister à la création d'une nouvelle famille. Dan avait vu ça maintes fois, bien sûr, mais il s'était toujours arrangé pour rester détaché. Cela ne lui avait jamais fait cet effet. En réalité, il n'aurait jamais cru qu'il éprouverait de nouveau ce genre de chose : cette aspiration profonde à avoir ce lien familial. À être père.

Il pouvait imaginer Jenni tenant ainsi l'un de ses propres bébés. Un bébé dont elle disait qu'il était le père.

Il pouvait imaginer être ce père. Éprouver le soulagement de la naissance réussie de son fils, l'étonnement devant ce miracle de la vie et... l'espoir d'un avenir qu'il avait seulement rêvé d'avoir.

Si seulement ce que Jenni croyait être la vérité était réellement vrai.

Dan dut bannir cette pensée. Il ne pouvait se la permettre. Il n'allait pas se laisser entraîner à espérer qu'il y ait une possibilité que ce soit vrai.

Jock s'occupait de la troisième phase du travail, l'expulsion du placenta. Il ne se douta pas qu'il tendait une planche de salut à Dan lorsqu'il lui remit une seringue.

— Nous allons vous donner de l'ocytocine, dit-il à Ashleigh. Cela aidera à expulser le placenta, et les choses se calmeront pour vous après ça.

Dan souffla longuement en injectant lentement le médicament. Il pouvait seulement espérer que les choses commencent à se calmer pour lui aussi.

Jenni n'était pas pressée de rentrer chez elle, même si son service était terminé depuis un moment.

Elle appela Jock, qui était parti chez lui une heure plus tôt, et lui fit un rapport sur Ashleigh et son bébé. Il en fut très satisfait.

— Tu devrais rentrer te reposer, Jen. La journée a été longue.

— J'y vais.

— Nous serions heureux que tu viennes dîner. Grace serait enchantée de te voir. Elle brûle de savoir comment s'est passée ta visite avec Maria, ce matin.

— J'ai une journée de congé demain. Dis-lui que j'apporterai le déjeuner et lui donnerai tous les détails. Mais là, tout ce que je veux, c'est rentrer, prendre une longue douche et m'affaler sur le canapé.

Jock rit.

— D'accord. À plus tard.

Jenni quitta la maternité et se dirigea vers le couloir qui conduisait aux ascenseurs et à l'escalier, ainsi qu'au vestiaire. Elle était à l'entrée de ce couloir quand elle entendit son nom. Elle tourna la tête, surprise.

— Dan… Tu n'as pas été appelé pour Ashleigh, n'est-ce pas ?

Elle s'inquiéta d'une complication de la péridurale.

— Non.

— Tu dois t'occuper de quelqu'un d'autre ?

— Non. En fait, je… j'espérais te trouver.

— Oh…

Jenni sentit que son cœur manquait un battement. Dan avait-il vu quelque chose dans son expression, plus tôt ? Avait-il deviné ses pensées inappropriées au sujet de son corps ? Elle dut détourner les yeux pour s'assurer qu'il ne voie pas de trace de sa culpabilité. Ou pour empêcher ces pensées de revenir en force.

Mais Dan avait l'air de s'excuser plutôt que de l'accuser.

— Je ne cesse d'attendre le bon moment pour te parler, dit-il. Mais j'ai réalisé aujourd'hui qu'il ne va pas arriver par magie et que je devais le provoquer.

Son visage s'adoucit, et il sourit presque.

— Alors me voilà. À moins que tu n'aies besoin d'être quelque part ?

Oui… Jenni avait besoin de se retrouver sous une douche brûlante pour laver la fatigue de la journée. Ou allongée sur son canapé, les pieds en l'air parce qu'elle avait les chevilles enflées. Mais la requête était importante. Et si elle essayait de s'éloigner de Dan, elle suspectait que son corps refuserait de le faire.

L'attraction était étonnamment puissante. Magnétique…

— J'en ai fini pour la journée, dit-elle en le regardant. Je suis totalement disponible.

Oh ! au secours... Pourquoi avait-elle dit quelque chose d'aussi ambigu ? Elle rompit le contact visuel et porta les yeux vers les canapés et fauteuils groupés près des fenêtres. Il n'y avait personne et elle rêvait de reposer ses pieds, mais voulait-elle s'asseoir à côté de Dan ? Si sa libido perturbée par les hormones échappait encore plus à son contrôle et qu'il lisait dans ses pensées ? S'il devinait les images qui l'obsédaient ?

Le genre d'images qu'elle avait délibérément gardées dans sa mémoire depuis cette nuit-là...

Sans regarder Dan, elle pouvait sentir son regard. Il fallait qu'elle s'échappe, conclut-elle. Mais elle venait de lui dire qu'elle était totalement disponible, et avec cet instant d'hésitation il était trop tard pour changer d'avis.

— J'aurais voulu que tu me dises que ce sont des jumeaux, reprit posément Dan.

Les portes d'un ascenseur s'ouvrirent derrière lui et un employé des cuisines en sortit, poussant un chariot. Jenni s'engagea un peu plus dans le couloir pour préserver l'intimité que cette conversation réclamait, et Dan l'imita. Sur leur droite, une porte donnait sur une petite pièce vide. Jenni y entra et se tourna vers Dan, mordant sa lèvre inférieure.

— J'ai pensé que t'annoncer qu'un bébé était en route serait un choc suffisant, pour commencer.

Dan s'éclaircit la gorge.

— Je trouvais que ton ventre était un peu plus gros que la normale. Mais je me suis dit que tu avais peut-être pris du poids, ou que...

— Que j'étais plus loin dans ma grossesse que ce que j'avais dit ?

Jenni haussa un sourcil.

— Bien sûr. De toute façon, tu pensais que je mentais, n'est-ce pas ?

Dan semblait totalement à court de mots. Il avait l'air fautif. Confus, même.

— Tu penses toujours que je mens, hein ?

— Non, répondit-il en secouant vivement la tête. Je ne le pense pas.

Il voulait dire qu'il savait qu'elle ne mentait pas *en général*, mais Jenni s'y trompa. Il croyait que ce qu'elle lui avait dit était vrai et c'était tout ce qui importait, non ?

Mais elle pouvait entendre une trace de doute dans sa voix. Comme s'il était encore trop difficile de croire vraiment qu'il avait déjoué les probabilités et été capable d'engendrer un enfant. Pour sa part, elle serait plus qu'heureuse de faire un test de paternité prénatal. Il suffisait d'un échantillon de son sang à elle et d'un tampon imprégné de salive pour lui. La comparaison des ADN était exacte à près de cent pour cent.

Mais était-ce pousser Dan trop vite et trop loin ?

Ils auraient le temps de le faire plus tard. Avec de l'empathie pour Dan et l'énormité de ce qu'on lui demandait.

— Je sais que ça peut paraître incroyable, dit-elle, mais… il y a des gens qui déjouent les pronostics. Certains gagnent même à la loterie. Cela pourrait aider si tu te refaisais tester, Dan. Peut-être que les premiers résultats n'étaient pas exacts ?

Il ne croyait rien de tout ça, elle pouvait le voir dans ses yeux. Mais elle voyait aussi ce doute, cette confusion. Et peut-être même un peu d'espoir ?

Il en paraissait vulnérable.

Cela lui donnait envie de l'étreindre, de lui dire que tout irait bien. Qu'elle était heureuse d'avoir ces bébés et qu'elle était prête à les élever seule. Elle ne lui demanderait rien qu'il ne veuille pas faire.

Mais alors il la surprit. Il soutenait son regard et son ton fut aussi sérieux que son expression.

— On peut envisager un test de vérification, dit-il. Je vais me renseigner pour en arranger un.

Il semblait qu'un énorme pas avait été franchi. Jenni se rendit compte qu'elle ne pouvait pas détacher les yeux de Dan. Une onde de chaleur qui était un mélange de soulagement et de gratitude la frappa comme un petit tsunami. Elle voulait sourire, mais quelque chose l'en empêchait.

Une autre vague de sensation qui n'avait rien à voir avec ce dont ils venaient de parler. Rien à voir avec ce qui se passait dans leurs vies en dehors de cette pièce.

Ils avaient fait tous les deux un bond en arrière.

Jusqu'à ce premier baiser...

Son souvenir emplissait l'esprit de Jenni et attisa les flammes du désir qui brûlaient tout son corps. Le regard de Dan n'avait pas quitté le sien, et c'était comme si elle pouvait voir dans les profondeurs de ses yeux sombres se répéter bien plus que ce baiser.

Pas un mot ne fut prononcé.

Du pied, Dan poussa la porte qui se referma avec un déclic. Puis il tendit une main en se rapprochant de Jenni, et glissa ses doigts à l'arrière de sa tête tandis qu'il se courbait pour couvrir ses lèvres des siennes.

Elle émit un son comme elle n'en avait jamais entendu. Un son de pur besoin.

Elle leva ses deux bras pour les passer autour du cou de Dan et se mit sur la pointe des pieds pour presser son corps contre le sien.

Elle ne voulait pas que ceci s'arrête.

Elle voulait davantage. Et elle le voulait plus que ce qu'elle avait jamais voulu dans toute sa vie...

Ceci n'était vraiment pas une bonne idée.

Mais le corps de Daniel Walker n'avait aucun mal à étouffer la petite voix qui l'avertissait à l'arrière de sa tête.

Il faisait l'amour à une femme qui portait une vie nouvelle.

La femme parfaite.

La vie parfaite.

Le sexe parfait...

C'était extrêmement sensuel. Silencieux, parce qu'ils n'avaient rien besoin de dire à haute voix. Ils communiquaient bien plus efficacement avec leurs corps.

Il n'avait pas oublié le goût de la bouche de Jenni, la chaleur intense de sa langue, les spirales de feu que ses doigts faisaient naître sur sa peau. En revanche, il avait oublié les petits bruits qu'elle émettait quand il la touchait, et qui lui donnaient l'impression de lui offrir le monde. Comme si elle le voulait plus qu'elle ne pourrait jamais vouloir quelque chose.

Aussi intensément qu'il la voulait en cet instant.

La banquette qui se trouvait dans la pièce était loin d'être idéale, mais cela n'avait pas d'importance. Leurs larges uniformes s'enlevaient facilement et, Seigneur... la rondeur du ventre de Jenni était la chose la plus sexy que Dan avait jamais vue. Ou touchée... Mais elle donnait aussi naissance à un instinct protecteur nouveau pour lui, et qui n'avait jamais fait partie jusqu'à présent de l'intimité physique telle qu'il la concevait.

Jenni sentait-elle cette attraction, tandis qu'il s'efforçait de contrôler la survenue d'un orgasme auquel ni l'un ni l'autre ne pouvait résister ? Elle prit l'initiative de changer de position, afin de ne plus avoir de poids sur son ventre. Elle se plaça sur Dan qui put tenir ses hanches à deux mains et regarder son visage tandis qu'elle sombrait dans le plaisir.

Et ce fut aussi parfait que tout le reste.

Dan n'aurait su dire combien de temps il lui fallut pour revenir sur terre. Pour que son cœur cesse de tambouriner et que sa respiration revienne à la normale. À peu près autant de temps que Jenni, apparemment, car il pouvait sentir battre son cœur alors qu'il était allongé derrière elle, son corps moulé contre le sien, un bras passé sur elle. Ce fut à ce moment-là, seulement, qu'il réalisa qu'il tenait sa main.

Ou qu'elle tenait la sienne ?

Peu importait qui avait commencé. Ce qui comptait, c'était que Dan avait enfreint une de ses règles d'or : n'avoir de relations sexuelles que lorsqu'il ne risquait pas de revoir sa partenaire.

Vivre au même endroit était un drapeau rouge suffisant. Travailler ensemble était totalement inacceptable.

Pourtant il se sentait en sécurité.

Était-ce parce que Jenni n'était là que pour un temps limité ? Qu'elle était en vacances, même si elle travaillait ?

Elle retournerait bientôt en Écosse.

Alors... oui... ceci semblait sûr, malgré tout.

Ce fut Jenni qui rompit le silence. Par un simple mot.

— Merci, chuchota-t-elle.

Dan sourit. Il resserra ses doigts autour des siens.

— Tu ne peux pas savoir combien c'était bon, ajouta-t-elle.

Le sourire de Dan s'élargit.

— Oh ! je crois que si.

Elle lâcha sa main et se tourna vers lui. Elle secoua la tête.

— Non... Tu n'es tourmenté par les hormones de la grossesse. Ce que ça peut produire sur la libido d'une femme est étonnant.

Dan cligna des paupières. Il ne s'était donc agi que de sexe, sans rien à voir avec lui ?

Cela l'ennuierait-il, si c'était le cas ?

Oui...

Non...

De qui se moquait-il ? Aucun homme sur terre ne refuserait du sexe pareil parce que sa partenaire ne s'intéressait qu'à son corps.

En fait, ça ne faisait que rendre la chose plus parfaite.

Et encore plus sûre...

Il s'éclaircit la gorge.

— Je ne savais pas, dit-il.

— Ce n'est pas la même chose pour tout le monde. Je pense que je dois avoir une bonne dose.

Il sentit son soupir passer sur sa peau.

— C'est un problème ? demanda-t-il.

— Ça passera, répondit Jenni avec un sourire malicieux. Et je devrais peut-être en profiter au maximum pendant que ça dure.

Dan fut sincèrement choqué, jusqu'à ce qu'il voie briller dans ses yeux une lueur qui était une invitation. À une fête des sens à laquelle lui seul était convié.

Il avait juste prévu de parler à Jenni. D'essayer de suggérer qu'une erreur avait été commise.

Qu'est-ce qui avait fait changer les choses d'une façon aussi radicale ? Le seul fait qu'ils aient été seuls et assez près pour que cette attirance physique toute-puissante explose ?

Non. Bien sûr que non.

Il savait parfaitement ce qui s'était passé. Il pouvait entendre l'écho de leur conversation, un moment plus tôt.

« Tu penses toujours que je mens ?

— Non... Je ne le pense pas. »

Aurait-il dû en dire plus ? Dire que, pour lui, elle *croyait* qu'elle ne mentait pas ?

Jenni en avait conclu qu'il croyait qu'il était le père de ses bébés, mais forcément il n'en était rien. Comment pourrait-il le croire ?

Elle ne le croirait pas non plus s'il faisait ce test et qu'elle voyait les résultats noir sur blanc. Entre-temps, quel mal y avait-il à être proches ? Aussi proches ?

Ils bâtiraient peut-être une amitié, ce qui pourrait signifier que, dans un proche avenir, ils seraient capables de se séparer sans animosité ?

Son monologue intérieur n'avait pas duré longtemps. Jenni lui lançait toujours ce regard malicieux. Sa suggestion grivoise de profiter au maximum de sa libido planait encore dans l'air entre eux. Et Dan souriait de nouveau.

— Fais-moi savoir si je peux t'y aider, murmura-t-il.

Le rire doux de Jenni fut aussi captivant que tout le reste chez cette femme.

— Mmm...

Ce bruit suggérait que l'invitation pourrait être très tentante.

— Je garderai cela à l'esprit..., dit-elle.

6

— J'ai franchi le point de non-retour.

— Je suppose que tu l'as franchi dès l'instant où tu as couché avec Dan Walker.

Jenni évita le regard de Grace. Son amie n'avait pas deviné que quelque chose se passait de nouveau entre Dan et elle, si ?

Mais Grace souriait.

— Et à plus forte raison quand tu as découvert que tu étais enceinte, non ?

— C'est vrai.

Jenni poussa un soupir soulagé et ouvrit la porte de la voiture, côté passager.

— J'aurais dû dire que j'ai franchi la moitié du point de non-retour.

— Je l'espère ! dit Grace en riant. Tu es presque à vingt-trois semaines. Si tu mettais le double, ce serait une drôle de gestation !

— En attendant, je suis en retard pour l'échographie des vingt semaines, mais apparemment ce n'est pas mal pour une grossesse multiple. Ça permet de voir plus de choses.

Jenni se mordit la lèvre.

— Ça ne t'ennuie pas de venir avec moi, n'est-ce pas ?

Grace tendit ses béquilles à Jenni pour qu'elle les mette dans le coffre.

— Tu plaisantes ? C'est un plaisir de sortir de la maison, et je suis impatiente de voir les nouveaux membres de la famille. Je sais aussi que c'est toujours un peu angoissant, ajouta-t-elle avec un sourire plein de sympathie.

— Je veux juste qu'ils soient en bonne santé. S'ils ont des problèmes congénitaux au cœur ? C'est ce qu'on rencontre le plus souvent.

Jenni regarda son amie monter dans la voiture en soulevant son pied blessé. Elle la vit tressaillir.

— Ta cheville te fait mal, n'est-ce pas ?

— Un peu. J'en ai peut-être trop fait hier. Je m'ennuyais, alors j'ai trié les cartons de la cuisine, puis je suis descendue à la jetée.

— Les marches, ce n'était pas très raisonnable, dit Jenni en secouant la tête.

Elle observa ce qui était visible du pied de son amie.

— Oui, tes orteils paraissent enflés. Je pense qu'il faudra te faire examiner quand nous serons à l'hôpital.

— Je verrai ce qu'en dit Jock. Il vient aussi à l'échographie, non ?

— D'après le service de radiographie, je n'ai droit qu'à un accompagnant.

— Tu fais partie du personnel. Tu peux avoir qui tu veux. C'est peut-être Mandy qui s'occupera de toi. Tu l'as rencontrée, tu te souviens ? Le soir avant ton départ.

— Oui, bien sûr. Elle dansait avec ce médecin italien qui était censé être mon cavalier.

Et Daniel Walker avait été invité pour tenir compagnie à Grace. Le destin avait bien dû s'amuser ce soir-là.

Quand Grace reprit la parole, elle parut légèrement hésitante.

— As-tu demandé à Dan s'il voulait venir à l'échographie ?

— Non… Je ne lui ai même pas demandé s'il a prévu un autre test de sperme. Je ne peux pas le bousculer, Grace. Il a besoin de temps pour se faire à l'idée d'être père.

— Je suppose que voir ses bébés sur l'écran pourrait être le déclic dont il a besoin. Tu es trop gentille avec lui.

Grace prit un ton perplexe.

— Tu as complètement changé d'avis sur lui, non ? Tu l'aimes bien de nouveau…

Jenni garda les yeux rivés sur la route. Elle savait que ce n'étaient pas les mots que Grace aurait employés si elle avait su ce qui s'était passé dans cette salle de garde quelques jours plus tôt, mais elle avait simplement raconté qu'elle avait parlé à Dan. Qu'il lui avait dit qu'il croyait maintenant qu'elle ne lui avait pas menti, et qu'il était d'accord pour faire un autre test de fertilité.

Elle préférait garder le reste de cette rencontre secret parce que les choses étaient déjà assez compliquées comme ça, mais la vérité, c'était peut-être qu'elle était aspirée de nouveau dans un monde de fantasmes.

Différent du premier. Il ne s'agissait plus de sexe avec un superbe étranger qu'elle ne reverrait jamais. Il s'agissait d'une famille de conte de fées, avec une mère, un père et des enfants qui étaient la prunelle de leurs yeux. Une famille qui mènerait une longue vie heureuse. Elle pouvait presque imaginer les larmes de joie de Dan lorsqu'ils ouvriraient l'enveloppe contenant les résultats du test ADN, avec la vérité écrite noir sur blanc.

Cela ne se passerait pas comme ça, bien sûr. Jenni le savait. C'était la vie réelle, avec toutes les complications qu'elle comportait. Même si Dan acceptait l'idée qu'il était le père de ses enfants et décidait qu'il voulait jouer un rôle dans leur vie, cela ne conduirait pas à une relation durable.

Elle avait peut-être changé d'avis pour les enfants, mais son aversion pour le mariage restait intacte, à cause de ce que leur mère avait fait vivre à Jock et à elle. Et cela même si l'idée d'avoir Dan dans sa vie, ne fût-ce que temporairement, était… irrésistible.

Cette expérience sexuelle avait été la meilleure qu'elle avait jamais eue et, en se rappelant la première fois où ils avaient fait l'amour, ce n'était pas peu dire…

Cela faisait trop longtemps que Dan n'avait pas eu un après-midi de libre. Si longtemps que sa dernière partie de pêche avec Jock n'était qu'un lointain souvenir.

Il regarda la pendule dans le vestiaire où il se changeait et se demanda à quelle heure Jock finirait de travailler ce jour-là. N'avait-il pas dit qu'il fallait changer quelques planches pourries de la jetée de sa nouvelle maison, avant qu'il amène son bateau ? Dan pourrait l'aider. Ce serait un bon moyen de vérifier que leur amitié n'avait pas été irrémédiablement entamée par ce qui se passait entre Jenni et lui. Mais il valait mieux que son ami ignore ce qui était arrivé récemment.

Oh ! sapristi... Le sexe...

Le rêve de tout homme. Une rencontre sexuelle intense, brûlante. Avec une femme qui quitterait le pays d'ici quelques semaines, ce qui rendait presque possible d'ignorer les liens qui en découlaient.

Pour le moment, en tout cas.

Sauf qu'il y pensait encore et qu'il n'ignorait pas ces liens. Parce qu'ils ajoutaient une toute nouvelle dimension à l'expérience. Les éléments physiques, comme le ventre rond et les seins délicieusement pleins de Jenni, étaient superbes mais superficiels. Ce qui restait davantage dans l'esprit de Dan, c'était que Jenni avait quelque chose de différent. Une nouvelle assurance, peut-être ? Une profonde satisfaction ? Quoi qu'il en soit, elle était en charge de sa vie et c'était terriblement sexy.

Elle avait été en charge du sexe, aussi, choisissant les positions les plus confortables pour elle, et certaines avaient été d'une sensualité...

Dan claqua la porte de son casier. Espérait-il que le bruit le distrairait avant qu'il ait besoin de prendre une douche froide ? Ce serait une bonne idée d'éviter la compagnie de Jock dans l'immédiat, conclut-il.

Il aurait dû savoir qu'il tentait le sort.

Il put presque entendre un rire quand il pénétra dans le vestibule de l'hôpital pour atteindre la porte d'entrée et trouva Jock, Jenni et Grace devant le couloir qui menait au service de radiographie. Il se demanda s'il pourrait feindre de ne pas les avoir vus et sortir, mais Jenni tourna la tête à cet instant — comme si elle pouvait sentir sa présence même s'il était trop loin pour les saluer.

Et son visage s'illumina comme si elle était ravie de le voir.

Jock s'en aperçut et tourna la tête à son tour, remarquant Dan, si bien qu'il n'y avait plus aucune chance d'esquiver la rencontre. Il fallait qu'il fasse appel à sa capacité de cacher toute réaction émotionnelle inappropriée à ce qui l'entourait. Oui, c'était la façon de s'y prendre. Il allait se comporter comme s'ils étaient la famille d'une patiente.

Grace ne semblait pas heureuse du tout. Elle était pâle, l'air fatigué, et s'appuyait lourdement sur ses béquilles. En s'approchant, il l'entendit bougonner.

— Je n'ai pas besoin de fauteuil roulant, Jock.

— Tu ne devrais pas être debout. Pas jusqu'à ce que nous sachions ce qui se passe. Tu as besoin d'une radio. Salut, Dan… Qu'est-ce que tu en penses, toi ?

Jock fronçait les sourcils.

— De quoi ?

— Les orteils de Grace.

Dan baissa les yeux, mais ce fut un effort quand tout ce qu'il voulait était croiser le regard de Jenni. Il voulait savoir si elle était vraiment si contente de le voir, ou si c'était son imagination. Et si ce n'était pas ça, il voulait savoir s'il y avait une chance qu'elle veuille le voir seul. Et quand…

Heureusement qu'il devait regarder les orteils de Grace.

— On dirait des saucisses, dit-il.

Jock rit.

— C'est ton opinion professionnelle, vieux ?

Il jeta un regard noir à Grace.

— J'allais emmener Grace aux urgences et faire appeler quiconque est de garde en orthopédie.

— Je le ferai plus tard, dit Grace. Je veux aller à l'échographie de Jenni avec elle. Elle est déjà assez nerveuse comme ça.

Quelque chose sombra dans l'estomac de Dan.

— Quelque chose ne va pas ?

Elle secoua la tête.

— Pas du tout. Je suis juste ici pour l'échographie de la vingtième semaine. Avec du retard, ajouta-t-elle vivement, comme si elle savait que Dan allait en tirer des conclusions sur l'avancée de sa grossesse.

— Mais tu es nerveuse ?

Elle haussa les épaules avec un sourire un peu embarrassé.

— Dans certaines situations, l'ignorance est bénie. J'ai dans la tête une longue liste d'anomalies génétiques et de tares de naissance.

Elle se tourna vers Grace.

— Tu devrais absolument faire examiner ta cheville.

— Plus tard, après ton rendez-vous.

— Si c'est un caillot ? Tu ne vas pas t'effondrer avec une embolie pulmonaire au milieu de mon échographie, non merci.

Grace parut déchirée.

— Jock peut aller avec toi, alors. Je ne veux pas que tu y ailles seule.

Mais Jock semblait tout aussi partagé. Et légèrement plus pâle à la suggestion d'une telle complication.

— Je pourrais aller avec toi, moi.

Les mots sortirent de la bouche de Dan avant qu'il puisse les retenir, et ils tombèrent dans un silence montrant clairement qu'ils avaient tous conscience de ce que cela sous-entendait.

Qu'avait-il fait ?

Waouh...

L'espace d'une seconde, Jenni fut complètement choquée. Était-ce ce qu'elle attendait ? Que Dan se propose de reconnaître qu'il était le père de ces bébés ? Qu'il veuille s'investir dans leur bien-être et faire partie de leur vie ?

Pourquoi, sinon, voudrait-il les voir avant leur naissance ?

Jock et Grace paraissaient également stupéfaits.

Même Dan avait l'air de ne pas croire tout à fait à ce qu'il venait de dire.

Mais le moment passa presque aussi vite qu'il était arrivé, et Jock sourit comme si la solution parfaite avait été trouvée.

— C'est bien, vieux.

Puis il se retourna vers Grace.

— Je vais chercher un fauteuil roulant à la réception.

Le mouvement qui suivit aida à diluer ce qu'il y avait de sous-jacent. Jenni aida Grace à s'installer dans le fauteuil roulant, puis le petit groupe se sépara. Jock poussa Grace vers les urgences tandis que Jenni et Dan entraient dans le service de radiologie.

— Je suis Jenni McKay, dit Jenni à la réceptionniste. J'ai un rendez-vous pour une échographie.

— Ah, oui… Vous êtes avec Mandy. Vous êtes la sœur de Jock McKay, n'est-ce pas ?

— Oui.

La réceptionniste porta les yeux vers Dan. Le cœur de Jenni se contracta quand elle haussa les sourcils. Dan se doutait sûrement qu'il serait reconnu. Il devait aussi savoir à quelle vitesse une rumeur se répandait dans un hôpital. Jenni se sentit soudain protectrice. Dan faisait un pas énorme, là. Il ne méritait pas d'être l'objet de ragots.

— Jock devait venir avec moi, dit-elle, mais il est retenu. Dan a offert de le remplacer — comme ami.

— D'accord… C'est bon.

Le ton légèrement déçu de la réceptionniste indiqua à Jenni qu'elle avait réussi à détourner l'attention de Dan.

— Asseyez-vous, on vous appellera bientôt.

Dan jeta à Jenni un coup d'œil qui disait qu'il appréciait le respect de sa vie privée.

Autant qu'elle appréciait qu'il soit là avec elle ?

Deux parents sur le point d'apercevoir leurs enfants à naître ?

Cela ne faisait rien à Jenni de garder le secret. Ils connaissaient tous deux la vérité, c'était ce qui comptait.

L'échographiste, Mandy, accepta la même histoire. Elle hocha la tête.

— Je comprends. Tout le monde est nerveux pour cette échographie, alors c'est bien que vous ayez quelqu'un avec vous.

Elle sourit à Jenni.

— Ce doit être dur de faire ceci seule, si loin de chez vous. Je vous donnerai un tas de photos pour que vous puissiez les partager avec tout le monde.

— Merci beaucoup, ce sera génial.

Jenni s'allongea sur les coussins. Le grand écran situé sur l'appareil était tourné dans sa direction. Mandy était assise devant. Elle mit du gel sur le ventre de Jenni, puis prit le transducteur. Elle adressa un grand sourire à Dan.

— Ne restez pas dans un coin. Venez vous asseoir. Ça ne fait pas si peur que ça. Vous ferez peut-être ça pour de bon, un jour.

Dan ne dit rien, mais vint s'asseoir à côté de la tête de Jenni. C'était presque comme s'il le faisait « pour de bon ». S'il se laissait aller, il pourrait prétendre que c'était réel, mais il n'en était pas question.

Pendant un moment, ce fut facile. Et fascinant. Mandy maniait le transducteur de façon experte. Elle était très professionnelle et leur donnait autant d'informations qu'elle le pouvait.

— Vous n'avez pas la date exacte de vos dernières règles, si ? demanda-t-elle.

— Non. Elles ne sont pas régulières, et avec le jet-lag en plus...

— Le jet-lag, c'est horrible. Mais ça valait le coup pour un si beau voyage, non ?

— Un voyage mémorable, acquiesça Jenni.

— Et vous êtes déjà de retour. Vous ne pouvez plus vous passer de nous, hein ?

— En quelque sorte...

Jenni pinçait les lèvres en jetant un regard de côté à Dan. On aurait dit qu'elle se retenait de sourire — en suggérant que refaire l'amour avec lui était trop tentant pour y résister. Dan haussa un sourcil, essayant de transmettre un message silencieux.

Tu n'as qu'à demander, bébé... Je ne dirai pas non.

Pourquoi dirait-il non ? Dans le grand tableau de sa vie, ceci ne représentait que quelques pixels. Quelques semaines, et ce ne serait rien de plus qu'un souvenir très agréable.

La relation parfaite, en ce qui le concernait.

Le seul genre de relation possible, en fait.

Et il avait retrouvé son niveau normal de contrôle émotionnel.

Sur l'échographie, on ne vit aucune anomalie du cœur ou du cerveau des bébés. Ils avaient tous les deux deux reins et il n'y avait aucun problème du côté de leur moelle épinière. La position des placentas avait été confirmée, ainsi que le genre des jumeaux.

— Un de chaque, dit Mandy. C'est parfait.

Elle eut du mal à mesurer le fémur et l'humérus du jumeau B. Elle se concentra sur l'écran en déplaçant le transducteur, et le silence finit par devenir gênant.

Dan commençait à se demander s'il pourrait bientôt s'éclipser. Peut-être que Jock allait arriver — avec ou sans Grace — et le remplacer auprès de Jenni ? Il ne faisait pas vraiment attention aux formes indistinctes qui bougeaient et se transformaient sur l'écran, aussi ne s'attendait-il certainement pas à voir exploser devant lui une vraie mine émotionnelle. Mais là...

Une main minuscule s'agitait comme pour lui faire signe. Il pouvait voir les doigts miniatures assez nettement pour les compter. Il pouvait presque les sentir se refermer autour de son propre doigt, et la sensation qui lui transperça la poitrine lui coupa le souffle.

C'était la petite main d'une vraie personne, et soudain il eut un aperçu de ce que sa vie aurait pu être si elle ne s'était pas écroulée de façon aussi spectaculaire.

Il avait dû émettre un son. Ou peut-être que Jenni percevait ses émotions sans même le regarder, car elle tourna la tête et capta son regard. Juste une seconde avant d'être de nouveau attirée par cet écran, mais cela suffit pour nourrir le fantasme qu'ils regardaient tous les deux la main d'un de leurs bébés.

Franchissaient-ils la limite entre fantasme et réalité ? Jenni croyait qu'il s'agissait effectivement de la main de son bébé à lui. S'il le souhaitait, il pouvait mettre le pied dans cet espace et devenir le père qu'il avait toujours rêvé d'être. Il pouvait décider de ne pas se faire tester et, même si la possibilité était infinitésimale, se laisser croire qu'un miracle s'était bel et bien produit. Il pouvait dire à Jenni que les tests d'ADN n'étaient pas nécessaires. Il pouvait devenir une partie de sa vie et l'aider à élever les jumeaux — comme leur père. Peut-être même pouvaient-ils se marier et avoir une longue vie heureuse ?

Cependant ils vivraient tous un mensonge, ce qui serait inacceptable.

Mais... Une pensée arriva de façon si inattendue que cela coupa le souffle de Dan.

S'ils n'étaient pas obligés de mentir ? Si la solution était là depuis le début ? S'il n'importait pas qu'il ne soit pas le père, finalement ?

Depuis toujours, les gens avaient trouvé des moyens pour contourner leur incapacité à avoir leurs propres enfants. Des bébés étaient adoptés. Des mères porteuses étaient sollicitées. La procréation assistée avec des dons de sperme ou d'ovules était courante aujourd'hui. Si son mariage n'avait pas implosé, c'était peut-être ainsi que Dan aurait bâti sa propre famille, en fin de compte. Mais il s'était senti suffisamment trahi pour ne plus jamais laisser quelqu'un devenir assez proche pour former le genre de relation à la base d'une parentalité partagée.

Se sentait-il suffisamment en sécurité pour laisser Jenni se rapprocher à ce point ? Peut-être...

Pouvait-il être un père pour des enfants qui n'étaient pas biologiquement reliés à lui ? Les aimer comme s'ils étaient les siens ? À en juger par la façon dont il avait réagi en voyant cette main minuscule sur l'écran, la réponse à cette question était un oui retentissant.

La perspective de voir sa vie changer à ce point était tout ce dont il aurait pu rêver. Mais la possibilité que tout aille de travers était assez effrayante pour qu'il soit facile de reculer.

Dan prit une grande inspiration tremblante.

Jenni avait dû entendre — ou deviner — ce vacillement. Lorsqu'elle regarda Dan, cette fois, elle avait des larmes dans les yeux. En la voyant ainsi submergée par l'émotion, comme lui, il sentit une connexion étonnamment puissante.

Il réalisa qu'il avait posé la main sur le bord du lit quand les doigts de Jenni touchèrent les siens. Elle s'était retournée vers l'écran, mais ses doigts se refermèrent doucement sur les siens et il ne retira pas sa main tandis qu'il ramenait lui aussi son regard sur l'écran. Il pouvait voir le reste du bras, à présent, la tête du bébé, de profil, avec un nez minuscule et une bouche qu'il imaginait souriante.

Dan sentit ses lèvres s'incurver et il dut ravaler la boule qu'il avait dans la gorge. Il serra la main de Jenni dans la sienne.

L'envie d'être père avait gagné, du moins pour le moment.

Et c'était énorme.

La peur avait tout simplement été vaincue.

7

— On te regarde. On nous regarde.

— Pour une raison quelconque, les gens trouvent la grossesse fascinante, répondit Jenni. Peut-être espèrent-ils que je vais entrer en travail ou même accoucher en public. Et ils supposent certainement que nous sommes un couple, ce qui revient à afficher que nous faisons l'amour…

Dan rit.

— Tu veux t'asseoir une minute ?

Il désigna un banc libre.

— Nous allons être en avance pour le dîner, même si nous faisons un détour par la plage.

Jenni fut heureuse de se reposer. Elle aimait beaucoup cette partie de Picton, avec ses palmiers majestueux au bord d'un parc qui attirait du monde en cette fin d'après-midi d'un dimanche ensoleillé. Des gens promenaient des chiens, poussaient des poussettes, étaient assis dans l'herbe pour lire ou faire un pique-nique, et il y avait une aire de jeux pour les enfants avec un immense bateau de pirates à escalader.

— Les aires de jeux ont bien changé depuis que j'étais enfant, dit Dan. Nous nous estimions heureux d'avoir des balançoires et un toboggan.

— Avais-tu des frères et des sœurs pour jouer avec toi ? demanda Jenni, presque timidement.

Elle ignorait beaucoup de choses sur le père de ses enfants, et il était délicieux de prendre l'habitude de passer plus de temps en tête à tête. D'apprendre à se connaître mieux, alors que Dan commençait à baisser sa garde et à parler davantage. Là, ils étaient en route pour se rendre au restaurant brésilien où ils s'étaient rencontrés. Rien qu'eux deux. Ils n'avaient pas invité Jock et Grace.

— Non, répondit-il, mais j'avais un tas de cousins. J'ai été élevé par une tante maternelle, après la mort de mes parents dans un accident de voiture. Les grandes familles pasifikas semblent toujours avoir de la place pour un de plus... Mais ce n'était pas vraiment ma famille, tu vois ?

— Je sais, dit posément Jenni. Ça devait être un peu comme être dans un foyer d'accueil. Même si les familles dans lesquelles nous allions semblaient sincèrement nous vouloir, Jock et moi, nous ne nous sentions jamais vraiment « chez nous ».

Dan hocha la tête.

— C'est pourquoi je voulais me marier et avoir plein d'enfants. Une grande famille rien qu'à moi.

— Et moi, j'ai eu la réaction opposée : j'ai décidé de ne jamais chercher à avoir une famille.

Jenni rit.

— Regarde-nous, maintenant.

Elle posa les mains sur son ventre rebondi.

— Ils s'amusent bien, là-dedans. Tu veux sentir ?

Elle prit la main de Dan et la posa à la place des siennes.

— Tu sens ?

Le visage de Dan se figea, puis ses lèvres s'incurvèrent en un doux sourire. Il écarta ses doigts pour suivre les mouvements du bébé.

Depuis l'échographie, les choses avaient changé entre eux. Il ne s'agissait plus seulement de sexe. Peut-être parce que les hormones changeaient et que la libido de Jenni était moins exacerbée. Ou bien — et pour elle c'était la vraie raison — c'était le sentiment qu'ils devenaient un vrai couple. Pas un vrai couple au sens d'une relation permanente comme le mariage, bien sûr, mais un couple quand même.

Deux personnes qui avaient créé des enfants ensemble.

Des parents dont le lien durerait une vie entière.

Des amis ?

Dan ôta sa main, et Jenni se leva.

— Je meurs de faim, annonça-t-elle. Si nous y allons, je suis sûre qu'ils nous donneront notre table un peu plus tôt. Je ne veux pas me coucher tard de toute façon. Je dois me lever tôt demain matin. Grace vient faire ses premières consultations prénatales depuis l'accident.

— Grace, vous êtes de retour ! Je suis si contente de vous voir.

— Mon premier jour. Mais je ne travaillerai qu'à temps partiel pendant un moment. Je teste ma cheville en aidant Jenni aux consultations, ce matin. Comment allez-vous, Lynn ?

La future mère tendit un échantillon d'urine à Jenni.

— Je compte les jours. Pensez-vous que vous serez complètement de retour sur le pont pour notre grand événement ? Est-ce que quatre semaines environ seront assez ?

Jenni jeta un regard sévère à Grace.

— Seulement si elle est raisonnable. Elle en a trop fait, récemment, et s'est retrouvée aux urgences avec un pied aussi gonflé qu'un ballon.

— Oh ! non… Les chevilles, ça peut être délicat, n'est-ce pas ? dit Lynn.

— Ça va maintenant. Je marche bien, mais je dois y aller progressivement pour m'appuyer sur mon pied. Avec un peu de chance, je pourrai être avec Chris et vous pour l'arrivée de votre bébé.

— Et sinon ? Serez-vous encore là, Jenni ?

— Je croise les doigts, mais ce sera juste. Je n'ai pas encore pris mon billet, mais je suis presque à vingt-huit semaines et la limite pour prendre un avion est de trente-deux semaines pour une grossesse multiple.

— Vous êtes presque aussi grosse que moi.

— Je commence à le sentir, dit Jenni. Le soir, j'ai les chevilles enflées. C'est probablement une bonne chose que je partage le travail avec Grace à partir de maintenant.

Grace se mit à examiner Lynn, et Jenni en profita pour s'asseoir un moment. Elle reçut un coup de pied d'un des bébés et sourit, se rappelant que cela avait aussi amusé Dan la veille. Elle ferma les yeux, et se laissa aller à revivre le plaisir qu'ils avaient partagé après leur repas au restaurant.

Le sexe avait été très doux. Très lent. Incroyablement délicieux...

Il s'était tenu un moment tout contre elle, les bras autour d'elle, mais il n'était pas resté pour la nuit. Il ne restait jamais. Parce qu'ils n'étaient pas un vrai couple. Et ni l'un ni l'autre ne voulait l'être.

En outre, Jenni allait très bientôt rentrer en Écosse.

Elle se sentait toujours en sécurité.

Lorsqu'elle rouvrit les yeux, Grace avait fini de mesurer le bébé et d'enregistrer le rythme cardiaque.

— Votre bébé est absolument dans les normes, dit-elle à Lynn.

Le reste des consultations prénatales se passa bien. Quand ce fut fini, Grace s'assit au bureau et posa son pied sur une chaise.

— Tu devrais faire pareil, dit-elle à Jenni, qui rit.

— Nous aurions l'air fines si quelqu'un entrait dans le cabinet !

— Le travail me manquait, reconnut Grace. Et j'adore travailler avec toi. Je ne veux pas que tu rentres à Glasgow, Jen.

— Mais je le dois.

— Pourquoi ?

— Parce que c'est chez moi, voyons !

— Est-ce qu'on n'est pas chez soi là où est notre cœur ?

— Mon cœur est en Écosse, dit Jenni. Là où j'ai grandi. Là où Jock et moi avons grandi sans jamais savoir ce qu'était un vrai foyer. Je ne veux pas que mes enfants vivent ça. Et ils n'auront pas à le vivre. J'ai une maison. J'ai un travail.

— Mais ta famille est ici. Ton frère et moi...

— Vous pourriez décider de revenir au Royaume-Uni, un jour.

Grace secoua la tête.

— Nous adorons être ici. En fait, nous allons entamer les démarches pour obtenir la résidence permanente et la nationalité néo-zélandaise.

Le cœur de Jenni sombra. Elle allait vivre de l'autre côté du globe, loin de la seule vraie famille que ses enfants auraient. Et si elle ajoutait leur père, cela commençait à paraître… compliqué ?

— Je ne peux pas rester ici pour accoucher.

Elle secoua la tête.

— Il faut que je rentre à la maison bien avant la naissance. J'ai une foule de choses à organiser et à acheter. Je dois vraiment réserver mon billet de retour. Comment ai-je pu penser que j'avais le temps ?

Parce qu'elle flottait dans la bulle inattendue de sa relation avec Dan ? Quelque chose d'aussi concret que l'achat d'un billet allait certainement faire éclater cette bulle.

Ils savaient tous les deux que leur liaison était temporaire, certes — c'était en partie la raison pour laquelle ils s'étaient autorisés à céder au plaisir de leur attirance mutuelle. Mais cette limite de trente-deux semaines pour les vols internationaux rappelait brutalement à Jenni que la fin approchait rapidement.

Et c'était un choc, pour être honnête.

Grace avait dû voir combien Jenni était décontenancée, tout à coup.

— Pardon, je ne voulais pas te stresser. Et j'ai des listes de choses à faire que nous donnons aux nouvelles mamans lors de leur première visite prénatale. Je t'en ferai une copie, si tu veux.

— Merci. Tu viens, demain ?

— Oui. J'aimerais venir avec toi pour tes visites à domicile, histoire de voir comment je me débrouille dans les différentes maisons, avec les escaliers, etc.

— C'est un bon plan. Mais tu devras être honnête et me dire si c'est trop pour ta cheville. Je te ramènerai chez toi si besoin.

Grace fit la grimace, mais acquiesça et sourit.

— Tu viens dîner ce soir, tu te souviens ? Jock et Dan ont leur journée de libre et ils réparent la jetée avant d'aller chercher le

Lassie pour le ramener chez nous. Si le temps reste aussi beau, nous pourrons peut-être pique-niquer sur la plage.

Elle observait Jenni avec attention.

— Ce n'est pas un problème, n'est-ce pas ? Passer une soirée avec Dan ?

— Hum... non...

Jenni s'éclaircit la gorge.

— En fait, nous nous sommes très bien entendus, ces derniers temps...

Ce fut peut-être le ton de sa voix, ou le sourire qu'elle ne put réprimer. Ou, tout simplement, le fait que son amie la connaissait si bien. Grace haussa les sourcils.

— Très bien jusqu'à quel point ? Oh ! mon Dieu... Tu rougis ?

— Je ne rougis jamais.

— Tu rougis tout le temps. Tu es rousse.

— Jock est roux aussi, et je ne l'ai jamais vu rougir.

— C'est un garçon. Je me demande si Dan va lui dire ce qui s'est passé.

— J'en doute, dit Jenni. Ce n'est pas comme si c'était quelque chose d'important. Nous sommes juste... amis.

Le sourire de Grace s'évanouit.

— Vous êtes beaucoup plus qu'amis.

Jenni détourna les yeux.

— Oui... Nous avons un lien qui durera le reste de nos jours. Il vaut mieux que nous ayons une relation d'amitié.

D'amitié ? C'était une plaisanterie, vu combien ils avaient été proches la nuit dernière encore.

Mais Grace fronçait les sourcils, à présent, comme si quelque chose l'inquiétait. Et elle ne mâcha pas ses mots.

— C'est peut-être la meilleure raison pour que tu aies tes bébés ici, dit-elle. Pour laisser leur père créer un lien avec eux.

Oh ! au secours...

Jenni éprouva une sorte de trouble, comme si les mains de Dan étaient de nouveau posées sur son ventre. Elle avait perçu le plaisir qu'il avait éprouvé en sentant bouger ces petits corps à travers sa peau. Il serait sûrement bouleversé de toucher et de tenir ses bébés durant les premiers instants de leur vie...

Elle allait le priver de cette expérience.

Et cela pouvait commencer à la faire se sentir coupable.

C'était comme au bon vieux temps.

Avant que la vie ait été mise sens dessus dessous.

D'un côté, Daniel Walker pouvait voir l'écume blanche du sillage que laissait le bateau de Jock tandis qu'ils s'éloignaient de la marina. S'il tournait la tête, il voyait Jock debout au gouvernail, concentré sur la route qu'il suivait pour amener le *Lassie* jusqu'à sa jetée personnelle.

Ils avaient passé toute la journée à travailler sur le ponton, à changer les planches pourries. Puis ils avaient porté un barbecue mobile et une glacière pleine de bières sur la petite plage privée, avant de partir chercher le bateau. À leur retour, ils profiteraient du pique-nique prévu pour plus tard.

— A-t-on le temps de s'arrêter pour pêcher un vivaneau, pour le barbecue ? demanda Dan.

Jock le regarda par-dessus son épaule.

— Hélas, non. Mais Grace a acheté d'excellentes saucisses chez ce bon boucher du centre-ville. C'est un de nos dîners favoris. Et Jenni vient. Elle doit être déjà là...

Quelque chose se contracta dans le ventre de Dan, d'une façon extrêmement agréable. Il avait une liaison avec la sœur de Jock, bonté divine ! Et il ne cessait de se rapprocher d'une femme enceinte de jumeaux qu'elle pensait être ses enfants. Il n'avait jamais été aussi près de mener la vie heureuse dont il avait toujours rêvé.

Il ne s'engage à rien cependant pour le moment. Il prenait les choses au jour le jour. Et une nuit après l'autre — ces nuits magiques avec Jenni — parce que c'était tout ce qu'il pouvait se permettre de faire. Ce qui rendrait la situation parfaite, bien sûr, ce serait qu'ils tombent amoureux l'un de l'autre. Mais quelle chance cela avait-il d'arriver ? Jenni lui avait dit qu'elle était tout à fait préparée à être un parent célibataire — et même qu'elle le préférerait. Quant à lui, eh bien… le genre de confiance dont on avait besoin pour tomber amoureux avait tellement été brisé comme avant. Ce n'était peut-être même pas une possibilité.

Mais cela ne voulait pas dire nécessairement qu'il était impossible de trouver quelque chose à quoi se fier suffisamment pour bâtir un avenir.

Il eut la réponse à cette question un moment plus tard, quand Jock ralentit le moteur et que lui-même se prépara à amarrer le bateau à la jetée, alors que Grace et Jenni les attendaient.

Quand le sourire de Jenni le transperça de plaisir, un plaisir qui répandit sa chaleur dans tout son corps.

Oui… il pouvait faire confiance à quelqu'un qui lui souriait de cette manière.

La vie avait changé. Elle était différente. Et meilleure. Tellement meilleure…

La petite plage était bordée par des arbres pohutukawa dont les branches basses, horizontales, permettaient de s'asseoir, comme quelques gros rochers. De là, ils pouvaient admirer la jetée avec le *Lassie* qui y était amarré et la vue magnifique sur la mer et des îles pas très éloignées.

C'était une soirée parfaite pour un pique-nique — un repas simple composé de saucisses grillées à point, de pain blanc moelleux, de sauce tomate et de quelques feuilles de laitue. Il y avait du soda au gingembre pour Jenni, des bières pour les autres, le bruit d'une conversation animée, des rires et une impression de… famille plus que d'amitié.

Dan ne s'était pas senti comme cela dans un groupe depuis tant d'années. Pas depuis qu'il s'était éloigné des ruines de son mariage et des membres de sa famille, dont quelques-uns avaient simplement secoué la tête.

« À quoi t'attendais-tu, mon garçon ? Remets-toi... Elle voulait des enfants et tu n'étais pas à la hauteur de la tâche, n'est-ce pas ? »

L'écho du passé était si faible qu'il était facile de l'ignorer — et il ne semblait plus aussi important. Dan était allé de l'avant et la vie était tellement meilleure.

Il leva la bouteille de bière qu'il tenait.

— Au *Lassie*, dit-il. Il a trouvé sa nouvelle maison et j'espère qu'il restera là de nombreuses années.

Jock et Grace échangèrent un regard si plein d'amour que le souffle de Dan se bloqua dans sa poitrine.

— Comme nous..., dit Grace en souriant.

— Oui, comme nous, acquiesça Jock avec son sourire effronté. Nous avons décidé de nous marier.

— Ce n'est pas nouveau, dit Jenni. Vous êtes fiancés depuis des mois.

— Nous voulons nous marier, insista Grace. Bientôt. Avant que tu partes, Jen, pour que tu puisses être ma demoiselle d'honneur. Tu veux bien ?

Jenni pressa une main sur sa bouche. On aurait dit qu'elle allait se mettre à pleurer.

— Bien sûr, que je le veux. J'adorerais.

Jock capta le regard de Dan et prit un air sérieux.

— J'espère que tu voudras être mon garçon d'honneur.

Dan comprit pourquoi les yeux de Jenni étaient embués. Lui-même avait une boule dans la gorge.

— Sûr...

Ce fut tout ce qu'il parvint à dire.

— Il nous faut seulement deux témoins, ajouta Grace. Et un célébrant. Et nous pouvons nous marier où nous voulons à condition de le spécifier sur notre demande.

— Pourquoi pas ici ? suggéra Jock. Sur notre propre plage ?

— Ce serait parfait...

Grace appuya sa tête contre son épaule. Ils échangèrent de nouveau ce regard amoureux. Un regard qui faisait naître en Dan une sensation poignante qu'il reconnaissait, parce qu'il l'avait éprouvée tout récemment. Lors de l'échographie, quand il avait vu sur l'écran la main d'un bébé.

Un désir, voilà ce que c'était.

De choses qu'il avait cru ne jamais pouvoir avoir.

D'enfants.

D'amour.

D'une famille à lui…

Il dut faire un effort pour se réinsérer dans la conversation.

— Après les formalités, il faut seulement attendre trois jours, dit Grace. Nous pourrions le faire en fin de semaine prochaine ?

La mâchoire de Dan lui en tomba.

— La semaine prochaine ?

— Il faut aller vite, déclara Grace. Jenni prévoit de rentrer en Écosse et elle n'a pas longtemps pour le faire. Elle n'a plus que quelques semaines à passer ici.

D'accord… Dan savait depuis le début que son temps avec Jenni était compté. Qu'elle avait l'intention de rentrer chez elle pour accoucher. Mais quelques semaines ? Une sensation froide et déplaisante lui parcourut l'échine. Avait-il vraiment pensé qu'il avait une chance d'avoir un avenir où il serait un parent et un compagnon ? Où il aurait une famille à lui ? Comment cela était-il censé fonctionner alors qu'il vivrait à dix-huit mille kilomètres de Jenni ?

— À moins…, reprit Grace.

— À moins que quoi ? demanda Dan d'une voix enrouée.

Grace jeta un coup d'œil à Jenni qui secoua fermement la tête, mais cela ne l'empêcha pas de continuer.

— J'ai essayé de persuader Jenni d'avoir ses bébés ici. Pour que nous puissions l'aider au moins durant les premiers mois. Elle a droit à un congé maternité d'un an, après tout.

Cela fit à Dan l'effet d'un sursis.

— Ça me semble être une bonne idée, dit-il.

Grace et Jenni échangèrent un regard lourd de sens. Dan se

demanda s'il en avait trop dit. Puis Grace regarda Jock, les sourcils levés, comme pour l'encourager à parler. Il s'éclaircit la gorge.

— En faisant notre demande de résidence permanente et de nationalité, dit-il, nous sommes tombés sur une information que tu devrais connaître, Jen.

— Mais je ne vais pas immigrer ! se récria Jenni.

— Ce n'est pas à propos de toi mais de tes enfants. Ils voudront peut-être vivre ici, un jour. Ils sont à moitié kiwis, après tout.

Une seconde, Dan ferma les yeux. Jock et Grace croyaient tous les deux qu'il était le père de ces bébés. Sapristi... Il aurait dû refaire ce test de fertilité depuis longtemps. Jock était médecin. Quand il verrait les résultats, il saurait à quel point il était probable que Jenni se soit trompée.

Pourquoi avait-il attendu ?

Il pouvait se dire qu'il avait été trop occupé. Ou qu'il ne voulait pas réaliser un test aussi personnel sur son lieu de travail. Mais il savait que c'était plus profond que ça. Peut-être qu'au fond il ne voulait pas que Jenni sache qu'il n'était pas le père biologique de ses bébés. Parce qu'alors elle ne voudrait peut-être plus partager avec lui ces moments magiques qu'il n'avait jamais cru pouvoir vivre.

Et peut-être... peut-être y avait-il le minuscule espoir qu'il pouvait se tromper. Que quelque chose avait pu changer. Que, par un miracle quelconque, il était bien le père des jumeaux.

Il ne voulait pas avoir à se réveiller de son rêve maintenant, voilà tout.

Mais il pouvait entendre l'alarme retentir. Forte et claire.

— Nous viendrons vous voir, déclara posément Jenny. Ils pourront choisir où ils voudront vivre quand ils seront en âge de le faire.

— Mais ce que nous avons découvert, reprit Jock, c'est que s'ils naissent en Nouvelle-Zélande et que tu peux prouver que le père est un Néo-Zélandais, cela fait automatiquement d'eux des citoyens de ce pays. Ils pourraient avoir deux passeports.

Dan déglutit fortement. Faire ce test de fertilité était devenu une priorité. Avec un test ADN. Ils devaient tous connaître la vérité. La voir écrite noir sur blanc sur un document officiel.

— Cela ne s'applique pas s'ils ne sont pas nés en Nouvelle-Zélande ? demanda Jenni.

— Ils peuvent faire une demande, mais qui sait ? Les règles peuvent changer d'ici là.

Il y eut un moment de silence, rompu par un soupir de Grace.

— Désolée... Je ne voulais pas gâcher notre pique-nique.

Elle afficha un sourire forcé.

— C'est à toi de décider où tu veux accoucher, Jen. Si tu changes d'avis et restes plus longtemps ce sera fabuleux, mais nous voulons nous marier rapidement, de toute façon. N'est-ce pas, Jock ?

— Le plus tôt sera le mieux, répondit-il doucement.

Il courba la tête pour poser un tendre baiser sur les lèvres de Grace.

Le regard de Dan chercha celui de Jenni, et il se rendit compte qu'elle le regardait déjà. Pendant quelques secondes, ils se fixèrent et ce fut comme s'ils s'embrassaient — aussi tendrement que Jock et Grace.

Dan souhaitait plus que tout être seul avec Jenni, maintenant. Mais ce n'était pas une bonne idée, car cela conduirait à une intimité physique qui leur ferait oublier le reste. Des choses importantes, comme l'avenir. Et le fait d'être complètement honnêtes l'un avec l'autre.

Le moment était passé, de toute manière. Jock se leva et lui demanda s'il voulait venir vérifier avec lui l'amarrage de son bateau. Il accepta.

Derrière lui, Grace et Jenni commençaient à ranger et il les entendit parler de plans de mariage.

Il faisait des plans à lui. En haut de la liste, il y avait obtenir une copie de ses dossiers médicaux et refaire ce test. Mais quelque chose arrivait tout de suite après.

Il voulait parler à Jenni. Voir s'il pourrait la convaincre de rester ici pour accoucher.

Et leur laisser plus de temps afin de construire le genre de confiance sur lequel pourrait se fonder un avenir que Jenni n'avait peut-être pas encore considéré.

Un avenir avec lui...

8

C'était le premier accouchement auquel Grace participait depuis son retour, avec Jenni, et il se passait mal. Elles avaient appelé Jock qui avait examiné la future mère, Julie. Il en avait conclu que tout indiquait une compression due au cordon ombilical et un bébé en détresse du fait du manque d'oxygène.

— Le bébé est fatigué, dit-il à Julie et à son compagnon Nathan. Vous allez avoir besoin d'aide. Je préconise un accouchement assisté, aux forceps.

Jenni savait qu'il choisissait cette solution parce que ce serait le moyen le plus rapide de sortir le bébé.

— Nous allons vous emmener en salle d'opération, reprit Jock. Je préfère que vous soyez au bon endroit si jamais vous avez besoin d'une césarienne.

Grace et Jenni accompagnèrent Julie et Nathan. C'était Dan qui était là pour faire la péridurale et, pendant un bref instant plutôt non professionnel, Grace jeta un coup d'œil à Jenni pour voir si elle était contente.

Et, oui, elle l'était... Elle ne pouvait contrôler l'accélération de son cœur et ce trouble qui envahissait son ventre. Et à en juger par la façon dont Dan croisa son regard un peu plus longtemps que nécessaire, il était aussi heureux qu'elle de la voir.

L'anesthésie avait fait effet. Grace était prête à soutenir Julie et à l'encourager à pousser, puis à recueillir le bébé dès qu'il serait né. Jenni était en retrait, sur le côté par rapport à Dan qui était à la tête du lit et surveillait les constantes vitales de Julie. Elle n'avait rien à faire à part regarder, ce qui la satisfaisait tout à fait : elle pouvait observer Dan en train de travailler et, pour la première fois, son frère exécuter un accouchement aux forceps. Elle était impressionnée.

Une épisiotomie avait été pratiquée pour pouvoir utiliser correctement les forceps. Entre deux contractions, Jock mit les pinces en place de chaque côté de la tête du bébé. Puis il attendit la contraction suivante pour tirer.

— Bien, dit-il, totalement concentré sur sa tâche. Essayez de pousser pendant cette contraction, Julie. Nous y sommes presque.

— Oh…

Nathan était fasciné par ce qu'il voyait.

— J'aperçois quelque chose, dit-il. Qu'est-ce que c'est ?

— Ce sont les cheveux de votre fille, répondit Jock en souriant derrière son masque. Maintenant, je vais enlever les forceps, Julie. Vous pourrez pousser votre bébé toute seule à la prochaine contraction.

Ce fut ce que fit Julie. Mais ce n'était pas la naissance que Jenni regardait. Parce que Dan était visiblement aussi captivé que Nathan qui contemplait l'arrivée du bébé, et l'observer lui fit éprouver quelque chose de nouveau. Une connexion étrangement intense mais très réelle avec cet homme. Quand vous saviez que vous alliez être bientôt parent vous-même, cela changeait complètement votre regard sur un accouchement.

C'était encore plus intense pour Julie et Nathan, évidemment. Quand Grace prit le bébé pour le poser peau contre peau sur la poitrine de la maman, les larmes ruisselaient sur le visage des deux jeunes parents. Et lorsque Nathan coupa le cordon, ils échangèrent un regard de fierté et d'émerveillement.

Grace s'occupa de l'expulsion du placenta, et Jock recousit l'épisiotomie. Dan continuait à surveiller Julie, mais Jenni restait où elle était, retenant une larme ou deux tandis qu'elle observait Nathan et Julie tout à leur bonheur. Tous deux contemplaient leur fille nouveau-née qui reposait dans les bras de sa mère, éprouvant visiblement un amour immense pour leur enfant.

Jenni s'efforça de ravaler la boule qu'elle avait dans la gorge tandis qu'elle portait son regard sur Dan. Occupé, il ne vit pas qu'elle le regardait, mais cela ne changea rien : elle avait pris sa décision.

Elle ne pouvait pas retourner à l'autre bout du monde et priver Dan de ce qui serait vraisemblablement la seule occasion qu'il aurait d'assister à la naissance d'enfants à lui. Elle ne pouvait pas lui voler la magie de ces premières minutes, quand un parent était pris d'un amour qui durerait le reste de sa vie, quoi qu'il se passe.

Elle avait peut-être le droit de le faire. Mais ce serait une erreur.

Pendant un long, long moment, Dan se tint sur le trottoir sans pousser le portail de l'ancienne villa qui était une annexe de l'hôpital. Il fixait les marches du porche et songeait combien sa vie avait changé depuis qu'il avait découvert Jenni assise sur ces marches.

Et elle allait changer de nouveau — mais peut-être pas d'une bonne façon.

Le rêve était terminé.

Pliés dans la poche arrière de son jean, il y avait les résultats de l'analyse de son sperme. Ces résultats qui pouvaient faire réaliser à Jenni qu'elle s'était trompée. Qu'il fallait qu'elle cherche ailleurs le vrai père de ses bébés.

Il prit une grande inspiration et poussa le portail à l'instant où la porte de la villa s'ouvrait devant Jenni. Son sourire lui indiqua combien elle était heureuse de le voir, et il sentit son cœur sombrer un peu plus bas.

Il adorait ce sourire…

— Dan, juste la personne qu'il me faut, dit Jenni. La voiture de Grace est bourrée. Peux-tu m'aider à la vider, s'il te plaît ?

— Bien sûr.

C'était un soulagement pour Dan de pouvoir repousser la raison de sa visite.

— Qu'est-ce que c'est ? De l'épicerie ?

— Non... des affaires pour bébés.

Jenni avait atteint le portail et elle se mit sur la pointe des pieds pour lui donner un bref baiser. Elle souriait toujours.

— Deux couffins. Deux sièges auto. J'ai trouvé un site en ligne qui vend toute sorte d'affaires d'occasion.

Dan cligna des paupières. Puis il regarda le coffre de la voiture de Grace. Pourquoi diable Jenni n'attendait-elle pas d'être en Écosse pour faire ces achats encombrants ?

Il tourna la tête et vit que Jenni l'observait. Lorsqu'elle parla, ce fut comme si elle avait lu dans son esprit.

— Je ne rentre pas en Écosse, dit-elle. Pas tout de suite, en tout cas. Je vais rester ici pour avoir les bébés.

Dan la regarda fixement. Il sentait cette feuille pliée dans sa poche, mais comment pouvait-il la sortir ou révéler son contenu quand Jenni le regardait de cette façon ?

Avait-elle des larmes dans les yeux ?

— Je ne peux pas le faire, Dan, dit-elle si doucement que c'était presque un murmure. Je ne peux pas te priver de ce qui pourrait être ta seule chance d'assister à la naissance d'enfants à toi. De les voir prendre leur première respiration. De les tenir durant les premières minutes de leur vie.

Oh... bon sang.

Il n'était plus question que Dan sorte ce papier de sa poche, maintenant. Il ouvrit la bouche pour dire quelque chose, et la referma. Il n'avait pas de mots.

Jenni ne parut pas s'en soucier.

— Je peux porter les couffins, dit-elle, mais les sièges auto sont lourds. Pourrais-tu les prendre ?

Il était ravi de bouger. Au moins, ses jambes savaient encore quoi faire même si son cerveau était en bouillie.

— Alors je vais accoucher ici et rester quelques mois, reprit Jenni. Grace avait raison. C'est une bien meilleure idée d'avoir de la famille sur place pour aider pendant un moment.

Oui… Dan se souvenait de cette conversation sur la plage. Il avait pensé que ce serait super si Jenni restait plus longtemps. Pour leur donner le temps de construire une relation qui voudrait dire qu'il pourrait vivre son rêve : avoir une famille à lui. Mais si ces résultats changeaient tout ? Créaient un rebondissement qui l'éloignerait d'une fin heureuse ?

Peut-être Jenni sentit-elle qu'il avait besoin d'un peu de temps pour se faire à ce rebondissement dans l'histoire qu'ils étaient en train de créer. Elle changea de sujet.

— Demain, Grace et moi allons faire des courses à Wellington, dit-elle. Nous nous lèverons aux aurores pour prendre le premier ferry, comme la première fois. Mais, cette fois, c'est pour trouver des affaires de mariage.

Son sourire était encore plus rayonnant que lorsque Dan était arrivé.

— Ça va être tellement amusant !

Cela fournit à Dan un prétexte pour s'échapper avant de ruiner son bonheur. Il n'allait pas rester, dit-il. Elle avait besoin de se coucher tôt.

Il l'embrassa pour lui dire au revoir, mais il sentait toujours cette feuille pliée dans sa poche. Elle lui brûlait la peau.

Il savait qu'il devait en parler à Jenni.

C'était juste qu'il ne pouvait pas le faire tout de suite.

— Je suis si heureuse…

— Bien sûr que tu l'es. Nous allons acheter ta robe de mariée.

— Je pense toujours que je pourrai porter la robe que j'ai achetée pour fêter ton départ.

Jenni rit et tapota son ventre.

— Je ne risque pas de porter la mienne ! Oui, cette robe est très jolie, mais le rose fuchsia ne fait pas trop mariée. Et tu n'es autorisée à te marier qu'une fois, vu que c'est mon frère que tu épouses.

Grace rit à son tour, puis pencha la tête de côté.

— Nous avons décidé de nous en tenir à une simple cérémonie familiale. Pas la grande affaire, tu vois ? Je n'avais pas l'intention de jouer les mariées, mais... c'est quand même un grand jour, non ? Alors j'aimerais bien avoir l'air d'une vraie mariée, avec la robe, des fleurs et peut-être même une jarretière.

— Oui..., dit Jenni en hochant la tête avec enthousiasme. Faisons ça bien. Les boutiques de mariage ne savent pas ce qui les attend. Ça va être si amusant...

Les deux amies se tenaient à l'arrière du ferry. Appuyées au bastingage, elles étaient captivées par le grandiose paysage du bras de mer des Sounds au lever du soleil.

— Ce n'est pas juste que je vais me marier, reprit Grace. Si je suis si heureuse, c'est parce que tu as décidé d'avoir les bébés ici. Pourrai-je être ta sage-femme ?

— Oui. Mais Jock ne pourra pas m'accoucher. Je ne veux pas que mon frère voie des parties de moi que je n'ai jamais vues moi-même.

Grace rit.

— Ça se comprend.

— En tout cas, je ne l'ai jamais vu aussi heureux. Il t'adore. Et je ne peux pas croire à ma chance d'avoir ma meilleure amie pour belle-sœur, dit Jenni en étreignant Grace.

— Je l'adore aussi.

Mais Grace se dégagea.

— Nous allons nous mettre à pleurer si nous continuons. Parlons d'autre chose. Tu as des nouvelles de l'amie à qui tu loues ta maison, à Glasgow ?

— Oui. Et elle est plus qu'heureuse de rester aussi longtemps que possible, alors son loyer couvrira le mien ici.

— Quel dommage que tu ne puisses pas rester à l'annexe !

— Je ne serai plus une employée de l'hôpital, à ce moment-là. Tu seras revenue à plein temps. En outre, je ne voudrais pas réveiller les gens, la nuit, avec des bébés qui pleurent.

— Tu sais que tu peux rester chez nous. Ça ne nous gênera pas d'être réveillés.

— Un bon entraînement pour plus tard, dit Jenni en souriant. Mais non… j'ai vraiment besoin d'avoir un endroit à moi. Je vais devoir apprendre à me débrouiller toute seule avant de rentrer en Écosse. Même s'il sera fabuleux d'avoir votre aide pour commencer.

— Et celle de Dan.

— Oui… et celle de Dan.

— Tu lui as dit ? Que les bébés vont naître ici ?

— Hier soir seulement. Je l'ai à peine vu ces derniers jours. Il est arrivé alors que je revenais d'aller chercher les affaires pour bébé. Il était évident que je n'allais pas les mettre dans ma valise pour rentrer chez moi.

— Qu'a-t-il dit en apprenant que tu restais ?

— Pas grand-chose, pour être honnête.

Jenni se mordit la lèvre. Elle ne savait vraiment pas à quel point Dan avait été ravi de la nouvelle. Il n'était même pas resté pour dîner avec elle, sous prétexte qu'elle devait se lever tôt. Et il l'avait embrassée, mais même cela avait été différent, comme s'il avait l'esprit ailleurs.

— Il a dû être impressionné, dit Grace. Être présent à la naissance est quelque chose de très fort émotionnellement. Tu le laisseras rester tout le temps ?

— Oui… s'il en a envie. C'est la raison principale pour laquelle j'ai décidé de rester ici. J'ai pensé qu'il ne serait pas juste de le priver d'une expérience qu'il n'aura peut-être jamais l'occasion de revivre.

Grace hocha la tête.

— Il s'agit de créer un lien, n'est-ce pas ? Un lien qui va sous-tendre ses relations avec les jumeaux pour le reste de sa vie.

Et avec elle aussi ?

D'accord, il n'était peut-être pas surprenant qu'il lui ait fallu un certain recul pour se faire à cette idée. C'était énorme. Peut-être pas autant que de devenir mère, mais énorme quand même.

Jenni n'avait pas prévu qu'un homme jouerait un rôle important dans sa vie. Cette idée aurait dû la perturber, mais… c'était Dan, non ?

C'était un ami.

Plus qu'un ami. Elle ne pouvait pas dire qu'ils étaient amants, parce qu'elle n'était pas amoureuse de lui et que cette relation physique ne serait que temporaire, mais… elle tenait à lui.

Comme ami.

Comme le père de ses enfants.

Et c'était incontestablement une forme d'amour.

Alors oui, elle aimait Daniel Walker, d'une certaine façon.

Elle avait toujours le sentiment d'avoir bien fait de venir ici pour dire la vérité à Dan face à face. Il ne lui semblait pas dangereux qu'ils soient devenus beaucoup plus proches qu'ils n'auraient pu le prévoir, et rester ici quelques mois de plus lui paraissait indispensable.

Cela n'allait pas changer la situation dans son ensemble. Dan et elle étaient complètement sur la même longueur d'onde. Il était aussi heureux qu'elle de se tenir éloigné d'un engagement avec un partenaire. Ce n'était pas comme s'ils avaient l'intention de se marier. Ni même de vivre dans le même pays dans un proche avenir. En revanche, cela renforcerait leur relation comme coparents et c'était sûrement une bonne chose.

Ils pouvaient rester les meilleurs des amis durant toute leur vie. Ils pouvaient avoir de l'affection et tenir l'un à l'autre comme ils le feraient pour les enfants qu'ils partageaient. En fait, leur relation avait des chances de mieux marcher que la plupart des mariages.

Cela marcherait mieux que les mariages ou les relations de sa mère, c'était certain.

— Hé…

Grace s'immisça dans ses pensées.

— Tu ne m'as jamais dit quels étaient les résultats de ce test de fertilité que Dan devait faire.

— Je ne les connais pas. Je ne pense pas qu'il les ait eus.

— Mais il a fait ce test il y a bien plus d'une semaine, non ?

— Un peu plus tard. Il a dû… s'abstenir de sexe pendant au moins trois jours.

— Oh… Alors je suppose que ça prendra peut-être plus longtemps.

— Mmm…

Jenni s'efforça de faire comme si ce n'était pas important, mais cette abstinence n'avait pas encore été rompue. Elle commençait à penser que l'attraction entre eux s'estompait. L'autre soir, peut-être que Dan était venu lui dire que c'était fini, et si c'était le cas elle l'accepterait.

Mais était-ce une coïncidence s'ils n'avaient pas fait l'amour depuis le pique-nique sur la plage ? Quand ils avaient parlé du droit des jumeaux de devenir des citoyens néo-zélandais.

Jenni sentit qu'elle fronçait les sourcils et elle écarta résolument les doutes qui essayaient de s'insinuer en elle. Grace et elle allaient passer une journée heureuse dont elles se souviendraient toujours. Elles allaient faire les magasins jusqu'à ce qu'elles trouvent des robes, des fleurs à mettre dans les cheveux, peut-être un voile, ainsi qu'une jarretière et de jolis sous-vêtements pour Grace. Elles prendraient le temps de savourer un déjeuner tardif, puis elles se presseraient pour prendre le ferry du retour. Même s'il s'agissait d'une petite cérémonie toute simple, il y avait encore beaucoup à planifier et à organiser, et ce serait la priorité de Jenni durant les deux ou trois jours à venir.

Alors par question de se laisser envahir par ses doutes sur la façon dont Dan avait réagi en apprenant qu'il pourrait être présent à la naissance de ses enfants. Elle voulait avant tout contribuer à rendre cette journée aussi parfaite que possible pour sa meilleure amie et son frère. Elle ne laisserait rien gâcher un jour aussi spécial.

— Oh ! regarde, Grace ! Des dauphins...

Jenni sentit son sourire s'élargir.

C'était un signe, non ? Ce mariage *allait* être parfait.

C'était aussi parfait que ça pouvait l'être, décida Dan.

Le temps d'automne était très agréable, assez chaud pour les robes d'été que portaient Grace et Jenni, et il n'y avait pas un souffle de vent. Les îles boisées à distance, un bateau de pêche ancré non loin de la plage et la jetée avec le *Lassie* se reflétaient à la surface de l'eau claire et sombre de la mer, calme comme un miroir.

Il faisait encore trop clair pour allumer les guirlandes lumineuses accrochées aux arbres, mais ce serait pour plus tard, quand quelques amis proches qui avaient été invités à un barbecue les rejoindraient sur la plage. Cette partie de la journée était intime. Les seules personnes qui se tenaient là en silence étaient lui-même, un Jock incroyablement nerveux et la femme pasteur, Aroha, qui avait une bonne soixantaine mais était toujours passionnée par son métier. Elle s'y connaissait en technologie, aussi, car elle avait chargé de la musique sur son téléphone qui était connecté à un haut-parleur Bluetooth caché entre des rochers.

Au moment prévu, elle mit la musique — une chanson romantique de John Legend — qui devait signaler à Grace de descendre le sentier jusqu'à la plage. Ce fut à cet instant que Dan vit Jenni pour la première fois depuis des jours.

Depuis le soir où elle lui avait dit qu'elle resterait à Picton pour accoucher. Où elle l'avait invité à être présent à la naissance des enfants qu'elle croyait siens.

Le même jour, il avait reçu les résultats du test qui confirmaient que c'était impossible, car les chiffres étaient encore pires que la première fois.

Il était allé la voir pour lui montrer ces résultats parce qu'il fallait qu'elle sache la vérité. Bonté divine… Elle avait pris sa décision après cette conversation avec Jock et Grace à propos de la nationalité néo-zélandaise. Les enfants l'avaient automatiquement s'ils naissaient dans le pays de leur père. Ils pensaient tous que c'était son nom qui figurerait sur leurs certificats de naissance. Il fallait les détromper.

Et puis Jenni l'avait détourné de son but en ajoutant un nouvel élément au fantasme de paternité qu'il s'était laissé aller à entretenir depuis le jour de l'échographie.

Cependant, il ne pouvait pas assister à quelque chose d'aussi intime qu'une naissance s'il n'était pas le père biologique. Si Jenni tenait toujours à ce qu'il soit là une fois qu'elle connaîtrait la vérité, alors il resterait, mais sa présence ne pourrait qu'être fondée sur l'honnêteté.

Ce soir-là, il n'avait pas pu trouver les mots qu'il fallait.

Puis elle était partie à Wellington pour faire des courses avec Grace, le travail avait été frénétique la veille et ce jour-là elle avait de nouveau disparu avec Grace pour aller chez un coiffeur et un fleuriste. Après quoi elles s'étaient cachées dans la maison pour se préparer.

La jeune mariée s'avançait entre les rochers et elle était… sublime dans une robe en dentelle ivoire dont le haut était ajusté et la jupe ample dansait à chacun de ses pas. Elle avait des pâquerettes glissées dans ses longs cheveux blonds, laissés libres, et tenait à la main un simple bouquet de marguerites.

Pas étonnant que Jock ait l'air de quelqu'un dont tous les rêves devenaient réalité. Grace le regardait de la même façon et l'amour qui les liait suffisait à illuminer la plage tout entière. La boule que Dan avait dans la gorge devint soudain tranchante.

Voilà ce qui manquait à sa vie. Et y manquerait toujours…

Oh ! au secours… Il devait s'assurer de ne pas montrer la douleur et la perte qu'il ressentait. Il détacha son regard de la mariée et vit Jenni qui arrivait à son tour entre les rochers.

Elle lui parut encore plus resplendissante que Grace. Elle portait une robe bleu-vert qui évoquait l'eau de mer. Le corsage moulait sa poitrine et dessous il y avait un nœud d'où partaient les plis d'un tissu souple qui enveloppait avec élégance la rondeur de son ventre. Elle avait la tête nue et ses cheveux étaient élégamment lâchés — de somptueuses vagues de feu qui captaient la lumière de la journée finissante.

Elle souriait. Naturellement. Sa meilleure amie épousait son frère et elle ne pouvait être plus heureuse. Mais ce n'était pas à Grace ou à Jock qu'elle souriait. C'était à lui.

Alors que Dan soutenait son regard et lui rendait son sourire, il sentit dans sa poitrine quelque chose qu'il aurait cru ne plus jamais éprouver. Une chaleur et une douceur qui grandissaient à toute allure, pendant que son cœur se dilatait.

C'était de l'amour, voilà ce que c'était. C'était peut-être un écho de l'énergie créée par Jock et Grace. Ou peut-être venait-il de réaliser que son implication allait bien plus loin que ce qu'il avait pensé.

Il était tombé amoureux de Jenni McKay.

Jenni dut essuyer des larmes plus d'une fois pendant la cérémonie.

Jock et Grace avaient rédigé leurs vœux eux-mêmes, et elle eut la sensation que Dan et elle étaient privilégiés d'être inclus dans leur amour.

Ils se tenaient les mains, debout devant la célébrante, avec Jenni et Dan de chaque côté d'eux. Grace parla la première.

— Nous cherchons tous un endroit à appeler « chez nous », dit-elle doucement. Mais nous savons tous les deux que ce « chez nous » peut être plus grand qu'un endroit. Que ce n'en est même peut-être pas un. Que cela peut être une personne…

Elle s'arrêta pour reprendre son souffle et essuyer une larme.

— Parce que, « chez nous », c'est là où est notre cœur. Tu es mon chez-moi, Jock McKay. Tu es mon cœur. Je t'aimerai aussi longtemps que je vivrai.

Jock s'éclaircit la gorge, ravala des larmes et inspira profondément.

— Quand les loutres dorment, elles se tiennent par les pattes pour ne pas s'éloigner l'une de l'autre en flottant. Nous l'avons fait une fois dans la mer, pas très loin d'ici. Je tenais ta main, tu tenais la mienne… et c'est ce que je ferai toujours pour toi, Grace Collins, parce que je t'aime et t'aimerai toujours. Que je te touche réellement ou non, je tiendrai ta main pour que tu ne dérives pas loin de moi.

Oh ! mince, les larmes revenaient. Assez pour brouiller la vision de Jenni. Est-ce son geste pour les chasser qui attira l'attention de Dan ? Elle sentit l'intensité avec laquelle il la regardait. Elle ne pouvait empêcher son regard de revenir à lui. Et à travers le brouillard de ses larmes, elle eut l'impression qu'il la regardait comme s'il ne voulait pas qu'elle dérive...

Comme si...

Comme s'il l'aimait ?

Comme s'il éprouvait de l'amour pour elle ?

Était-ce contagieux ? Les mariages étaient réputés pour faire réaliser aux invités quels étaient leurs sentiments sur la vie, sur l'amour, ce qu'ils pensaient l'un de l'autre s'il s'agissait d'un couple. Était-ce ce qui se passait là ?

Jock et Grace échangeaient maintenant leurs vœux solennels, et Jenni les sentit résonner comme si elle les prononçait elle-même.

Je le veux...

9

Jenni se sentait illuminée de l'intérieur par un mélange d'espoir, d'aspiration et de joie qu'elle n'avait jamais éprouvé auparavant. Cette sensation dura le reste de la journée, puis se prolongea le lendemain et le surlendemain. C'est alors qu'elle commença à se demander si c'était plus que l'écho de la joie du mariage, si cela pouvait réellement tenir à elle.

Non pas qu'elle ait eu l'occasion de passer du temps avec Dan depuis le mariage. À cause d'horaires fractionnés, il paraissait aussi absent du travail que Jock et Grace, qui étaient partis à Queenstown pour une courte lune de miel. Sans Grace, Jenni avait davantage de travail, ce qui était de plus en plus fatigant, mais elle était occupée aussi pendant son temps libre. Elle cherchait une maison à louer à Picton.

Elle se connectait dès qu'elle rentrait chez elle, cherchant de préférence une location disponible immédiatement. Elle voulait déménager le plus tôt possible pour pouvoir s'arrêter de travailler dans une semaine ou deux — et mettre toute son énergie à se préparer pour l'arrivée des jumeaux. À faire son nid…

Et en même temps, après avoir entendu les vœux de Grace, elle était habitée par l'idée que son chez-elle pouvait se présenter sous la forme d'une personne plutôt que d'un endroit. Elle souhaitait que Dan fasse partie de son avenir.

Pouvait-on se fier à ce point à l'amour ? Pouvait-il être aussi solide que le sol sous vos pieds ou le toit d'une maison au-dessus de votre tête ? Jock, qui avait les mêmes raisons qu'elle de se méfier des gens qui disaient vous aimer, avait fait ce choix. Elle avait envie de le croire aussi, mais... ce serait le plus grand pas qu'elle aurait jamais fait. Parce qu'elle avait cru toute sa vie qu'en offrant son cœur à quelqu'un on allait forcément vers les rêves brisés et une vie malheureuse.

Pourtant, à présent brillait en elle cette sorte d'éclat qui ne pâlissait pas, même si elle craignait qu'une expression ou une intonation de Dan, en ravivant ses doutes, ne suffise à l'éteindre. C'était donc peut-être aussi bien qu'elle ne l'ait pas revu depuis le mariage.

Ce soir-là, malgré sa fatigue, elle décida d'aller arroser les plantes de Grace, ce qu'elle avait négligé de faire jusqu'ici. Elle n'avait absolument pas envie de ressortir, mais elle se sentirait trop coupable si les plantes mouraient.

Et là, elle eut une surprise totalement inattendue. Sa tâche effectuée, elle refermait derrière elle la porte de la maison quand, stupéfaite, elle vit arriver Dan.

— J'ai promis à Jock de surveiller son bateau, dit-il.

— Et moi, je viens d'arroser les plantes.

Le cœur de Jenni cognait contre ses côtes. Elle scruta le visage de Dan pour voir si leur rencontre inopinée lui déplaisait, mais elle n'en vit aucun signe. Il souriait.

Elle voyait dans ses magnifiques yeux bruns une douceur qui lui rappela la façon dont il l'avait regardée pendant que Jock et Grace prononçaient leurs vœux. Et si son cerveau essayait encore de trouver une raison de ne pas se fier à ce qu'elle percevait, ce qui se passa ensuite le fit taire complètement.

Dan s'approcha assez près pour la toucher, glissa une main sur sa nuque et l'embrassa.

Lentement. Tendrement. D'une façon qui rendit aveuglant l'éclat qui habitait Jenni.

— J'ai l'impression de ne pas t'avoir vue depuis ses siècles, murmura-t-il en relevant la tête. Tu m'as manqué, Jen.

— Toi aussi..., répondit-elle dans un souffle.

— Tu veux venir avec moi vérifier les amarres du *Lassie* ? Ensuite, je pourrais t'emmener dîner. Je suis de service, ce soir, mais je ne dois pas être au travail avant 22 heures.

La fatigue de Jenni parut s'évanouir miraculeusement.

— Ce serait merveilleux, dit-elle.

Dan lui prit la main pour descendre jusqu'à la jetée et ne la lâcha pas. Elle sentait la chaleur de ses doigts autour des siens. Et elle sut qu'elle pouvait se fier à *ça*.

Peu après, elle sentit qu'il la regardait et elle leva les yeux.

— Je t'aime, Jenni, dit Dan d'une voix très douce.

— Je t'aime aussi, chuchota-t-elle.

— Je n'aurais jamais cru que je ressentirais de nouveau ce genre de chose. Et que je pourrais m'y fier.

— Moi non plus...

— Je veux être avec toi pour la naissance des jumeaux. Je veux faire partie de leur vie — et de la tienne, Jenni.

Dan inspira profondément. Jenni fut distraite un instant par son éclat intérieur qui devenait de plus en plus brillant. Si brillant qu'il en était presque douloureux. Cela ressemblait plus à la lumière d'une explosion qu'à quelque chose de chaud et de confortable. Était-ce trop, trop tôt ? Dan parlait toujours. Elle se força à l'écouter. Venait-il de dire « mais » ?

— J'aimerai ces enfants comme s'ils étaient les miens.

Quoi ?

Jenni recula brutalement, comme si Dan l'avait poussée avec force. Elle fit un autre pas en arrière, plus lentement, et s'assit sur un rocher parce que ses jambes ne la portaient plus.

— Que viens-tu de dire ?

Elle paraissait déroutée, comme si elle l'avait mal entendu.

— Que je veux que nous vivions ensemble, répondit Dan, perplexe. Que nous formions une famille...

— Une famille avec des enfants dont tu ne crois pas qu'ils sont de toi ?

— Ils ne peuvent pas l'être, dit Dan en s'accroupissant devant

Jenni pour être à sa hauteur. Je suis vraiment désolé... mais les résultats de mon test sont encore plus mauvais que la première fois. Les chances que je sois père sont astronomiquement petites.

Sa voix était devenue plus claire. Pour Jenni, le choc de ce qu'il avait dit commençait à s'estomper. Ce qui prenait sa place était une déception si amère qu'elle se changea aussitôt en une colère toute-puissante. Et quand elle parla, sa voix était glaciale.

— Je t'ai demandé si tu pensais toujours que je mentais et tu m'as répondu que non. Je t'ai cru.

C'était l'instant qui avait tout changé. Le souvenir de la connexion intime qu'ils avaient découverte entre eux, et qui les avait poussés l'un vers l'autre avec une force qu'elle n'aurait jamais crue possible entre deux personnes, s'imposa à Jenni. Elle souffla, incrédule.

— Cela a suffi à me persuader de recoucher avec toi, pour l'amour du ciel ! Et maintenant tu dis que je mens depuis le début ?

— Non...

Dan couvrit de la sienne la main que Jenni avait posée sur son ventre.

— J'ai dit que je ne pensais pas que tu mentais parce que je savais que tu *croyais* ne pas te tromper. C'est juste une erreur, c'est tout. Il y a une marge de chaque côté d'une date de conception. Avant ou après. Et tu es allée voir ton ancien petit ami à Melbourne...

Sa voix s'éteignit, comme s'il réalisait que ce qu'il suggérait était humiliant. Jenni lui arracha sa main.

— Jeremy est heureusement marié et a des enfants, dit-elle d'une voix toujours aussi glaciale. Je n'ai pas sauté dans son lit en souvenir du bon vieux temps.

Elle se leva et se tourna vers les marches qui conduisaient à la maison. Et à la voiture de Grace garée devant. Il fallait qu'elle s'échappe. Maintenant.

— Cela n'aurait jamais marché, dit-elle sans regarder Dan. Je pensais avoir fait ce qu'il fallait, mais c'est apparemment la plus grosse erreur que je pouvais commettre et il ne sert à rien de faire traîner les choses. J'espère qu'il n'est pas trop tard pour changer mes dispositions et prendre le premier avion pour rentrer en Écosse.

Jenni haussa le menton et tourna la tête juste assez pour croiser le regard de Dan.

— Je ne veux pas de toi dans ma vie, Daniel.

Elle commença à s'éloigner.

— Ni dans la vie de mes enfants.

Durant les deux jours qui suivirent, Jenni fut très occupée, à la fois au travail et chez elle. Elle avait donné sa démission, qui devait prendre effet au retour de Grace dans un jour ou deux. Elle avait pris rendez-vous avec Maria Gould, l'obstétricienne qui la suivait. Elle s'était plongée dans des horaires d'avion, avait réservé et payé son billet. Et elle avait commencé à faire ses bagages…

Dan avait essayé de l'appeler plus d'une fois depuis qu'elle l'avait laissé l'avant-veille au soir. Elle n'avait pas décroché, puis elle avait bloqué son numéro. Lorsqu'elle l'avait aperçu de loin au travail, elle s'était détournée et était partie dans l'autre direction sans croiser son regard. Par chance, aucun de ses patients n'avait eu besoin d'une anesthésie.

Elle était toujours en colère. Profondément déçue. Blessée au-delà de toute mesure.

Elle ne voulait pas parler à l'homme qui croyait qu'elle avait couché avec quelqu'un d'autre.

Et là, elle était dans le cabinet de Maria, qui fronçait les sourcils après l'avoir examinée.

— Vous approchez des trente-deux semaines, dit l'obstétricienne d'une voix soucieuse. Et je trouve que vous y allez un peu fort.

Elle prit une feuille de papier sur son bureau.

— Vous comptez voler de Blenheim à Auckland, prendre un vol international pour Londres via Singapour et un vol intérieur de Londres à Glasgow. Durée totale du voyage : près de trente-cinq heures.

Jenni se mordit la lèvre.

— Je sais… c'est horrible.

— La compagnie aérienne me demande un certificat comme quoi vous êtes apte à voyager. Je dois signer un document disant qu'il s'agit d'une grossesse multiple, s'il y a ou non des complications et indiquant la date estimée d'accouchement.

— Je suis apte à voyager, assura Jenni. Et je n'ai pas encore dépassé la limite des trente-deux semaines.

— On pourrait en débattre. Surtout si quelque chose se passe mal — comme mettre au monde des jumeaux prématurés à trente mille pieds. Ou si le pilote doit détourner l'avion pour vous conduire dans un hôpital. Avez-vous une assurance-voyage ?

— Ils demandent également un certificat de vous, reconnut Jenni, piteuse. Mais il *faut* que je fasse ce voyage.

Elle sentit que ses yeux s'emplissaient de larmes.

— Cela… cela a à voir avec le père des bébés, ajouta-t-elle, sa voix se brisant. Je dois absolument rentrer chez moi et si je ne pars pas maintenant il sera trop tard…

Trop tard pour s'échapper, mais elle ne pouvait pas le dire à Maria. Et elle ne voulait pas révéler l'implication de Daniel Walker dans sa grossesse. Lors de son premier rendez-vous, l'obstétricienne avait supposé que le père des bébés vivait en Écosse. Là, elle pensait probablement que leur relation ne tournait pas rond ou qu'il était gravement malade.

— Comment vous sentez-vous ? demanda Maria. Répondez-moi honnêtement.

— Je suis parfois un peu essoufflée, j'ai mal au dos, je dois faire pipi fréquemment et je ne dors pas très bien. Ce qui est normal à ce stade de la grossesse. Et mieux que la normale pour une grossesse multiple.

Ces symptômes physiques étaient aggravés du fait qu'elle se sentait plus malheureuse qu'elle ne l'avait jamais été, bien sûr, mais elle ne pouvait pas le dire non plus. Elle devait être forte. Il s'agissait de son avenir. Et de l'avenir de ses enfants. Ils méritaient de grandir avec une mère qui se respectait suffisamment pour ne pas être avec quelqu'un qui doutait de son intégrité.

Maria resta silencieuse un moment, puis elle soupira et prit son stylo.

— D'accord... Je vais signer ce certificat, mais vous avez encore quarante-huit heures avant votre premier vol. Si *quoi que ce soit* change, je veux le savoir.

Jenni hocha la tête.

— Je ne partirai pas si je pense qu'il y a le moindre danger pour ces bébés, dit-elle posément. Ils sont ma priorité absolue.

— Vous travaillez aujourd'hui ?

— C'est ma dernière journée entière. Demain, je finirai de régler ce qu'il y a à régler pour passer le flambeau à Grace.

Jenni se leva.

— Ne tentez pas le sort, l'avertit Maria en souriant. Et bonne chance.

Elle tendit le certificat.

— Ça a été un plaisir de vous rencontrer. Jock sait-il que vous rentrez en catastrophe en Écosse ?

— Pas encore. Je n'ai pas voulu le lui dire pendant sa lune de miel. Merci énormément pour votre aide, Maria.

Le sort avait apparemment une autre carte dans sa manche, pensa Jenni en voyant entrer Daniel Walker dans la salle d'accouchement.

La patiente en cause était Lynn Grimshaw, trente-huit ans, qui accouchait pour la première fois. Une grossesse sans problème. Quand elle était arrivée avec son compagnon, Chris, tout allait bien : le travail était bien engagé, les contractions étaient fortes et régulières et elle était dilatée de cinq centimètres. Mais plusieurs heures plus tard, Jenni avait dû appeler l'obstétricien de service — qui se trouva être Maria — parce que le travail ne progressait plus. Lynn était fatiguée, ses contractions étaient plus faibles et le rythme cardiaque du bébé diminuait. On avait décidé de faire une perfusion d'ocytocine pour stimuler le travail et Lynn avait demandé une péridurale — d'où la présence de Dan.

Pendant un instant horrible, Jenni se demanda si elle pourrait tenir le coup. Rester professionnelle sans se laisser affecter par ce qui avait trait à sa vie personnelle. Les émotions menaçaient de la submerger. La colère était toujours là, mais la blessure était beaucoup plus puissante.

Dieu merci, Maria était restée pour voir l'échographie réalisée par Mandy et attendre les effets de la perfusion. Elle présenta Dan à Lynn et à Chris et lui donna toutes les informations dont il avait besoin — ce qui laissa à Jenni le temps de se recentrer.

C'était son dernier jour de travail ici.

La dernière fois où elle aurait à être dans la même pièce que l'homme qui lui avait si méchamment brisé le cœur.

Elle pouvait y arriver. Il fallait qu'elle y arrive…

Sapristi… Elle était si pâle… Elle paraissait même ne pas aller bien. Et c'était certainement sa faute.

Pendant quelques secondes, Dan se demanda s'il pourrait se concentrer à cent pour cent sur sa patiente. S'il n'y parvenait pas, s'il était trop perturbé par l'état d'une autre femme dans la pièce — la femme qu'il aimait —, il devrait s'excuser et se faire remplacer.

Ce fut peut-être la façon dont il vit Jenni se redresser, comme si elle se préparait à affronter ce qu'elle devait faire, qui remit subitement tout en perspective.

Il ne s'agissait pas d'eux, là. Il s'agissait d'une parturiente fatiguée, d'un homme anxieux et d'un bébé qui avait un besoin urgent d'être mis au monde. Jenni se comportait en professionnelle et il pouvait le faire aussi.

Il prit la fiche de Lynn et nota ses dernières constantes vitales.

— Elle fait de la tachycardie, murmura-t-il. Sa tension est un peu basse.

Il regarda l'écran de l'appareil à échographie.

— Il n'y a pas d'indications d'une rupture du placenta, n'est-ce pas ?

— Non, répondit Maria. Pas de saignement apparent. Et la tête du bébé est bien placée si nous devons procéder à un accouchement instrumentalisé.

— Plus vite je ferai cette péridurale, mieux ce sera, donc, dit Dan.

Il s'approcha de Lynn et lui demanda de s'asseoir au bord du lit, les jambes pendantes.

— Jenni va vous aider à vous pencher en avant et à rester aussi immobile que possible. Ça ne sera pas long.

Quinze minutes plus tard, la péridurale avait fait son plein effet, mais le cœur et la respiration de Lynn étaient toujours aussi rapides. Dan décida de rester un moment dans la salle. C'était sans doute parce que Jenni était là que l'atmosphère était si tendue, mais son instinct lui soufflait qu'autre chose n'allait pas.

Jenni ressentait-elle cette inquiétude, elle aussi, ou fixait-elle l'écran du CTG pour éviter de croiser son regard ?

— Je me sens bizarre, dit Lynn en prenant la main de son compagnon. Quelque chose ne va pas, Chris...

— Vous êtes au moins à huit centimètres maintenant, dit Maria qui venait de l'examiner. Vous allez bientôt pouvoir pousser.

— Non..., gémit Lynn en remuant la tête sur son oreiller. Je ne me sens pas bien... Oh ! qu'est-ce qui se passe ?

— Vous venez enfin de perdre les eaux, répondit Jenni. Tout va bien, Lynn.

Mais ça n'allait pas. Dan put voir que le liquide était verdâtre, ce qui signifiait qu'il contenait du méconium.

— Je veux me lever..., dit Lynn. S'il te plaît, Chris... je veux rentrer à la maison. Oh ! j'ai mal !

— Vous avez mal où ? demanda Dan, inquiet.

Est-ce que la péridurale ne marchait pas ?

— À la poitrine... Je ne peux pas respirer...

— Le rythme cardiaque du bébé baisse, avertit Jenni.

Maria réagit vite.

— Elle est complètement dilatée. Donnez-moi les forceps. Il faut sortir ce bébé.

Dan était à la tête du lit. Il saisit l'épaule de Lynn.

— Lynn ? M'entendez-vous ? Ouvrez les yeux...

Il ôta l'oreiller pour pouvoir lui mettre la tête en arrière. Elle ne respirait plus... Il dut demander à Chris de reculer pour pouvoir prendre le masque à oxygène et le mettre sur le visage de Lynn. Mais Chris ne bougea pas. Il était figé, l'air abasourdi, comme s'il ne comprenait pas ce qui se passait. Jenni vint le prendre par le bras.

— Venez par là, Chris. Et regardez, votre bébé est en train de naître...

Quelques secondes plus tard, un bébé qui paraissait tout flasque émergea et Jenni le recueillit dans une serviette. Le chef de clinique qui était présent appela aussitôt un pédiatre néonatal. Maria essayait d'endiguer ce qui semblait être une importante hémorragie post-partum. Quant à Dan... il ne trouvait pas de pouls.

— Arrêt cardiaque ! cria-t-il. Je commence une réanimation cardiorespiratoire.

Seigneur... Comment ceci avait-il pu si mal tourner ? se demanda Jenni. Elle dut se concentrer pour ne pas rester aussi figée que le pauvre Chris. Et au milieu du chaos contrôlé qui entourait une urgence, elle se mit à s'occuper du nouveau-né, une petite fille qui était terriblement pâle et molle. Elle la posa sur le matelas de la table de réanimation, sous une source de chaleur. Son cœur était trop lent. Elle la frictionna longuement avec une serviette pour la stimuler, lui donna cinq bouffées d'oxygène pour emplir ses poumons. Peu à peu, sa couleur s'améliora et elle commença à bouger. Jenni allait vérifier de nouveau son rythme cardiaque, quand l'équipe spécialisée dans les arrêts cardiaques fit irruption dans la salle et entoura aussitôt le lit. Quelques secondes plus tard, Dan se faufila jusqu'à la table de réanimation et capta le regard de Jenni.

— Que puis-je faire ?

À ce moment-là seulement, Jenni réalisa combien elle s'était senti seule et terrifiée en s'occupant de ce nouveau-né. Et cette intonation dans la voix de Dan… Son attention, son offre de soutien, sa façon de s'occuper d'elle… Cela suffit pour qu'elle sente des larmes lui piquer les yeux. Mais ce fut le bébé qui se mit à pleurer.

— Je pense que nous allons bien, répondit-elle à Dan, en croisant un instant son regard. Mais… merci.

Elle prit la petite fille et la porta à son père, qui se tenait toujours sur le côté. Avec le monde qui entourait Lynn, il ne pouvait rien voir et c'était aussi bien, car, d'après ce qu'entendait Jenni, la réanimation ne se passait pas bien.

Chris se mit à pleurer en voyant le bébé. Ses mains tremblaient lorsqu'il les tendit vers sa fille.

— Elle va bien ?

— Oui. Elle a eu besoin d'un peu d'aide, mais à présent elle est en forme.

— Je peux la tenir ? S'il vous plaît…

Il avait besoin de se raccrocher à quelque chose tandis que son monde se désintégrait. Jenni le fit asseoir, son cœur se brisant pour lui.

— Je pense qu'être tenue par son papa est exactement ce dont votre fille a besoin.

Et soudain, une voix s'éleva :

— Heure du décès, 16 h 43.

Lynn Grimshaw était tragiquement devenue l'une des très rares femmes à mourir en couches dans un hôpital bien équipé.

Le silence qui suivit l'annonce ne dura que quelques secondes, mais ce fut l'un des silences les plus profonds que Jenni avait jamais entendus.

Même le tout petit bébé était silencieux. Et immobile.

Personne ne bougeait. Et Jenni sentit soudain ses bébés qui s'agitaient. C'est alors qu'une nouvelle peur se fit jour.

Si quelque chose de terrible se produisait lorsqu'elle accoucherait ? Seule ? Si ses bébés survivaient et qu'il n'y avait personne pour les prendre ? Comme… leur père ?

10

Lorsque Dan se mit en quête de Jenni, après la mort traumatisante et totalement inattendue de leur patiente, quelqu'un lui dit qu'il l'avait vue aller dans le jardin de l'hôpital peu de temps auparavant.

Il faisait nuit, maintenant, et même si des réverbères fournissaient de la lumière, cela ne semblait pas être un endroit sûr pour une femme seule. En outre, il faisait froid. Avant de sortir voir si Jenni était toujours là, Dan prit une couverture en laine de l'hôpital. Si elle n'y était pas, il la chercherait.

Il avait vu la terreur dans ses yeux quand l'heure de la mort de Lynn avait été annoncée. Elle devait accoucher elle-même dans quelques semaines et elle avait vu se produire la pire fin possible. Elle ne pouvait pas rester seule.

Elle ne voudrait peut-être pas de sa compagnie, mais Dan savait que Jock et Grace étaient absents et… il ne pouvait pas la laisser livrée à elle-même.

Parce qu'il l'aimait.

Il la découvrit assise sur un banc au milieu du jardin. Elle ne pleurait pas, mais elle avait l'air si perdue qu'il sentit son cœur se fendre. Elle frissonnait, aussi, alors sans un mot il la drapa dans la couverture rouge.

Puis il s'assit à côté d'elle et la prit dans ses bras.

Oh…

Grace avait tellement raison… « Chez soi » pouvait être une personne au lieu d'un endroit.

Jenni aurait dû le savoir dès le début. Elle n'avait jamais été aussi effrayée depuis qu'elle était enfant, et à l'époque c'était Jock qui pouvait la rassurer.

Elle était adulte, maintenant, et assez confiante dans son indépendance pour avoir été plus qu'heureuse de projeter d'être un parent célibataire. Mais, seule, elle ne pouvait pas se sentir en sécurité à ce point. Parce que l'amour qui vous enveloppait de l'extérieur était tellement puissant — si vous pouviez vous y fier.

— J'ai peur, chuchota-t-elle contre le torse de Dan. J'ai si peur, Dan.

Il la serra plus fort.

— Je sais. Ça ne t'arrivera pas à toi, Jen.

— C'est arrivé à Lynn.

Jenni sentit les larmes qu'elle avait retenues pendant des heures se mettre à couler.

— Pourquoi ? Comment est-ce arrivé ? Ai-je manqué quelque chose qui aurait pu empêcher ça d'arriver ?

— Non, répondit Dan avec certitude. Elle a fait une embolie amniotique. Maria et toi avez fait aussi bien que vous le pouviez. Il paraît que le bébé va bien. On ne la gardera en observation en soins intensifs néonataux que pour la nuit.

Les larmes de Jenni coulaient maintenant sans retenue.

— Chris ne la quitte pas, dit-elle. Il l'a même prise avec lui lorsqu'il est allé voir Lynn. Il lui a dit qu'il veillerait sur leur fille toute sa vie…

Sa voix se brisa. Elle s'essuya le visage.

— J'allais rentrer en Écosse après-demain. J'ai pris mon billet.

— Non…

Ce mot fut presque une supplication.

— Je t'en prie, ne fais pas ça, Jen. Je ne veux pas te perdre…

— Je ne le ferai pas. J'ai compris que je ne pourrais pas le faire au moment où Lynn est morte. Quand j'ai vu le bébé dans les bras de son père. Il faut que tu sois là quand j'accoucherai, Dan… pour le cas où quelque chose m'arriverait.

— Rien ne t'arrivera, affirma Dan, la joue posée sur ses cheveux. Je m'en assurerai. Je te garderai en sécurité. Je vous garderai *tous* en sécurité.

Ils savaient tous les deux que c'était une promesse qui ne pouvait pas être faite, mais c'était ce que Jenni avait besoin d'entendre.

— Même si tu ne crois pas que tu es leur père ?

— Je le crois.

Jenni bougea dans ses bras, se redressant pour voir son visage.

— Mais…

— Je me suis mal exprimé l'autre jour. Je voulais dire que, même si je n'étais pas leur père biologiquement, je me sentirais leur père quand même.

Jenni l'entendit inspirer profondément.

— Et ça a été la chose la plus dure pour moi — un risque que je ne pensais plus jamais reprendre. Voir se réaliser le rêve d'être père, puis le perdre.

— Reprendre ?

Jenni sentit un frisson lui passer dans le dos.

— Je savais que tu avais été marié, mais tu ne m'as jamais dit que tu avais perdu un enfant. Tu disais que tu ne pouvais pas en avoir…

— Je croyais que j'allais devenir père, répondit lentement Dan, d'un ton morne. Ma femme a découvert qu'elle était enceinte, ironiquement juste après que j'ai eu les résultats de mon premier test de fertilité. Nous commencions à peine à nous renseigner sur les méthodes de conception assistée.

— Alors tu savais que ce n'était pas impossible…

— Elle m'a laissé croire pendant des mois que j'avais vaincu les probabilités, mais j'ai découvert la liaison qu'elle avait eue l'année précédente. Le père du bébé était en fait l'homme pour qui elle a fini par me quitter.

Les pièces du puzzle que le cerveau de Jenni essayait de résoudre se mettaient en place avec une douloureuse précision. Elle se rappela ce que Dan avait dit le soir où ils s'étaient rencontrés : « Si tu te fies à quelqu'un qui te ment, tu lui donnes le pouvoir de te détruire. » « Trompe-moi une fois, honte à toi. Trompe-moi deux fois, honte à moi. »

Elle se redressa et posa une main sur la joue de Dan.

— Je comprends, dit-elle doucement. Et je suis désolée. Je te demandais trop.

Il secoua la tête et ouvrit la bouche pour dire quelque chose, mais elle posa ses doigts sur ses lèvres. Elle voulait en dire plus.

— Je comptais que tu me croies simplement parce que je savais que je disais la vérité. Si j'avais su ce que tu viens de me dire, j'aurais compris aussi que tu ne pouvais plus accorder ce genre de confiance, et je sais ce que c'est. Quand nous étions enfants, Jock et moi avons appris qu'il valait mieux ne faire confiance à personne, même aux gens qui disaient qu'ils nous aimaient — surtout ceux-là — parce qu'ils nous faisaient espérer que les choses allaient changer, mais ça ne durait jamais. Chaque fois que notre mère tombait amoureuse, elle nous promettait que tout allait être merveilleux, que nous allions être une vraie famille, cette fois. Et ça ne marchait jamais.

Jenni tenta de sourire, mais n'y parvint pas.

— Te souviens-tu de ce que je t'ai dit le soir où nous nous sommes rencontrés, que je ne mentais jamais ?

Dan hocha la tête.

— Je ne peux pas mentir, parce que je sais à quel point ça fait mal. Je comprends pourquoi il était si dur pour toi de me faire confiance. Jusqu'à présent, Jock était la seule personne à qui je me fiais assez pour l'aimer de tout mon cœur. Je ne pensais pas que je pourrais me fier autant à quelqu'un d'autre. Ou aimer quelqu'un d'autre à ce point. Mais je t'aime, Daniel. Autant et même plus. Et j'aime nos bébés. *Nos* bébés.

Jenni retrouva son sourire.

— Tu es le seul homme avec qui j'ai couché depuis plus d'un an.

Elle baissa la voix.

— Tu es le seul homme avec qui je veux coucher pour le reste de ma vie…

— C'est exactement la durée pendant laquelle je te veux dans mon lit, répondit doucement Dan.

Il courba la tête et effleura ses lèvres des siennes.

— Je pensais que je ne pouvais plus croire aux miracles. Ni à l'amour. Mais tu as tout changé.

Il embrassa Jenni pour de bon, cette fois, puis appuya son front contre le sien.

— Je t'aime, dit-il. Je crois que je suis tombé amoureux de toi ce premier soir, quand tu m'as dit que tu pouvais dormir étalée comme une étoile de mer. Mais je ne l'ai réalisé qu'au mariage de Jock et Grace. Il m'a fallu quelques jours pour trouver le courage de te le dire, et puis… ça a mal tourné.

— C'était ma faute plus que la tienne. Je suis désolée.

— Je te demandais trop en te disant que je ne pouvais toujours pas croire que l'impossible s'était produit et que j'étais le père des bébés.

Jenni entendit l'écho d'une question qu'elle s'était posée : pouvait-elle se fier à l'amour qu'elle sentait tout autour d'elle ?

À l'amour qui venait de Dan ?

Elle comprit à ce moment qu'elle pouvait le faire. C'était comme si elle n'avait pas le choix, parce qu'elle aimait Dan. Elle lui avait donné son cœur. Et il la tenait toujours comme s'il l'aimait tout autant.

Peut-être pouvait-il sentir ce qu'elle pensait.

— Je t'aime, murmura-t-il. J'ai besoin d'être près de toi pour toujours…

Mais il rompit le contact entre eux un instant après.

— Rentre à la maison avec moi, maintenant. Je veux m'occuper de toi et il fait trop froid ici.

Oui, il faisait froid. Les jambes de Jenni lui parurent raides lorsqu'elle se leva. Tout son corps était raide, en fait. Et assez endolori pour lui tirer un grognement.

— Qu'est-ce qui ne va pas ? demanda Dan.

— Je crois que je me suis fait mal au dos.

Il posa une main sur ses reins.

— Tu as mal ici ?

— Oui.

Il posa son autre main sur son ventre.

— Tu sens ça ?

Bien sûr, qu'elle le sentait.

— C'est une contraction, dit-elle. Ce sont des contractions de Braxton Hicks, j'en ai déjà eu. Ça va passer dans quelques secondes.

Mais ça ne passa pas. Son ventre n'avait jamais été aussi dur. La peur qui l'avait conduite dans le sanctuaire de ce jardin refit son apparition.

— Je crois que c'est une vraie contraction, dit-elle d'une voix sourde. Et il est trop tôt.

Dan resserra la couverture autour d'elle et la souleva dans ses bras.

— Ça va aller... Tiens bon.

Jenni passa les bras autour de son cou et s'y accrocha aussi fortement qu'elle put.

Maria Gould était toujours de service à l'hôpital. Elle arriva rapidement.

— Depuis quand avez-vous des contractions ?

— Je ne sais pas trop. Je n'y ai pas fait très attention.

— La journée a été très stressante. Et vous avez été longtemps sur vos pieds.

— Un stress sévère peut causer un travail prématuré, n'est-ce pas ? Et le fait de porter des jumeaux aussi ?

Dan prit la main de Jenni. Maria n'était pas la seule personne dans cette salle de réanimation. La nouvelle qu'ils étaient ensemble allait se répandre comme une traînée de poudre. Peut-être Dan le sentit-il aussi. Il lui donna une pression rassurante.

— Ce n'est qu'une fausse alerte, dit Maria. Mais je vais quand même vous garder pour la nuit.

Jenni hocha la tête, cherchant à s'ancrer au regard de Dan.

— Ça va aller, chérie, dit-il.

Maria eut un petit sourire.

— Oui, ça va aller. Je peux vous prescrire des médicaments tocolytiques pour diminuer ou stopper un travail prématuré, et des stéroïdes pour atténuer les risques de complications chez les bébés. Est-ce que quelqu'un a prévenu Jock de ce qui se passe ?

— Je peux le faire, offrit Dan.

Cette fois, Maria sourit avec chaleur.

— Non, ne bougez pas. Vous êtes exactement à la bonne place. Je vais appeler Jock avant de faire l'échographie.

Jock et Grace étaient dans la chambre quand Maria passa pour sa visite le lendemain.

— Comment êtes-vous rentrés aussi vite ? demanda-t-elle.

— Nous étions déjà en route quand vous avez appelé. L'atterrissage a été rude ! dit-il en souriant à sa sœur. La lune de miel est bien terminée.

— Je suis désolée, dit Maria. J'aurais dû attendre pour appeler. Nous avons juste eu une petite frayeur.

— J'ai appris pour Lynn, dit Grace, les larmes aux yeux. C'est tellement affreux...

Jock passa un bras autour de ses épaules, mais c'était Jenni qu'il regardait.

— Un événement qui ne se produira qu'une fois dans ta carrière, j'espère. Mais c'est arrivé au pire moment. Je regrette de ne pas avoir été là.

— Tu es là maintenant. Et... j'avais Dan.

Dan lui prit la main. Ils restèrent tous silencieux un moment, le bruit de deux cœurs résonnant dans le silence.

— Je pense que nous pouvons arrêter ça, dit Maria, et vous laisser rentrer chez vous pour vous reposer. À partir du moment où vous avez quelqu'un pour garder un œil sur vous.

— Je le ferai, dit Dan.

— Nous aussi, ajouta Grace.

Maria lança un regard sévère à Jenni.

— Vous réalisez qu'il n'y a absolument aucune chance que vous preniez un vol international maintenant, n'est-ce pas ?

— Quoi ? s'exclamèrent ensemble Jock et Grace.

— C'est une longue histoire, dit Jenni. Je vous expliquerai plus tard.

Elle sourit à Maria.

— Je ne prévois d'aller nulle part. Je vais annuler mon billet.

— Tu vas rentrer à la maison avec nous, déclara Jock. Je ne te laisserai pas seule dans cette annexe.

Dan secoua la tête.

— Non... Elle vient avec moi.

Ils regardèrent tous Jenni, qui regarda Dan.

— Je veux bien rentrer avec toi, dit-elle doucement. C'est une bonne chose que j'aie déjà fait mes bagages.

Maria regardait tour à tour Dan et Jenni.

— Quand tout cela a-t-il commencé ? demanda-t-elle.

— Hum... Il y a un moment, répondit Jenni. Aux alentours de la date de conception.

— *Exactement* à la date de conception, intervint Dan. Je suis le père de ces bébés.

La mâchoire de Maria lui en tomba.

— Ce qui me rappelle que nous avons besoin d'un test ADN, dit Jenni. Afin de prouver la paternité de Dan pour les certificats de naissance. Les pouvoirs en place auraient des raisons d'être suspicieux vis-à-vis d'une personne arrivant enceinte dans le pays et réclamant la nationalité néo-zélandaise pour ses enfants.

L'obstétricienne la regarda d'un air sévère, mais sourit aussitôt.

— Rentrez chez vous et allez-y doucement. Votre travail, c'est de garder ces bébés au chaud aussi longtemps que vous pourrez. Deux ou trois semaines idéalement.

Trois semaines plus tard exactement, en rentrant du travail, Dan trouva Jenni en train de faire les cent pas, une main pressée sur son dos.

— Tu as mal de nouveau ?

Elle hocha la tête.

— Des contractions ?

— Je compte. Je n'en ai eu que deux en trente minutes.

Dan ôta sa veste, posa son téléphone sur la table et prit une enveloppe posée à côté d'un saladier de fruits.

— Qu'est-ce que c'est ?

— C'est arrivé aujourd'hui.

— Ça paraît officiel.

Il regarda l'adresse de l'expéditeur et sa mâchoire tomba.

— Ça vient du laboratoire de Wellington. Ce sont les résultats du test ADN.

— Je sais.

— Et tu ne l'as pas ouverte ?

— J'ai pensé que nous devions le faire ensemble.

Dan hocha la tête. Sa bouche était devenue très sèche. La lettre glissa de ses doigts gourds, et il ne la ramassa pas : Jenni venait de perdre les eaux.

Elle ouvrit de grands yeux.

— Les contractions ne sont pas douloureuses, mais nous ferions mieux de les noter.

— Maria veut que tu te rendes à l'hôpital au premier signe de travail, dit Dan dont le cœur s'était accéléré. Et, ça, c'en est un. Je vais chercher ton sac. Ne bouge pas. Je reviens tout de suite.

Jenni avait préparé son sac pour l'hôpital depuis un bon moment, quand elle s'était installée chez Dan. Depuis, ils vivaient dans une bulle : ils étaient ouvertement amoureux et totalement engagés l'un vis-à-vis de l'autre.

Ces jours étaient passés comme un rêve pour Dan. Il n'y avait, bien sûr, plus rien de sexuel dans leur relation, mais étrangement cela l'avait rendue plus profonde et plus intense. La nuit, allongés l'un près de l'autre, ils se donnaient la main... et parlaient. Ils parlaient pendant des heures, évoquant un peu tout. Maintenant ils se connaissaient bien. Ils s'aimaient et s'apprêtaient à être parents ensemble, ce qui allait changer leur vie.

Dan revint avec le sac à l'épaule. Jenni se dirigeait déjà vers la porte. En passant, il prit son téléphone... et l'enveloppe qu'il mit dans une poche du sac.

— Attends-moi, lança-t-il à Jenni. Et n'essaie pas de descendre cet escalier toute seule.

Ensuite, tout se passa très vite. Maria les attendait avec Grace et Jock devant une salle de travail.

— Tu ne peux pas rentrer, dit Jenni à son frère.

— Non, renchérit Grace qui allait s'occuper de l'accouchement. Jenni ne veut pas que tu voies ses parties intimes.

— Mais j'en vois tout le temps !

— Pas les miennes.

— Oh ! j'ai la salle avec le bassin ! dit Jenni. Comment as-tu fait, Grace ?

— Elle était libre quand Dan a appelé et je te l'ai réservée. J'ai même commencé à remplir le bassin.

À partir de là, les contractions de Jenni s'intensifièrent et devinrent plus fréquentes. Grace lui proposa de s'immerger dans le bassin d'enfantement. Se plonger dans l'eau chaude la soulagea beaucoup. Lorsqu'elle se sentit prête à pousser, Maria enfila de longs gants en plastique et l'examina.

— Vous pouvez y aller, dit-elle à Jenni, avant de demander à Dan : Voulez-vous la rejoindre dans l'eau ?

— Je peux ?

— Oui.

— J'ai mis un maillot dans le sac, au cas où, dit Jenni. J'ai besoin que tu viennes près de moi.

Dès que Dan descendit dans le bassin, elle s'assit le dos contre son torse, dans le cercle de ses bras. Grace et Maria se tenaient de chaque côté du bassin.

— Tu travailles très bien, Jen, dit Grace. Continue de pousser. Doucement, maintenant. Voilà… et respire.

— La tête du bébé est sortie, annonça Maria.

— Une dernière poussée… On y est.

Le jumeau A, leur petit garçon, fut sorti de l'eau pour être posé sur la poitrine de Jenni. Pendant un long moment, ce fut comme s'ils n'étaient que tous les trois. Grace et Maria s'étaient écartées. Jenni ressentait puissamment ce moment magique où une nouvelle famille naissait. Et elle voyait ses émotions reflétées dans les yeux de l'homme qu'elle aimait. Puis Dan coupa le cordon. Mais l'eau s'était refroidie et Jenni tremblait.

— Il faut que tu sortes du bassin, dit Grace.

Jenni crispa les paupières.

— Je ne suis pas sûre de vouloir recommencer.

— Tu es déjà en train de le faire, déclara Grace en souriant.

Quelques minutes plus tard, le jumeau B naissait, une belle petite fille.

Jock, à qui Dan avait confié son fils pour pouvoir être avec Jenni, vint rejoindre les heureux parents. Jenni versait des larmes de bonheur. Puis Maria décréta qu'il fallait laisser la petite famille seule un moment. Jock, Grace et elle quittèrent la pièce. Dan arrangea les oreillers de Jenni, qui avait un bébé dans chaque bras.

— Regarde-les, dit-il doucement. Ils sont parfaits, comme toi… Je t'aime, Jenni. Trop pour trouver les mots.

Il se pencha pour l'embrasser, si tendrement que son cœur se serra.

— Je t'aime aussi, Daniel. Et tu as raison, ils sont parfaits.

— Il faut que je prenne une photo, dit Dan.

Il fouilla dans la poche du sac pour trouver son téléphone, et Jenni vit tomber une enveloppe.

— Qu'est-ce que c'est ?

— Rien. Je ne sais pas pourquoi j'ai pris ça en partant.

— Ce sont les résultats du test ADN, n'est-ce pas ?

— Oui.

— Apporte-les moi, je veux les voir.

— Pas moi, dit Dan.

— Pourquoi ?

— Parce que je n'en ai pas besoin. Je sais déjà que je suis le père des jumeaux.

Jenni savait exactement ce qu'il y aurait dans cette lettre, mais elle voulait le voir écrit noir sur blanc.

— Fais-moi plaisir, dit-elle en souriant. Je viens d'accoucher.

Dan dut ouvrir l'enveloppe et donner la feuille à Jenni. Il garda les yeux rivés sur les bébés tandis qu'elle en lisait le contenu. Finalement, le silence lui fit lever la tête. Il déglutit fortement en voyant les larmes dans les yeux de Jenni.

— Est-ce que je dois savoir ? demanda-t-il doucement.

Le sourire que Jenni lui adressa était si plein d'amour qu'il illumina toute la pièce.

— Tu avais raison, chuchota-t-elle. Tu le sais déjà.

Épilogue

Deux ans plus tard...

La demoiselle d'honneur était enceinte jusqu'aux yeux.

— Je suis contente que ma robe de grossesse ressorte, dit Jenni.

Grace tapota son ventre.

— Je suis tellement heureuse qu'il n'y ait qu'un bébé, là-dedans. Je ne sais pas comment tu t'es débrouillée aussi bien avec des jumeaux. Là... je pense que nous avons fini.

Elle se servit d'une dernière épingle à cheveux pour fixer le demi-chignon qui laissait échapper quelques boucles rousses tombant dans le dos de Jenni.

— Tu es absolument splendide.

Jenni se leva et pirouetta dans le salon du petit cottage où elles se trouvaient, se préparant pour le mariage.

— Je ne peux pas croire que j'aie trouvé la robe parfaite dans une boutique de Bernheim. Un modèle vintage des années quarante.

La robe de soie et de dentelle crème avait un bustier ajusté avec un décolleté en forme de cœur, de petites manches ballon et une jupe plissée qui arrivait à mi-mollet. Comme Grace quand elle avait épousé Jock plus de deux ans plus tôt, Jenni ne portait que des fleurs dans ses cheveux pour cette cérémonie intime. Dan et elle avaient choisi de se marier à Furneaux Lodge, une magnifique propriété historique située dans une crique des Malborough Sounds. Seules des pelouses bien entretenues la séparaient de la plage. Juste hors de vue, amarré sur l'eau lisse, il y avait le bateau de Jock qui les avait amenés là deux jours auparavant.

Jock et Grace logeaient dans l'un des cottages de la résidence hôtelière, juste à côté de celui de Dan, Jenni et les jumeaux. Les deux cottages donnaient sur la mer, et les deux amies prirent un moment pour admirer les bleus et les verts d'un parfait après-midi d'été en Nouvelle-Zélande.

— C'est une brillante idée d'avoir organisé votre mariage et votre lune de miel au même endroit, dit Grace. Et d'inviter le reste de votre famille à y séjourner ! ajouta-t-elle en riant.

— Il te faut une « lune de maternité », dit Jenni. Tu n'auras pas beaucoup de vacances pendant un bon moment quand ton bébé sera né.

— Quel âge avaient les jumeaux quand vous êtes allés en Écosse ?

— Neuf mois. Mais je ne conseille pas un voyage international avec deux bébés. On l'a fait uniquement pour que je puisse vendre ma maison et régler tout ce qu'il y avait à régler, afin de chercher une nouvelle maison à Picton.

Ils avaient trouvé une villa ancienne sur une colline. Elle n'avait pas de jetée ni de plage privée, mais elle rappelait l'annexe de l'hôpital qui avait fait partie du parcours de Grace et Jenni pour trouver les hommes de leur vie. Leurs amours…

— Regarde, dit Grace en s'abritant les yeux pour contempler la plage. Ils font des châteaux de sable.

Deux hommes grands, les jambes de pantalon et les manches de chemise remontées, faisaient de leur mieux pour occuper deux jeunes enfants excités en attendant la mariée. Aroha, la femme pasteur, attendait patiemment près d'une arcade qui avait été dressée sur la plage pour encadrer les mariés lorsqu'ils prononceraient leurs vœux face à l'un des plus beaux paysages du monde.

— Ce doit être une idée de Dan, dit Jenni avec un sourire ému. Il est le meilleur des papas. J'ai tellement de chance…

— Dan pense qu'il est encore plus chanceux que toi. Je l'ai entendu le dire à Jock, l'autre soir, lors de l'enterrement de sa vie de garçon. Je suis juste surprise qu'il ait mis deux ans à te demander en mariage.

— Il ne l'a pas fait, avoua Jenni. C'est moi qui le lui ai demandé.

— Vraiment ?

— Oui. Il ne m'aurait jamais proposé le mariage parce qu'il savait que j'avais juré de ne jamais me marier. Il disait que ça n'avait pas d'importance, que tout ce qu'il voulait était qu'on soit ensemble. Pour toujours...

— Oh ! c'est si romantique !

— Mais je sentais qu'au fond il avait envie de se marier. Alors quand je lui ai fait ma demande, je lui ai dit que je voulais dire au monde combien je l'aime et quel père fantastique il est. Et que je voulais porter sa bague jusqu'à la fin de ma vie, comme il porterait la mienne.

Grace avait les yeux embués, maintenant.

— Viens, descendons les rejoindre. Je veux vous entendre prononcer vos vœux, vous voir échanger vos alliances et voir Sophie et Noah lancer des pétales de roses à leurs parents.

Jenni ravala les larmes de joie qui risquaient de détruire son maquillage. Elle les verserait la nuit prochaine, dans les bras de Dan. Pour l'heure, elle avait des déclarations d'amour et des promesses à partager avec les personnes qui comptaient le plus au monde. Sa famille... et surtout l'amour de sa vie.

Dan l'attendait sur la plage. Elle le vit lever les yeux, comme s'il se demandait quand elle allait arriver.

Elle saisit les plis de sa jupe dans ses mains et regarda Grace par-dessus son épaule.

— Viens... Je ne peux plus attendre.